游知記趣

田树浦 著

国家图书馆出版社

图书在版编目（CIP）数据

游知记趣 / 田树浦著. — 北京：国家图书馆出版社，
2023.6

ISBN 978-7-5013-7551-6

Ⅰ.①游… Ⅱ.①田… Ⅲ.①诗集—中国—当代 ②游
记—作品集—中国—当代 Ⅳ.①I217.2

中国版本图书馆CIP数据核字（2022）第140707号

国家图书馆出版社官方微信

书　　名　游知记趣
著　　者　田树浦　著
责任编辑　于　浩
封面设计　金　磊

出版发行　国家图书馆出版社（北京市西城区文津街7号　100034）
　　　　　（原书目文献出版社　北京图书馆出版社）
　　　　　010-66114536　63802249　nlcpress@nlc.cn（邮购）
网　　址　http://www.nlcpress.com
排　　版　九章文化
印　　装　北京科信印刷有限公司
版次印次　2023年6月第1版　2023年6月第1次印刷

开　　本　880×1230（毫米）　1/16
印　　张　17.75
字　　数　298千字
书　　号　ISBN 978-7-5013-7551-6
定　　价　50.00元

作者（2021年7月1日摄于自家庭院）

领导带领人民完成社会主义革命，确立社会主义基本制度，推进社会主义建设，在一穷二白基础上生成独主的工业体系和国民经济体系，实现了中华民族由近代不断衰落到根本扭转命运、持续走向繁荣富强的伟大飞跃，为中华民族伟大复兴奠定了坚实基础。

领导带领人民进行改革开放新的伟大革命，成功开辟中国特色社会主义道路，社会主义先进优越性越来越显现，使中国大踏步赶上时代，中华民族迎来了从站起来、富起来到强起来的伟大飞跃，为中华民族伟大复兴开辟了光明前景。

实践证明，中国共产党是民族复兴使命的合格担当者，只有坚持党的领导，才能带领人民实现中华民族伟大复兴的梦想。以习近平同志为核心的党中央高瞻远瞩把握历史的接力棒，不忘初心，牢记使命，信心百倍，全面推进五个建设，开启了中国特色社会主义新时代。

《百年颂党》手稿

愈学愈觉见识浅
化作心语启人生
成才体悟立志高
高远当自勉

田树涌先生诗 辛丑 雨潇

中国书法家协会会员，沧州师范学院书法系主任、教授田雨潇题

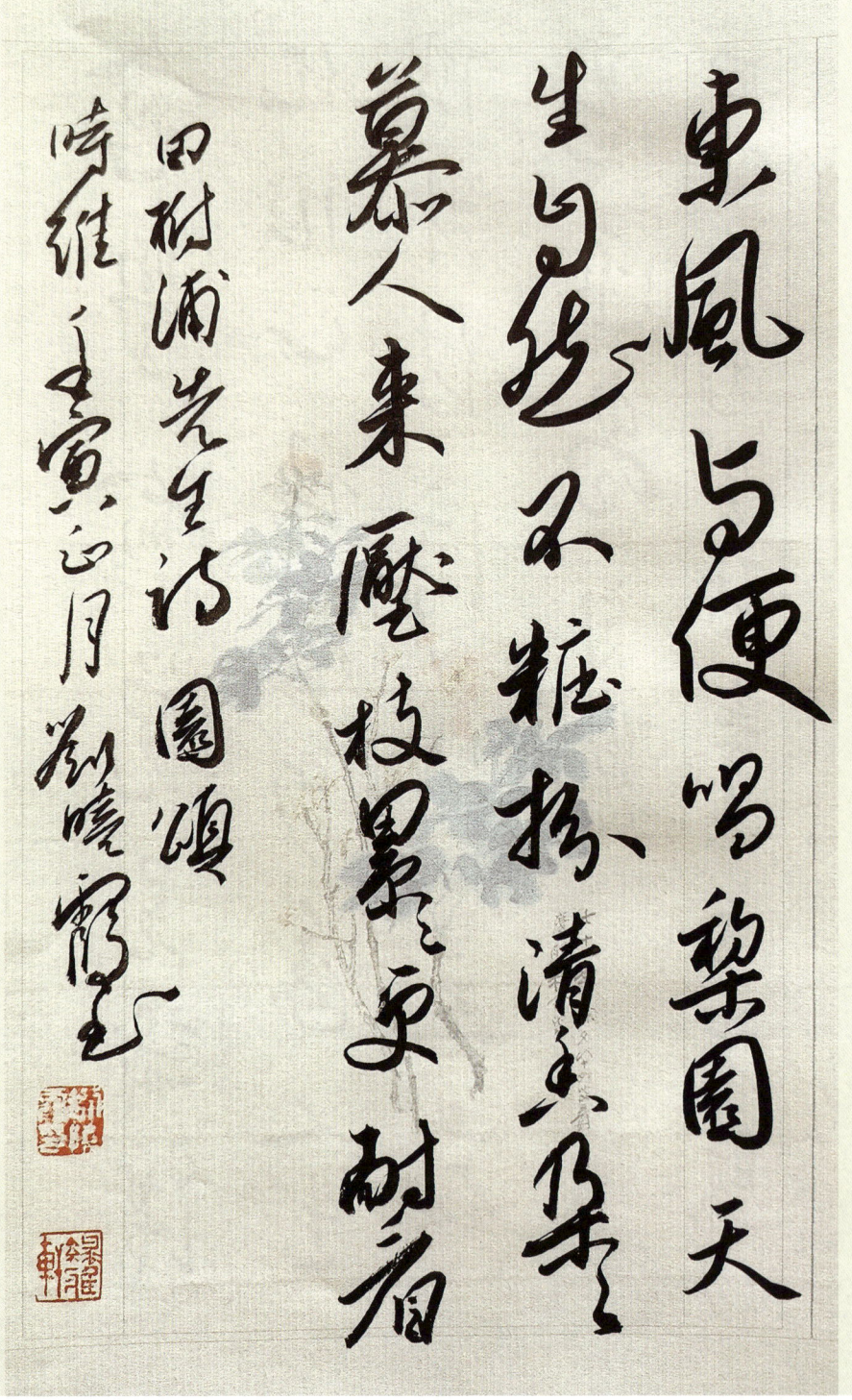

東風与便唱梨園天
生句勉不糙揚清真乃集
慕人来壓枝累累更耐看

田村浦老生詩園頌
時維壬寅正月劉曉霞書

中国书法家协会会员、中国书法家协会女书法家委员会委员刘晓霞题

天地高远赤子情

匡洪治

田树浦同志的新作《游知记趣》即将出版，嘱我作序，我欣然接受了。

我与树浦同志很早就熟悉。20世纪70年代末80年代初，他在县里任宣传部副部长（后任县委常委、宣传部部长），我在《沧州日报》当记者。90年代后他改任县委副书记，我也到县里任职。2003年他转岗县人大常委会主任，一干就是十年，我也在市政协、市人大岗位各干满一届。退休后，我在市里担任关心教育下一代工作委员会主任，他在县里担任老区建设促进会会长，共同发挥着余热。树浦同志喜欢写作，我也爱好"码字"。相似的阅历与爱好，相同的脾气和秉性，使我们成了相识相知的朋友。

树浦同志是一位有情怀的人。长期固守乡土，担责有为，干一行爱一行，踏踏实实，任劳任怨，久久为功，是一步一个脚印走过来的。他18岁在南皮一中参加工作时是临时工，勤奋好学肯干，博得教职员工称赞，深受学校领导赏识，先入党，再转干，又领衔共青团。调入县委宣传部自知学浅，废寝忘食，刻苦钻研，孜孜不倦，工作上用心用力用脑，很快崭露头角，是较早提拔为科级干部并被组织确定为处级后备干部人选的。进入县级领导班子后，亲民爱民为民，更加勤奋工作，更加严于律己，更加务实创新，得到干部群众的广泛好评。工作之余，出版《领导干部必读》，辑印《可爱的南皮》，纂成《南皮县人大史》，在读者中留下深刻印象。尤其退休后，在县关工委、县老区建设促进会任职期间，编著《搜知集趣》（花山文艺出版社）、《大美老区》（红旗出版社）、《南皮县革命老区发展史》（河北人民出版社），即将付梓的则是近日送到我手头上的《游知记趣》一书。他有言，"闲来弄纸笔，余热化启蒙"，是说做如一的。退休10年，4部著作，洋洋百万言，正说正义正能量，爱党爱国爱人民，今虽年逾古稀，仍笔耕不辍，实在是难能可贵！

树浦同志的新作《游知记趣》凡七类92篇、100多首诗词、20多万字释说，诗文并举，颇感分量。有知识讲座，有名著点评，有山川唱咏，有历史人物的追寻认知，有红旅圣地的纵情歌颂。内容丰富多彩，文体新颖别致，秉笔直书情愫，字里行间闪耀真、善、美，其深厚阔远的家国情怀跃然纸上。

诗言志，抒情，寄意。立志存高远，怀情含天地，达意接古今，这些在《游知记趣》中是可以读出来的。

《游知记趣》主旨明透，语言凝练。信马列，"岁月难泯千秋业""拜读英名无逝年"；敬人民，"枝叶关情双脚苦，巷陌连心孤灯勤"；爱祖国，"血写仁义照汗青""岂有百年金瓯残"；记贤哲，"跃身波涛流千古""牢狱未改勇直前"；讲真理，"老区奠基新中国""还驾红船驶远方"；说家教，"我抖精神语诸君，端育子女毋放松"……作者用阐释点示深意，用评说赏析美点，在有限的篇幅中熔铸极大的内涵，在浓缩的语言里包含丰富的情感。充分展示了一个共产党员、一个党的领导干部坚定的政治信念、高尚的人文情怀和纯洁的内心世界，令人肃然。

《游知记趣》诗词直抒胸臆，晓畅明快，更有释文，让人读得懂、理解得透。像《生当如此》"闻鸡起舞雄心壮，击楫中流气更扬。边草情深战马奋，枕戈男儿不彷徨"一篇，叠用四典，高昂通顺，将怀志男儿纵横驰骋的英雄气表现得淋漓尽致。鼓舞奋斗，稍读历史的人便不会费大猜。也有需要下功夫理解的，比如《识远功显》"乾坤国里谁英雄？浩瀚书海波浪涌。试向青冢顶上望，大德不让碑一通"四句，说王昭君和亲，是德高配天地、功不让须眉的大英雄。细思量，其意恐不止于此。诗中蕴含了对民族团结和睦的渴望赞美，更有对战争与和平的深度思考。战乱是人类的大敌。败则死伤无数受大创，胜也"一将功成万骨枯"。"可怜无定河边骨，犹是春闺梦里人"。静思默吟树浦同志这首诗，似能听到一位古稀老人忧国忧民的大义呼声，也自然会联想到生活在我们这样国度里的人们是何等的幸福！

《游知记趣》用相当的篇幅文字，记述了登临革命圣地的感悟和思考，是作者不忘初心使命、坚守理想信念、传承红色血脉、接续拼搏精神的决心表达。游历党开基创业的井冈山根据地，作者指出："百年积弱山河破，救亡图存败犹多；一俟井冈辟新路，革命频频奏凯歌。"用中国革命成功之道诠释了把马列主义普遍真理同中国革命具体实践相结合，坚定走自己的道路。参观遵义会议旧址，作者写道："五次围剿遭危难，十万悲壮踏程悬。生死最教人悟彻，领胜红军出重关。"用血淋淋的事实和我党我军艰苦卓绝的斗争实践，佐证了我党我军选准自己的领袖与统帅对事业兴衰成败是何等的重要！历史选择了毛泽东、邓小平、习近平，这是党之大幸、国之大幸、民之大幸。建党百年之际，站在上海中共一大会址和嘉兴南湖红船面前，作者更是感慨万千："漫漫黑夜盼天亮，云水沪上迎曙光。铁肩担起大道义，妙手写出好文章。二十八载拼站立，七十二年奔富强。长怀初心精神振，还驾红船驶远方。"正是以毛泽东、邓小平、习近平为代表的中国共产党人，在百年接续探索、拼搏、奋进的征程中，实现了中华民族从站起来、富起来到强起来的伟大历史跨越，创造了中华民族历史的辉煌。掩卷沉思，我们会更加自觉地坚定"四个自信"，树牢"四个意识"，坚持"两个维护"，紧紧地团结在以习近平同志为领导核心的党中央周围，用习近平新时代中国特色社会主义思想武装头脑，指导实践，沿着历经艰辛探索而选择的正确路径与方向——具有中国特色社会主义道路奋勇前进！

树浦同志知识面广，阅历丰富，思考缜密。读他的《游知记趣》，就犹如品尝大厨精心烹制的"区域大餐"，回味无穷，值得拥有。喜欢读书的人，可以觉察作者对那些人类文化宝库中历经时光淘洗而沉淀下来的不朽经典的深邃思考，以及这些传承优秀文化的名著对一个人正确的人生观、世界观、价值观形成的影响，从而去自觉地多读书，读好书，陶冶情操，增长知识，"腹有诗书气自华"。正在从政的人，可以感受作者对党对国家对人民对家乡深沉的爱，体会"昼察细微每多问，夜思反复几无闲""禄食父母心头重，勤事无悔衣带宽"的赤子之情，进而激励自己工作恪尽职守，生活严于律己，作风脚踏实地，老老实实为人，清清白白做官，勤勤恳恳干事，成为一个让党放心让人民满意的公仆。钟情写作旅游的人，可以从作者读书与旅游的墨痕履迹中，悟出读书旅游不仅开眼界，增阅历，长知识，强体魄，而且对提高写作水平大有裨益的道理。"知是夕阳黄昏近，燃得烛光亮纯真。"步入老年的朋友，则可从作者乐观向上的生活态度和童心未泯的年轻心态引发激情，自觉融入秀美的大自然，用豁达的心胸，拥抱五彩缤纷的世界，以高尚的情操，应对方方面面的生活，学会愉悦，颐养天年，笑对人生。

树浦同志自谦邀我代言，老朋友相托，委实不能推辞。伏身书案捧读，受益匪浅，不胜感慨，发自内心，形诸感言。

权且为序。

匡洪治，沧州市人大常委会原主任、沧州市关心教育下一代工作委员会主任

目　录

一　素心简论篇

名著窥测 3

深圳浅探 8

晋祠见闻 12

邯郸行吟 14

讲堂谈仁 16

荥阳伫思 23

苏州观赛 26

家教荣光 28

曲阜启悟 31

仁义报国 33

二　红旅圣地篇

雾都记昔 37

众望所归 40

砥柱中流 42

粤风激荡 44

辟路领航 48

真军风貌 51

淮安仰望 53

人民光荣 57

韶灵毓秀 61

燎原星火 65

高远辉煌 67

百年颂党 69

三　唱吟人物篇

心智计谋 75

生当如此 77

人文初祖 79

乾陵我见 81

识远功显 83

天之骄子 86

词国耀星 89

刚直清正 91

民族强声 93

天昭日月 96

燕地英侠 99

高韵流芳 102

四　登临山河篇

匡庐见解 107

鄱湖兴叹 109

疆域壮伟 111

藏原沧桑 114

汶川重建 116

武陵境美 117

蒙土草青 119

东湖飘香 120

翠屏感赋 121

洛都风采 123

骊山怀古 126

三省游颂 130

五　四地专游篇

璀璨明珠 137

虎踞龙盘 148

九省通衢 156

避暑胜地 166

六　情浓家乡篇

心碑高矗 185

履职汤庄 187

励勉寄意 190

通达造福 192

碧水涌浪 194

善行长远 196

为人风范 197

乡土英雄 200

古城骄傲 203

救扶至上 206

庭院蕴涵 208

情系桑梓 210

乐在生活 213

青春点赞 216

七　心语点滴篇

无忘 221

共悼 222

逢时 223

进学 224

深造 225

处变 226

考察 227

实干 228

知言 229

会友 230

室趣 231

园颂 232

识竹 233

离岗 234

便捷 235

游淀 236

敬民 237

同志 238

至理 239

史照 240

心愿 241

诱导 242

养年 243

感思 244

墨宝 245

仰止 246

吟雪 247

迎新 248

附录

朴实无华一丹心 251

行吟方圆觅古风 253

笔耕不辍励人生 256

时代歌者 258

小草在歌唱 260

清风明月寄深情 263

文如其人 266

游人记友·乐笔 267

后记

后记 268

素心简论篇

名著窥测 　深圳浅探

晋祠见闻 　邯郸行吟

讲堂谈仁 　荥阳仡思

苏州观赛 　家教荣光

曲阜启悟 　仁义报国

名著窥测

尝读中国古典文学四大名著《水浒》《三国演义》《红楼梦》《西游记》于不同时期。笔录当时思想，带有时代印记，纯属管蠡之见。

读《水浒》

（1976年8月16日）

水泊梁山天下胜，
光闪一百零八星。
史书何以殊方腊，
杀富济贫媚东京。

八百里水泊梁山，写得形胜险要，实地考察，与神州大地上众多名山大川一比较，逊色得很。它的名扬天下，实在是沾了《水浒》这部妇孺皆知小说的光。一部《水浒》，作者施耐庵神来之笔，把梁山的首领们冠以三十六天罡、七十二地煞星，勾画得栩栩如生，闪闪

水泊梁山

发光。艺术造型和情节描写引人入胜，使得百读不厌，引得巷论街谈。

史书记载着梁山一百单八将的行踪。江南义军首领方腊，眼见官逼民反，因势利导，聚众起兵，占据江南六州五十二县，自建国号，义旗直指腐朽的赵宋政权。虽然方腊起义失败，被俘牺牲，但史称英雄。不同于方腊，以宋江为首的这

伙人（不是全部），多由失意政客、落魄军官和无奈豪绅组成，虽有打家劫舍、杀富济贫和抗击地方官府的一些动作，但始终胸无大志，怀揣招安，时刻准备着投降皇帝。

1975年8月14日，毛泽东在怎样读《水浒》的谈话中说："这支农民起义队伍的领袖不好，投降。"（《人民日报》1975年8月31日）确实，梁山泊头领宋江先是不惜受辱，谋求到卑微册封，继而甘心为皇帝卖命，领着归顺朝廷（有些不愿投降的人愤然离去了）的梁山将领狠打江南起义弟兄。正如鲁迅先生在《三闲集·流氓的变迁》中指出的那样："一部《水浒》说得很分明，因为不反对天子，所以大军一到，便受招安，替国家打别的强盗——不'替天行道'的强盗去了。终于是奴才。"

尽管成了封建统治阶级的奴才，可最终宋江还是落得个兔死狗烹、被皇帝赐毒酒毙命的下场。只是可惜了那些跟着他稀里糊涂死了的弟兄。

读《三国演义》

（1986年5月9日）

群雄并起杀伐众，
大浪淘沙走马灯。
应时高竖大纛旗，
顺势铸成三足鼎。

东汉末年，皇纲不振，宦官图内控，外戚想专权，拳打脚踢，纷争不断，招引来并州牧董卓率兵入长安。袁绍等十八路诸侯合兵反董卓，心不齐，成事难，各顾各，争地盘，天下由此大乱。

车马步骑，刀枪剑戟，纷纷逞强，百姓遭殃。杀来打去，多数灰飞烟灭，只剩得曹魏、孙吴、刘蜀三大家。可谓是"浪淘尽，千古风流人物"。

《三国演义》里有一回"曹操煮酒论英雄，关公赚城斩车胄"，曹操问刘备，天下谁是英雄？刘备装傻充愣，瞎说袁绍者流是英雄，曹操不以为然，脱口而出"天下英雄，就是我和你"。一句话吓得刘备心跳突突脸变色，连手中的筷子都惊落地上。刘备真这么胆小吗？不！是自己的韬光养晦被人看破，心里虚。还算来得快，忙用闻雷来掩饰。

刘备是一位英雄，从织席贩履、寄人篱下到招贤纳士、匡扶汉室不可得而竖起蜀汉旗帜，是走了一条坎坷曲折路。孙权也是一位英雄，弟承兄业，据长江以为天险，领州郡而霸江东，因此有"生子当如孙仲谋"之说。曹操更是一位大英雄，有以少胜多的官渡之战辉煌，亦有兵多被烧的赤壁之战败绩，他担当得起，仍雄踞中原，三国为大。

细想来，事非偶然，局非偶然，时势造英雄使然。顺时势者昌，逆时势者亡。就连后来的三国归晋，也该说是大势所趋的吧。

忆秦娥·读《红楼梦》

（1986年10月18日）

红楼梦，
朱门问对谁与成。
谁与成，
一家豪富，
万户愁穷！

起社赋诗各有志，
笑语浮云冷无情。
冷无情，
"潇湘"遗恨，
愤走"怡红"。

《红楼梦》写得清楚，贾、王、史、薛四大家族，连着裙带，皆为巨富。就拿贾府说，到了"白玉为堂金作马"的地步，还不是富得流油吗？大观园里，"潇湘馆"竹动窗下，"怡红院"花开堂前。更见那，亭台阁榭临秀水，曲径回廊绕石山。真个是朱门闭森严，华屋千万间。

哪来的钱，把贾府建造得如此富丽、这般堂皇？杜甫诗"朱门酒肉臭，路有冻死骨"说得好，豪富人家有喝不完的酒、吃不尽的肉，而那些面朝黄土背朝天的人，却衣不蔽体、食不果腹地冻死在野路上，天问合理吗？

不劳而获的贾府里，住着锦衣玉食的小姐、太太和公子哥（受役使的丫鬟、仆人不在此列）。雅兴发时，便起诗社，自有情思，各怀心志，精于巧构，多有妙辞，也算是贾府的一项文化建设。

热热闹闹的贾府，上上下下，阖家人众，明里常见开口笑，暗里多在使绊子，使人不寒而栗。

居住在"潇湘馆"里的林黛玉，透悉人间冷暖和爱情，断然以"质本洁来还洁去"诀别贾府。"怡红院"的贾宝玉闻讯，立刻呆了眼、乱了神、灰了心，及至心定，不顾拦阻，趋身心上人灵前，泣血跪读痛断肝肠的诔词。贾府机关算尽太聪明，反落得白茫茫一片大地真干净。贾宝玉终于红尘看破，恨恨离开了大厦将倾的贾府，不知去向。

至于高鹗续写的后四十回，贾府重现瑞气，后继兰桂齐芳，合不合曹雪芹的初衷原意，那是红学专家们一直争论的事。

一部《红楼梦》，百科全书，博大精深，又岂能一首《忆秦娥》小令概而括之。

读《西游记》

（1992年3月22日）

《西游记》是一部中国古典神话小说，书中四个主要角色，除唐三藏确有原型（唐太宗时期的高僧玄奘）外，其余三个连同这妖那怪纯属虚构。

小说主题鲜明。一个团队，坚守西天取经的信仰不动摇，走千山万水，历千辛万苦，排千难万险，不达目的，绝不罢休。闪耀精神，透显毅力，凝聚勇气，令人十分感动。

读罢《西游记》，叹、笑、惜、赞出。叹者，唐三藏，人妖颠倒，真假不辨，关键时刻，不能下达明确的出击令，而是"咒念金箍闻万遍"，致使"精逃白骨累三遭"。虽说"僧是愚氓犹可训"，但不管怎么讲，一个家庭，一个单位，若由这样的人做主，时间长了，保准会乱套。笑者，猪悟能，大肚便便，能吃会睡，偷懒好色，纯是个乐哥，西天取经路上很少见派有大用场，这也难怪，其元神天蓬元帅原本就不是一个有什么能耐的主。惜者，沙悟净，皈依佛门，沉默寡言，肩挑双担，任劳任怨，虽心存刚直，时持公正，总感庸碌，再无显流沙河里英勇搏击的好身影。最可赞，顶天立地孙悟空，一个敢抗强权、独立自主的英雄将，一个逢山辟路、遇水架桥的开拓者，一个勇除妖魔、智胜鬼怪的谋略家，一个坚持原则、保驾护航的忠诚人。

我在想，《西游记》里的唐僧取经，若离开孙悟空，还会有什么希望？于是生发出一种感情：需要赞美孙悟空，试着填写《满江红》。

满江红·孙悟空

齐天大圣，
美名长留众口中。
赞英雄，
下蹈四海，
上游天宫。
玉帝面前无禁言，
老君炉里敢折腾。
筋斗云十万八千里，
是神勇。

千钧棒，
力无穷；
鬼妖愁，
魔怪惊。
奋举开新宇，
一路豪情。
火眼金睛穿迷象，
慧心睿智分浊清。
排万难忠贞无二心，
取真经。

深圳浅探

（1996年8月6日）

20世纪90年代初，报纸刊登长篇通讯《东方风来满眼春》，文中详细报道深圳的快速发展，随即《春天的故事》唱响神州大地。循着文路歌声而作：

春早

惊闻春雷南海天，
气壮山河刮目看。
擎旗不湿立潮头，
制度优胜树典范。

作者（前排坐右二）赴深圳前于上海

1996年夏天，受县委、县政府领导委派，率三个乡镇党委书记和六个村党支部书记赴深圳实地考察经济建设和改革开放工作。在当地相关单位人士的陪同下，深入机关、企业、厂矿、学校和一些建筑工地，详细了解发展变化，认真听取经验介绍。一周归来，总结整理成在县委领导班子集体学习会上的发言。

一切服从发展

社会主义离不开解放和发展生产力。没有高度发达的社会生产力，没有比资本主义国家更快的速度和更高的效益，社会主义终究不能立足。社会主义只有赢得比资本主义较大的经济发展优势，才有说服力。在经济发展竞争日趋激烈的今天，我国要自立自强于世界民族之林，必须大力提高社会生产力水平，发展壮大社会主义经济。

扭住经济建设中心谋发展。社会主义初级阶段的主要矛盾是人民日益增长的物质文化需要同落后的社会生产力之间的矛盾。解决社会主要矛盾，党中央制定了"一个中心、两个基本点"的基本路线，对此，深圳不折不扣地贯彻执行，牢牢扭住经济建设中心，以发展社会生产力为己任。各地方、各部门，包括政治、经济、文化各条战线的同志在恪尽职守谋发展，科学统筹作规划，落实任务定计划时，都紧紧围绕经济建设这个主题，一切服从经济建设，一切服务经济建设。求真务实，写好自己的文章，干好自己的事业，深圳人懂得，有作为才能有地位。

坚持理论联系实际讲发展。一切从实际出发，理论联系实际，实事求是，是我们党的思想路线，是贯穿于邓小平建设有中国特色社会主义理论的一条红线，也是深圳讲发展始终如一遵循的原则。深圳十多年改革开放和现代化建设之所以取得巨大成功，根本原因之一就是一切从社会主义初级阶段的实情出发，既克服了那些超越发展阶段的观点和政策，又拒绝了抛弃社会主义基本制度的错误主张，抓住了解决社会主要矛盾的钥匙，集中精力进行四个现代化建设，同心同德发展社会生产力，社会主义新深圳也才真正活跃和兴旺起来。一切要从中国现在处于并将长期处于社会主义初级阶段这个最大的实际出发。但我们不能不看到社会主义初级阶段这个大实际，在我国不同地区又有其具体体现，因此，不能靠喊一般口号去指导工作，不能脱离具体实际盲目攀比蛮干。学习深圳，要坚持好社会主义发展中一般与个别、统一性和多样性的辩证法则，从自己的县情、乡情出发，在深入调查研究的基础上，缜密思考、科学决策，只有这样才能更好地促进本地区经济持续快速健康发展和社会的全面进步。

遵循效益第一原则求发展。市场经济是竞争经济，说到底是效益经济。我们要发展社会主义市场经济，就要把不断提高经济效益放在首位。我国要加入世界贸易组织，参与国际经济发展循环并占据有利地位，需要高效益；国内不同的生产经营单位要在同行业中立足并争雄竞胜，同样需要高效益。衡量一个地方的经济发展状况要看投入和产出，但更要看投入产出比。看一个企业的生产经营好坏，就是要看赚不赚钱，赚了多少钱？盈不盈利，盈了多少利？交不交税，交了多少税？没有效益就没有发展，效益第一是深圳各项工作特别是经济工作的出发点和落脚点。学习深圳，要认真解决我县产业结构不合理、经营粗放、浪费严重、效益不高的问题。在经济增长方式上坚决实行从粗放型向集约型的转变。坚持企业走以内涵发展为主的路子，在搞好挖潜改造、加强内部管理、提高科技含量、缩短资金周期上下功夫。农业发展走产业化的路子，以国内外市场为导向，调整产业结构，加大科技投入，保证品种质量，提高单、总产量，规模种植，加工增值，逐步形成种养加、产供销、农工商、内外贸一体化的生产经营体系。

采用有效组织形式快发展。生产关系因适合生产力发展而存在，否则就会变为束缚生产力发展的桎梏，迟早会被打破。深圳建立和发展社会主义市场经济，努力寻找公有制与市场经济相结合的有效实现形式，大力解放和发展社会生产力，大胆利用一切反映社会化生产规律的经营方式和组织形式，为全国带了好头。深圳认真总结和借鉴农村改革和发展的成功经验，按照建立现代企业制度所必需的产权清晰、权责明确、政企分开、管理科学的规范要求，真正把国有企业建成自主经营、自负盈亏、自我发展、自我约束的法人实体和市场竞争的主体，自觉担起国有资产保值增值的责任。深圳深化国有企业改革，注意到了三点：一是下决心打破条块分割，切实解决"大而全、小而全"和不合理重复建设问题；二是以资本为纽带，以市场为媒介，组建跨区、跨国、跨行、跨所有制的具有较强竞争力的大企业集团；三是坚持社资不讨论、公私少计较，继续采取改组、联合、兼并、租赁、承包经营和股份合作制、出售等形式，加快放开搞活国有小型企业的步伐。学习深圳，要坚决破除陈旧观念束缚，进一步解放思想，以"三个有利于"为根本标准，正确认识和大胆采用当前公有制改革实践中出现的能促进生产力发展的各种新形式。

作者于深圳莲花山公园

发扬艰苦奋斗作风促发展。社会主义

新中国是共产党带领劳苦大众艰苦奋斗出来的，快速高效地发展社会主义事业需要党带领人民群众继续发扬艰苦奋斗的作风。在前进的道路上，深圳十分清醒。一些党员干部特别是个别领导干部忘记党的宗旨，丢掉党的传统，贪图安逸，追求享受，国基难固。深圳人认识到，在当前国际联系日益密切，经济发展广为制约的情况下，要使社会主义中国迅速崛起，立于不败之地，主要依靠自己的发展，关键在于全体党员干部能否严于律己、率先垂范，凝聚全国人民的力量，铸成民魂。这才是中国特色社会主义千秋大业得以巩固发展的根本保证。

2015年，又是一个夏天。

时隔20年，我再次踏上深圳的土地，惊叹深圳翻天覆地的发展变化，赞羡深圳争创第一的精神风貌。站在深圳莲花山顶，深情仰望邓小平同志昂首挺胸、大步前行的塑像，思成一首：

春　驻

阳光普照澄碧天，
神州遍地展新卷。
敢为人先有自信，
世界史上空无前。

晋祠见闻

（1997年11月8日）

人说山西好风光。三晋大地，名山古建，多有胜迹，引人观赏。1997年秋冬之交，到山西省考察计划生育工作，间游晋祠。

晋祠，位于山西省太原市晋祠镇，初名唐叔虞祠，是为纪念晋国开国者唐叔虞而建的晋国宗祠，是中国最早的皇家祭祀园林。后经历代扩容修建，始成今日规模格局。祠内建筑布局带有各自朝代的特点，300年以上的建筑98座、塑像110尊、碑刻300块、铸造艺术品37尊，是集庄严壮观与清雅秀丽，宗祠祭祀与自然山水完美结合的典范。

创建于宋仁宗赵祯天圣年间（1023～1032年）的晋祠圣母殿，处于最中心、最显要的地位，殿堂宽大疏朗，有精美彩塑40多尊，是中国雕塑艺术宝库中不可多得的珍品。圣母邑姜（唐叔虞之母）头戴凤冠，神态庄严，雍容华贵，居高而坐。左右两庑彩塑侍女各有专职，形象逼真，造型生动，情态各异。圣母殿前廊柱上的木雕盘龙，雕于宋哲宗赵煦元祐二年（1087年），龙抱高柱，周身风从云生，历近千年，鳞须鲜明。木雕盘龙倒映殿前池沼，随波浮动，真也似潜龙显形有神灵。

晋祠圣母殿北侧有一株周代栽植的柏树，传说已有2800多年树龄，树干粗壮，需数人才能合围，至今茂盛葱郁。晋祠背依悬瓮山，面临晋水，十分佳地。晋水源有三泉，一曰"善利"，二曰"鱼沼"，三曰"难老"。难老泉，俗

作者（前排中）于山西晋祠

称"南海眼"，出自断岩层，终年涌水，与它泉汇成晋水长流。

遥想晋国当年，自唐叔虞受封开国至末任晋静公被废为庶民，历650多年，其间有晋侯威霸中原的荣耀，也有韩赵魏三家分晋的悲哀。无情岁月，翻页过去，问今人还有几个识得？但发生在春秋时期晋国景公三年（前597年）的一桩冤案被编成故事《赵氏孤儿》传唱下来，至今可以说家喻户晓，妇孺皆知。细想，是故事主人公程婴先生甘舍亲子换救赵武、公孙杵臼老人慷慨赴死的忠义，感天动地泣人。深思，中华民族五千年自立自强，盖忠义精神一代代传承发扬。入出晋祠得句：

> 山西自古多奇秀，
> 踏槛晋祠思悠悠。
> 彩塑圣母堂上坐，
> 木雕神龙水中游。
> 周柏一树长生翠，
> 晋水三泉未息流。
> 公侯显赫化泥土，
> 春秋忠义唱不朽。

邯郸行吟

（2012年5月8日）

壬辰四月，有丛台酒厂朋友热情陪游邯郸，晚聚席间口占四句纪行：

> 赵国城里古丛台，
> 春日登临望新开。
> 信步景苑凝眸处，
> 细读故事养智怀。

丛台，相传始建于战国武灵王赵雍时期（前325～前299年），是赵王检阅军队和欣赏歌舞之地，故称"武灵丛台"，至今已有2000多年历史。台上原有天桥、雪洞、花苑、妆阁诸景，当时名扬列国，历代多有赞歌。

在2000多年的漫长岁月中，丛台遭受无数回天灾人祸的破坏，多次改修重建。据1933年《邯郸县志》所载，自明代中叶至民国期间的400多年中，就修建了10多次，虽已非原貌，但仍不失古典亭榭风格。中华人民共和国成立后，人民政府对丛台有过几次大的维修，古老丛台建筑愈臻精美，气势更加壮观，扩规建成了以武灵丛台为中心的丛台公园。1982年，丛台公园被列为河北省文物保护单位。1999年，获评百家"全国名园"。2008年，获得国家重点公园称号。

作者于丛台

邯郸市是国家历史文化名城。广袤地域的辉煌历史、深厚丰腴的文化积淀为邯郸留下了众多的古迹和历史故事。据不完全统计，具有邯郸地方特色或与邯郸有关的成语典故达千条以上，其中许多有完整的故事情节。它们以言简意赅、精辟神妙、富有哲理、寓于情趣、耐人寻味而成为中国汉语言艺术的一枝奇葩，在华夏历史文化长廊中独树一帜。邯郸的成语典故遗址景观令人仰止，位于邯郸市赵苑景区内的"成语典故苑"占地100多亩，以园林为载体，以故事为内容，以碑刻、浮雕、绘画、自然山石象形喻义等多种艺术手法为表现形式，将发生在邯郸的成语典故再现于世人面前，是中国唯一的以成语典故为主题的文化园林，被中国民间文艺家协会命名"中国成语典故之都"。

春抱冀南，新绿醉眼。步行"成语典故苑"内，读"胡服骑射"，赞雄才大略，富国强兵；念"毛遂自荐"，赏怀才告勇，脱颖而出；笑"邯郸学步"，照抄照搬，失本丢真；哀"纸上谈兵"，脱离实际，身死丧师，如此等等。鞭策鼓舞，警示惕励，生动鲜活，实在是开脑益智育人难得的好地方。

归来灯下照无眠，梳理见闻，草成此篇。

讲堂谈仁

——《国学讲堂》访谈录

（2014年11月26日）

诵读国学经典，传承中华文明。2014年11月，《国学讲堂》栏目组主持人林文利就"仁"这一话题，采访了南皮县国学研修会顾问田树浦先生。

林文利：田老您好！首先欢迎您做客我们的演播厅。

田树浦：你好，观众朋友们大家好！

林文利：田老，相信您平时也是十分关注我们《国学讲堂》这档

作者做客南皮县电视台《国学讲堂》栏目

栏目的。今天请您来我们的演播厅，是想听一听关于"仁"的解释。

田树浦：南皮电视台推出的《国学讲堂》这一栏目很好，前两期我都观看听讲了。现在全国涌现国学热，有好多讲座，可以看到对中华民族优秀传统文化的自信，可喜可贺。来到《国学讲堂》栏目组，愿和大家共同探讨一下仁的理念和实践。

林文利：那咱们就从头说起吧。

田树浦：仁这个字出现的很早，在中国3000年前的甲骨文里面就有了。在商代和周代，就有一些关于仁的思想的论述，它的最初含义是指人与人之间的亲善关系。但在那个时期的典籍当中，对仁的论述是单调的、简单的、零散的，很不系统。第一个对仁加以完整界定，并提出以仁为核心的一整套伦理政治学说的

是儒家学派的创始人孔子。后来，孟子又在孔子思想基础上进一步发挥，把仁的学说落实到具体的治国理政当中，提出了著名的"仁政"学说。从这个时候开始，应该说中国古代最高的传统道德理想和伦理政治原则就形成了。需要指出的是，任何事物都是发展变化的，仁学也随着社会发展和时代进步被不断赋予新的内容。孔子学说中最主要的部分是仁学。《论语》中有58章出现仁的论述，109次出现仁这个概念。可见仁在他的整个学说中占有着重要的地位。

林文利： 那在日常生活当中，我们应该怎样理解和把握它的内容和要求呢？

田树浦： 我从核心、体现和原则三个方面简单地解释一下。第一，要把握它的涵义核心。仁究竟是指什么？在不同的场合、不同的时间、针对不同的对象，孔子所阐述的"仁"的涵义是不完全一样的。但最根本的解释是两个字："爱人"。这是孔子在他的学生樊迟请教什么叫仁的时候作的一个回答："仁者无不爱也""泛爱众而亲仁"。用今天的话说，就是有仁德的人关爱别人、善待他人、利益众人，这是仁的核心。

第二，除了它这个本质的、核心的涵义"爱人"之外，还有着许多丰富的具体的内涵，像义、礼、智、信、勇、宽、敏、惠、温、良、恭、俭、让等都是"仁"这一最高道德标准的要素。如果能把孔子的仁说比作一件织网的话，那么可以认为，仁爱就是网纲，而其他如刚才所列举的那些美好的德行便是网目。要达到仁，首先就要按上述诸种美德的要求去做。换句话说，仁的体现奇光异彩，见义勇为是仁，乐善好施是仁，诚实守信是仁，热心公益是仁，忠于职守是仁，谦逊礼敬是仁等等。

林文利： 那咱们应该如何把握它的原则呢？

田树浦： 这一点是需要多说两句的。孔子讲的仁，不光单纯讲"爱人"，也有"恶人"的原则。"恶"是厌恶的恶。孔子并不主张无原则地爱一切人，就是说不能用仁德之心去应对坏人和敌人，不能做亲者痛仇者快的事情。"对敌人的仁慈，就是对人民的犯罪"，这句话是非常对的。雷锋同志说得好："对待同志要像春天般的温暖"，"对待敌人要像严冬一样残酷无情"。就是讲善恶分明，要扬善惩恶。前些日子，中央电视台播放了一部很好的电视连续剧，叫《湄公河大案》。它是以糯康这个大毒枭为原型的，是真实的故事。这部电视剧，我连续看了全部，特别欣赏片尾曲《遥远的河》中的几句歌词："无论是谁，犯我几何，一债未还，千里追索。"它反映的是作为仁义之师的中国刑警，为维护国际正常秩序和伸张中国正义，还中国13名船员的清白，千里追索国际毒枭，坚决绳之以法律，决不仁慈于敌人的大仁智勇。爱恨情仇，这是我们践行仁道应该注意和把握的一个原则。

林文利：我们知道仁它不仅仅是一种理念，更重要的是一种行为，那么请问田老，在日常生活中，我们又该如何去做呢？

田树浦：你提的这个问题很好，要讲学用的。我总结了8个字，一是"内心主动"；二是"身体力行"。讲到内心主动，记得孔子和他最得意的学生颜渊对话时是这么说的："为仁由己，而由人乎哉？"是讲践行仁道，完全靠自己，哪能靠别人啊！君子就是用各种方法去督促自己达到自觉，激发内心为仁的愿望，主动去做，而不是靠外力的推动和他人的强压。简言之，做一个仁义厚道的好人完全靠自己。

林文利：发自内心的。

田树浦：对。再就是要身体力行。仁不仅仅是一种道德理念，更重要的是一种行为。仁是可以去做的，而且做很简单。仁就在我们身边，从我们身边的每一件事做起，凡有利于他人、社会、国家的事都扎扎实实地去做，就能逐渐达到仁的境界。怎样践行仁？孔子对他的学生讲过这样一段话："夫仁者，己欲立而立人，己欲达而达人。能近取譬，可谓仁之方也已。"这是说有仁德的人，自己想立身便帮助别人也立身，自己想做到的也帮助别人做到，凡事能由自己推及别人身上，这可以说是达到仁的方法了。这个意思，后来孟子解释得更直白一些，他讲了两句话叫"老吾老，以及人之老；幼吾幼，以及人之幼"。就是说天下的人都爱自己的父母，那么就用爱自己父母的这个心去爱别人的父母，去善待天下老人；每一个人都爱自己的孩子，那么就用爱自己孩子的这种心去关爱别人的孩子，去关爱天下的孩子。很明白的，这是一种以他人为重，以社会为重的生活态度，是一种积极进取、与人为善的献身精神，是一种无私忘我的高尚品德。心存真、善、美，落实行动中。这就是我们达仁的途径。

林文利：田老，现在社会上流传着不少诸如"住得近了，离得远了""社会冷了，地球暖了"之类的幽默调侃，对此您怎么认识，如何去读仁呢？

田树浦：小林，你刚才提到的一些社会传谈，我也听到过，多是感叹世情淡薄、人心冷漠、道德滑坡。现实社会中确实还存在一些不尽人意的地方，难免引发牢骚与不满。造成这种问题的原因是多方面的，看一个社会的文明发展程度，还是要看它的主流。我们党已经确立了社会主义核心价值观体系，从国家、社会、个人几个层面规范了行为目标，正全方位地激发仁德之光，努力解决社会存在的问题。这里，我试用四个例子说明一下仁的意义。

大约是在10月下旬的某日晚上，不经意看了中央7台的农业节目，正播放着华西村现任党委书记吴协恩的事。观众朋友们也许大都清楚，华西村是中国最大的一个村，说它最大，并不是单指它的常住人口多，地域面积广，主要因为它是中国特色社会主义新农村的一个典范或者说是我们新农村建设的一个榜样。在那里，人人得到发展，家家富裕生活，美好啊！它的第一任党委书记吴仁宝，是一位信仰坚定，颇具改革、创新精神的老人。1994年底，他为我们南皮县参观团介绍过华西村的发展过程和经验。他的儿子吴协恩接班以后，精心谋划未来的发展，但也碰到了一些困难，产生了一些疑惑，解不开，怎么办？去请教他的父亲。他的父亲指了指自己，只说了一句话："你要把华西村的人都当成自己的家人。"什么意思？是讲仁爱。把全村的人当成自己的家人，用亲情关爱，这不就是符合时代要求的新型人性化管理吗？我想，他虽没多说，实是告诫儿子：仁是宝（巧合着他的名字），关爱他人，得道多助，你就会领导好，你就能发展好。多么朴素的语言，多么简单的话语，又是多么深刻的理念，它反映了仁是我们领导的妙方。这是第一点。

作者（右二）在华西村与吴仁宝交谈

1989年春节晚会上唱响了一首歌，叫《爱的奉献》，曲调优美，歌词暖心，意境深远。这首歌受到了晚会现场观众的热烈喝彩，韦唯也一曲唱红。我记得当时场景，当这首歌的原型，一个知识分子女性站起来向大家见面的时候，全场报以雷鸣般的、经久不息的掌声。为什么？除了歌曲唱得好之外，最根本的恐怕还是这个女知识分子用自己充满爱意的那颗善心，去关爱在她家搞服务的小保姆。因为那个小女孩患了绝症，是她用爱鼓起了小保姆生活的勇气和信心。人们的掌声是在欢呼女主人公献出的无私的爱，是人们对大爱真情的期盼共鸣。所以第二点，仁是我们大众的期盼。

第三点，是我记起了前些日子评选的一个沧州好人，青县康复敬老院的院长周如珍。人们慕名去看她管理和敬养的200多位老人，老人们异口同声地赞扬她，说她比自己的亲闺女还要亲。你想想，一个素不相识的服务人员能把众多的老人聚集到一起，让他们认同自己是亲生女儿，她奉献了多少？有一个叫刘春虎的青

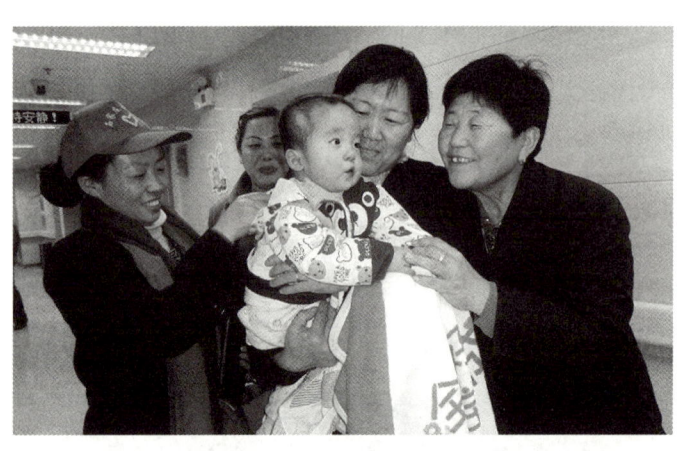

沧州好人周如珍（右一）

年，是一个转业军人，身患绝症，不久于人世，感恩她九年的精心护理，做出了死后把自己眼角膜献给急需的人和把遗体献给沧州医学院解剖的决定。这里请注意两点：第一，周如珍的关爱得到了回报；第二，回报者无私地奉献社会。对此，2014年8月28日的《沧州晚报》刊登了一条消息，同时配发一篇整版的通讯，题目叫《不留骨灰，留下大爱传承》。献出自己的爱，促发他人的爱，整个社会都贡献爱，这不就是爱的力量、爱的升华吗？它说明，仁是我们人生的精彩。

小林，你是否注意到，全国深入开展的"最美乡村医生""最美乡村教师""最美基层干部""最美社区人"等系列推荐评选活动。通过整个的评选活动啊，我真切地看到了众多的普通人扎根基层，忠于职守，服务群众，赢得光荣。他们的事迹感人至深，他们的精神催人奋进，他们真的是平凡而又伟大的人。鼓舞社会正气，激励人心向往，是他们倾注的仁爱，绘成了中华大地上最靓丽的风景。因之，我便想到了第四点，仁是我们社会的美丽。

讲了四点重要性，再浓缩一下，就是一首歌。这首歌是《爱的奉献》，"只要人人都献出一点爱，世界将变成美好的人间"。为仁的意义不就在这里吗？！

林文利： 看得到，现在用自己的实际行动展现爱心的人是越来越多了。那在本期节目接近尾声的时候，我们还想请您向电视机前的观众朋友们，提点建议好吗？

田树浦：要说提建议，忆起了乔军演唱的《担当之歌》。不知大家听过没有，我不能完整地唱这首歌，但记住了其中的几句歌词，"急难险重时有人赴汤蹈火，民族危亡时有人精忠报国，身负重托时有人鞠躬尽瘁，路见不平时有人一声断喝。担当是什么？担当是职责。担当是什么？担当是气魄。担当起服务人民的职责，担当起振兴中华的气魄"。这是我们应该发扬光大的。这样说好像有些泛泛而谈，具体地讲两条建议：第一条是认清形势。中华人民共和国已经走过60多年的历程，是仁义立邦，惠布四方，日渐强盛的。今天，世界都公认，我们的国家强大了。认真地回顾一下，她发展到今天非常不容易，是在风雨里日夜兼程，是在曲折中摸索前进。就是这样，国际敌对势力容许我们强盛吗？远的不说，近日发生在我们祖国领土香港的那个"占中活动"或者说"占中行为"是什么？说白了，就是西方敌视中国的一次演练。中华人民共和国发展到今天所面临的外部环境是应该引起警惕的。西方敌对势力的演变图谋从未间断，亚太再平衡的军力部署、南海争端的挑唆鼓动，都是在遏制中国发展，这是我们的外患啊！在国内，我们的改革发展走到今天，确实取得了举世公认的成就，人们应该为此而欢呼。但也应看到，制约社会平稳健康发展的诸多矛盾凸显，要解决问题，触动的已不是少数人，而是既得利益的阶层和不同行业的群体，阻力很大。用李克强总理的一句话说，改革已经进入深水区。不改革不行，又是深水区，这就有危险，这是我们的内忧啊！最近我读著名作家王蒙先生写的《中国天机》这部书，其中也讲到了中国进一步发展所面临的两大忧患：一是外部的诱惑挑衅，二是内部的腐败和动乱之虞。所以，讲内忧外患，不是危言耸听，不是"杞人无事忧天倾"。安乐死，忧患生，这是我们应该冷静思考的一个问题。古人尚有"位卑未敢忘忧国"的仁心觉悟，也有"先天下之忧而忧，后天下之乐而乐"的仁者情怀。我们是今人，应该更聪明，更豁然，要自觉学习先贤的仁义精神，甘与国家同忧患。这是我提的第一点建议，要认清当前这种形势。

林文利：国家兴亡，匹夫有责，振兴中华，全民努力。

田树浦：认清形势之后，怎么办？要行动啊！所以我讲的第二条建议是端正态度。"志士仁人，无求生以害仁，有杀身以成仁。"这是孔子把仁义与勇为联系起来，批评那种见义不为的懦夫行为说的话。意在指明，志士仁人绝不能只为了保全自己的性命而做出有损仁义的事情。认为仁义比生命更重要，当生命与仁义两者不能并存时，宁可舍掉生命，也要捍卫仁义。这种道德的力量，谱写着仁人志士的业绩，闪耀着仁人志士的光华，启示着众多的来者承续。当前，以习近平同志为核心的党中央领导集体，励精图治，果敢作为，正为我们国家纵横智交，仁结友善，和平共处，扩大开放，这是在国际为我们创造顺利发展的好环境。在国内，党和政府严修勤政，强力改革，惠众信民，这是扎扎实实地构建完美社会，坚固基础，凝聚力量。我们每一个热血国人，都应该明白这个大义，奉献一己，主动作为，回报社会。既要严以律己，敢抛利益，义无反顾地投身国内改革发展的实践，乐解国家之忧；又要挺直脊梁，增强自信，义不容辞地应对国际敌对势力的挑战，勇消民族之患。

有一位睿智长者勉励子女时说，"事不避险，义不逃责"。这里，我再添8个字："忠诚国家，服务人民"。好了，就用"事不避险，义不逃责，忠诚国家，服务人民"这16个字，作为我们今天这堂课的结束语吧。

林文利：观众朋友们，存仁心，做仁者，成仁事。田老提的两条建议非常有现实意义。让我们从自身做起，从小事做起，恒之以久吧！

荥阳伫思

（2015年4月11日）

2015年春暖花开时节，去看刘邦、项羽对垒的界河。站在荥阳城东北的广武山上，凝望两座遥遥相对的古城残址，生发感慨是免不了的。

> 中原逐鹿古战场，
> 心齐三杰胜霸王。
> 用人成事明主智，
> 说了刘汉话李唐。

公元前209年，秦失其政，陈胜、吴广农民起义，风起云涌，六国旧族乘机而动，扯旗造反，三年间，反抗与平叛，直杀得天昏地暗。战至后来，形成两大主力，是项楚、刘汉互动刀兵逐鹿在中原。这一战是你进我退、你跑我追又四年。双方倾其所有，竭尽全力，斗智斗勇，终是优胜劣汰，项羽兵败自刎乌江，刘邦凯旋登基称帝。

公元前202年，坐上皇帝宝座的刘邦，会聚部下分析灭楚兴汉的原因，朝堂之上，气氛热烈，众说纷纭，不乏溢美。刘邦头脑清醒，否决了臣僚不切实际的歌功颂德，讲了自己的意见："夫运筹策帷帐之中，决胜于千里之外，吾不如子房；镇国家、抚百姓，给馈饷，不绝粮道，吾不如萧何；连百万之军，战必胜，攻必取，吾不如韩信。此三者，皆人杰也，吾能用之，此吾所以取天下也。项羽有一范增而不能用，此其所以为我擒也。"亲力亲为的实践，站高望远的总结。史载，此言一出，群臣悦服。

"用人得当"，这是伟人毛泽东读史、评点刘邦得天下的点睛之笔。刘邦确有自己的用人高明：

一懂聚人兴业，不拘一格。只要有才能，只要对我有用，不管你过去有什么问题，现在有什么缺点，属于什么阵营，出身什么阶层，都招揽过来。叔孙通是秦朝的待诏博士，陈平曾在项羽帐下任都尉，樊哙是狗屠，灌婴是布贩，娄敬是戍卒，彭越是强盗，周勃是吹鼓手……正是"五湖四海"的干部政策，赢得的是英雄向心，豪杰来奔。

二精知人使能，放心放胆。敢于启用在某些方面超过自己的杰出人物，任其独当一面，放手全权负责，是刘邦的高瞻远瞩。他敬用张良的智高谋远，信用萧何的妙治善管，重用韩信的能征惯战，使得这些大能人围着自己团团转，忠心不二，卓越发挥，尽显风流……正是用能使长的睿智精明，换来的是由弱变强，反败为胜。

三会用人尊重，谦纳优择。《史记》中记载了他不少肯于纳谏、善于选择的事例：信郦食其说，用其攻取陈留的计谋；醒陈平踢，封举足轻重的韩信为真齐王；听张良劝，不守鸿沟界约，乘胜追击引兵东向的项羽；纳陆贾言，组织班子研究制定礼仪章法治国……正是自觉主动地虚怀兼听，成就的是轻取天下，顺治国家。

确如是，高志大气的刘邦把部属的聪明才智用到了其履职尽责展能的极致，焉有不胜。反观项羽，心狭气短，多发个人意气，只逞匹夫之勇，连一个胸怀忠心、腹存良谋的贤助范增都留不住，又岂能不败！

时越800多年，到了隋朝。隋炀帝失德行暴，国家动荡，民不聊生，群雄并起，人才各奔，李唐顺势兴兵，取而代之。公元626年，知兵懂政的李世民发动"玄武门之变"，逼李渊退位，自己做了皇帝。面对隋亡唐初的百废待兴，雄才大略的李世民励精图治。留"以古为镜，可以知兴替"名言垂世的李世民，想必是读懂了汉高祖，在采取的诸多有效措施中，用人之道比刘邦有过之而无不及。他既通"致安之本，惟在得人"之理，又知人各千秋，用善展长之法，某些做法堪称"千古一帝"。

一是君臣情结，水乳交融，"从谏如流"传佳话。魏征原是太子建成的旧属，为太子计谋政敌，分内之事。李世民欣赏魏征为公敢谏的刚毅忠直，是治国兴业的大器，便不计前嫌，毫不犹豫地委以谏议大夫之职，专司指错挑破、存是去非、监督朝廷作为的重任，并明言天下："征每犯颜切谏，不许我为非，我所以重之也。"魏征感恩知遇，尽职尽责，为国利民，所谏前后200余事，均被李世民采纳接受，并被表扬"非卿忠诚奉国，何能若是？"《贞观政要·任贤》记有李世民与魏征的谈话："公独不见金之在矿，何足贵哉？良冶锻而为器，便为人所宝。朕方自比于金，以卿为良匠。"在李世民心中，臣子魏征是冶炼、成全自己的良工巧匠，宝贵非常。君臣如此推心置腹，这般肝胆相照，真乃千古绝唱，由是，主明臣贤，名彪青史。

二是用人精妙，优势互补，"房谋杜断"成美谈。大唐初创，兴利除弊，问题堆山，用人之际，非能臣贤吏不可。房玄龄多谋少失寡决，杜如晦析理明快果断，李世民就让二人分担左、右仆射（同左、右丞相），优化组合，取长补短，共襄朝政。二人不辱使命，多谋善断，高效运转，很快化解了国家治理上的难题。久传化典，也就有了今天"房谋杜断"的成语被人乐道。终太宗一朝，短短23年，便促成了经济发展，吏治清明，社会安定，民族团结，"马牛布野，外户不闭"的"贞观盛世"，实在是与李世民的知人善任分不开。

世事纷繁，皆由人为，领导责任，用人干事。毫不吝啬的历史脚步已经迈进了21世纪20年代。民族复兴，至功伟业，需要来者；凝聚力量，用好人才，仍是课题。

苏州观赛

（2015年5月6日）

小小银球有奇功，
曾经带得大球动。
中华健儿尽心力，
为国争光真英雄。

2015年4月26日至5月3日，在中国苏州进行的第五十三届世界乒乓球锦标赛，八天酣战，落花有主，圆满成功。

此时，与老伴儿恰在苏州，把定中央电视台体育频道，通观五十三届世锦赛全过程，心赏龙争虎斗，目悦潇洒风流，中国笑在最后，心情异常痛快。定格赛场某些画面，便有如下的感悟：

为丁宁叫好，我目睹了强勇。女子单打决赛，在中国选手丁宁与刘诗雯之间进行。平日战友，赛场对手，实力相当的俩人，心向目标，志在必得，是一场扣人心弦、引人入胜的硬仗。平分秋色的前六局，二人的顽强尽入眼。一决胜负的第七局，打得依然是那么难分难解到八平，最后是丁宁咬牙坚忍脚伤剧痛，以两分之差击败刘诗雯。身体难支而坐地的丁宁流淌着眼泪，是终于夺冠的喜极？还是心怀对刘诗雯的感激？抑或二者都有都没有，这不重要。重要的是观众席上多了些珠泪挂腮的面孔，是对二人完美比赛的无声赞誉，更有被丁宁搏杀到底精神的深深感动。而我则从丁宁和观众的泪花里收获了思维的理性——两强相遇勇者胜。

为马龙鼓掌，我想到了坚毅。男子单打决赛，久经沙场的马龙对阵初出茅庐的方博。马龙老成持重奋勇，方博黑马行空往来，亦是竞拼激烈，厮杀无情，终是马龙技高一筹，以四比二结局取胜。当马龙双脚腾跃乒乓球桌、手托怀抱"斯韦斯林杯"在领奖台上凸现真情的时候，我想到了他的运动生涯。他没有同期队友张继科的及时闪耀。技术过硬的他在世界大赛上，或憾遇偶然无缘决赛，或惜败对手与冠擦肩，夺冠是他的梦寐以求，苦练成他的爱好习惯，到底功夫不负有心人。赛场演播室里，解说员反复述评着马龙的技术、套路、精神、作风，我听懂了话外音——恒持不惰，一如既往，应称马龙是英雄。

为中、韩组合点赞，我欣赏了默契。中国许昕与韩国夏满银男女组合战胜了中国香港对手，夺得了男女混双冠军。比赛场上，二人配合紧密，手势提醒，心有灵犀；抢险救急，进退有序；不急不躁的心态，不埋不怨的作风，构成了她们的优胜。比赛场边，两国教练并肩而坐，一齐向组合选手的智发勇接表达感情，共同为组合选手的优势互补耳提面命。不约而同的动作，齐心协力的真诚。跨国组合是新尝试，跨国组合夺冠是大亮点。体育无国界，强身健体，友谐合作，真正的体育精神于中、韩组合的成功而洞明。

为中国团队庆功，我认知了凝聚。中国团队在五项比赛中，是以四块半金牌近似完美的大胜收官的。赛程内，五次看五星红旗冉冉升起，五回听《义勇军进行曲》威武雄壮，我深切感受了民族荣耀，国家强盛。小小银球，又一次为祖国争了光。我努力探求其中的原因，当丁宁在决胜局比赛受伤，从刘诗雯那毛巾掩面偶露的痛楚眼神里，我神会了队友间的不分情；当许昕手捂肩伤走下夺冠场地，从刘国梁那趋步上前抚痛慰勉的热情中，我心领了领导者的仁爱意；当男单决赛结束，从方博领奖台上凝眸近瞅斯韦斯林杯的一刹那，我似见了他雄心未来、志夺第一的英豪气。团结关爱，互促竞比，勇为敢先，想就是中国乒乓球团队在国际赛则不断变化情况下，依然能保持常胜不衰的真谛。

为所有选手高歌，人皆奉献心和力。第五十三届世界乒乓球锦标赛，阵容庞大，选手如林，有经验丰富的老将毫不松懈，也有脱颖而出的新秀聚精会神，八仙过海，各显其能，较真使劲，轮回淘汰。技艺自有高低，比赛就排名次，一时胜负难免，认真对待可贵。全赛程，乒乓健儿精神振奋，斗志昂扬，勇敢面对，绝无气馁，是用心在打每个球，是尽力在拼每一局，实在可亲可敬。

用心了，尽力了，永远值得喝彩。

家教荣光

（2015年11月26日）

2015年，南皮县关心教育下一代工作委员会要出《一切为了下一代》的集子，请我写篇文章。思前想后，选择了家庭教育课题。

人初性近长良莠，
多少才俊家教中。
我抖精神语诸君，
端育子女毋放松。

家庭是社会的细胞，家庭教育是社会的基础工程。孩子的第一课堂是家庭，人生的第一任老师是家长，尚德成人、博学成才、立业成功是家庭教育的主要内容。

严于家教，前人给我们做了榜样。西周姬旦是一个卓越的政治家，在长子伯禽受封去鲁国担当第一任国君时，以自己"一沐三捉发、一饭三吐哺，起以待士，犹恐失天下之贤人"的清醒，反复叮咛儿子执政一定要谦虚、礼贤下士，力戒骄傲。春秋时期，鲁国贵族妇女敬姜，针对儿子错误思想认识，高瞻远瞩论"劳逸"，语重心长讲道理，教育身居要职的儿子要居官勤政，不要贪图安逸，其训示，至今仍不失为一篇德育好教材。诸葛亮的《诫子书》，是把个人修身养德，积学成才的经验传给后代，其"静以修身，俭以养德""淡泊明志""宁静致远"等话语，成为人们传世的经典。梁武帝时官居宰辅的徐勉给长子徐崧写信，详谈自己对财产的看法，交代儿子处理好修身齐家与经营产业的关系，他那"人遗子孙以财，我遗之以清白"的主张，当为后来所有居官者效。一生为官清正、执法不避亲党的宋代名臣包拯，亲自订立"家规"，中有"后世包氏子孙如有为官贪赃枉法者，死后不得归葬祖茔，以免玷污清白家声"一条，这条家规，蕴含的不仅仅是对子孙的亲情之爱，也包含了对社会与国家"死而不已"的高度责任感。清代郑板桥，52岁晚年得子亦不疏管，在家书中关照堂弟"我不在家，儿子便是你管束，要须长其忠厚之情，驱其残忍之性，不得以为犹子而姑纵惜也"。曾国藩一向治家严谨，在军务、政务繁忙之余，挤时间写给儿子纪泽和纪鸿的家书中，总结一生克己修身的经验，严格要求子女努力做到"慎独、主敬、求仁、习劳"。至于详述立身治家方法、辩证世俗谬误兼及治学考证等内容的《颜氏家训》和后人称之为"物理人情之朗鉴，昏衢黑夜之清灯"的《朱子家训》，更是我们今天进行家庭教育必需的参考读物。

江山代有才人出，功成无数缘家教。孟轲学富五车，著书立说，世称儒学亚圣。其初学，得益于孟母三次搬家的"择邻处"，继学，则受教于孟母学习不可半途而废的"断机杼"。司马迁能够忍受"诟莫大于宫刑"的奇耻大辱，以巨大毅力完成了蜚声世界的名著《史记》，则是践行着父亲司马谈临终"余死，汝必为太史，为太史，无忘吾所欲论著矣"的深切期盼。民族英雄岳飞誓死抗击侵略，驰骋疆场，收复失地，"待从头，收拾旧山河"，背负的是岳母针刺"精忠报国"四字的大义嘱托。

回到我们的现实生活。我手头有一篇剪报资料，是有关中央党校兼职教授李振霞的家庭报道：李教授有三子一女，三个儿子一个是美国麻省理工学院的博士，一个是英国剑桥大学的博士，一个是中国航空研究院的博士，女儿金莹则是美国约翰·霍普金斯大学博士后。子女秀出，李教授是这样讲的："老实说，我们并没有刻意要把孩子培养成名成家，我们只是用爱心、信心、恒心、苦心织了一张网，谁料到它竟给我网回了四个博士。"而四个孩子眼里看到的是，父母嗜书如命，忘情工作，都是获得国务院特殊津贴的业界翘楚。"小时候，我们家很清贫，在物质上，父母给予我们的不丰厚，但他们给予了我们一个求学与做人的根本，那就是——健康的心灵"，女儿金莹如是说。我明白了，启发孩子有爱心，激励孩子有信心，劝勉孩子持恒心，引领孩子下苦心，言传身教，春风化雨，这可能就是李教授一家满门成才的那张家庭教育网吧。

近日读见一篇《继母的教诲》，是一个真实的故事。一个男孩，7岁失去了亲生母亲。11岁时，父亲给他找了继母，和绝大部分再婚家庭一样，男孩对继母很排斥，有两年没叫过她一声"妈"，为此，父亲还曾经打过他。由于叛逆心理作祟，他的抵触情绪更强了。可连他自己也没想到，第一次叫继母"妈"，居然是在第一次也是唯一一次挨继母打的那天。那是一个秋日的中午，他禁不住馋虫的诱惑，偷摘了邻居院里的葡萄，结果被主人——外号叫"王胡子"的中年男人逮住了。因为平时他就特别畏惧这个王胡子，所以他一下子被吓坏了，浑身哆嗦着，连气都喘不过来了。王胡子凶巴巴地喊道："今天我不打你也不骂你，只要你跪在这里，直到你的父母来领人为止。"听说要跪下，小男孩很不情愿，可是为了避免挨打，他想想只好照办了。谁知这一幕刚好被从邻居门前经过的继母撞见了。只见她一个箭步冲上前，一把就把儿子拎了起来，然后对着王胡子破口大骂道："你简直就是一个王八蛋！"这一句骂立刻让在场的所有人都愣住了，因为大家都知道，她平时是个没有多少言语、性格非常内向的人，谁都想不到她居然还会有另外的一面。把儿子拖回家后，继母拿起一把尺子，打起他的屁股来，一边打一边流泪："你偷葡萄我不打你，小孩子哪有不淘气的！可是我要为你那一跪打你！都说男儿膝下有黄金，别人让你跪，你怎么就跪呢！你这么没志气，将来怎么成人，怎么成事啊？"听到继母泣不成声地说这些话，小男孩突然搂住继母的臂膀哭道："妈，以后我再也不这样了！"的确，男孩后来一直十分重视自己的尊严，随着年龄的增长，自尊自爱渐渐成了他生命的主题。多年后，已经成为北京某名校最年轻的博士生导师的他，说起自己的成长经历还念念不忘这件小事。他说："我之所以能有今天的成就，都是因为继母那句话……"纯真的母爱，深刻的理解，成功的回报，实在凸显了家教的重要。

有人说，孩子是太阳。我想说，孩子既然是太阳，父母就要用坚实的双手托起太阳，促其发足光和热。我非常欣赏当代国内知名的家庭教育专家、人称"知心姐姐"卢勤女士的一句话："与其把财富留给孩子，还不如把孩子培养成财富！"而能够把孩子培养成财富，才真正是家庭教育的光荣啊！

曲阜启悟

（2016年10月6日）

2016年秋，与几位同在教育战线工作过的朋友游泰山后来到曲阜，进孔府，拜孔庙，穿孔林，游圣洁高雅地，怀敬慕仰望情，心使笔动。

> 有教无类儒学兴，
> 精心育人思路通。
> 仰望先贤读师范，
> 风雅三尺盈清声。

孔子（前551～前479年）名丘，字仲尼，春秋末期鲁国陬邑（今山东曲阜）人。3岁时丧父，幼年生活贫困，年轻时曾做过委吏（管理仓库）和乘田（管理畜牧）这样地位的小官。后聚徒授学。50岁左右，在鲁国任中都宰，又升迁为司空、大司寇，并以大司寇的身份摄理相国的职务。因国君接受齐国女乐不理朝政离开鲁国，带一帮弟子周游卫、曹、宋、郑、陈、蔡、楚七国达14年之久。68岁时又回到鲁国，专心从事古代文献的整理与传播工作。

孔子是中国古代著名的教育家，是儒家学派的创始人。30岁时，在曲阜城北设学舍，开始私人讲学。他坚持"有教无类"的办学方针，在他那里，凡"自行束脩以上，吾未尝无诲焉！"无论是富户家的子弟，还是出自贫寒家的孩子，只要愿意求学，只要投到孔子的门下，他都一视同仁，认真教导培育他们，为社会培养造就了一大批人才，弟子三千，贤者七十二，是历史公认的。孔子教学打破了西周以来"学在官府"的贵族垄断教育的局面，为贫贱者求学创造了机会，在中国古代学校教育发展史上具有重大的意义。

"因材施教"。《论语》"先进篇第十一"中有孔子和三个学生的一段对话。子路问道："听到了一种道理就马上去做吗？"孔子说："有父兄在，怎么能不得到允许就去做呢？"冉有问道："听到了一种道理就马上去做吗？"孔子说："听到了就马上去做。"公西华说："子路问听到了就马上去做吗？您说有父兄在。冉有问听到了就马上去做吗？您说听到了就马上去做。这使我感到不解，所以大胆地来问您。"孔子说："冉有平时做事退缩，所以鼓励他大胆干；子路好勇过人，所以教育他遇事退后一步。"针对学生性格、气质、能力、志向、兴趣、爱好等具体情况施行不同的教育，因人而异，指导、引导、诱导学生扬长避短，孔子一以贯之。

孔子特别重视启发式教育，想方设法引导学生发挥主观能动性，"不愤不启，不悱不发"是他的重要教育方法。他阐述"学而不思则罔，思而不学则殆"的道理，鼓励学生"学""思"结合，"温故知新"。他"学而不厌"，博学多识，"诲人不倦"，解疑释惑，充分体现了严于律己、志学求知的可贵精神和循循善诱、精心育人的高尚品德。学高为师，身正为范。"师范"二字在孔子身上完美地结合在了一起。教育治学，贯穿孔子一生。他的一些教育思想和言论具有永恒的价值，指导学生读书学习的方法，在今天看来依然不为过时，值得人们撷其精华而用之。

中华人民共和国成立后，党和政府提出了一系列明确政策措施，大力促进教育公平。继在全国农村全部免除义务教育阶段的学杂费，又建立健全国家奖学金制度，同时进一步落实国家助学贷款政策，使困难家庭的学生能够上得起大学、接受职业教育。还规定在教育部直属师范大学实行师范生免费教育，努力吸引优秀青年读师范，毕业到农村中小学从事教育工作，让农村的孩子都能够拥有高质量的教育。

向辛勤耕耘在三尺讲台的园丁致敬。特别礼赞那些自愿放弃城市舒适生活，主动到革命老区、少数民族地区和边远贫困地区扎根任教的人们。

"天南海北谁无愿，老少边穷情更浓。但得幼木皆成栋，甘执方圆深山中。"是我献给所有在农村基层任教老师的歌。

仁义报国

（2017年2月10日）

一篇读罢英雄颂，

血写仁义照汗青。

天地耀耀明大理，

泰山重来鸿毛轻。

近日翻书，读到南宋民族英雄文天祥临刑前写的一篇赞文。那是公元1283年文天祥被杀害的第二天，他的夫人欧阳氏前去刑场收尸，在他的衣带间发现一篇附有序言的赞：

吾位居将相，不能救社稷，正天下，军败国辱，为囚虏，其当死久矣！顷被执以来，欲引决而无间，今天与之机，谨南向百拜以死。其赞曰：孔曰成仁，孟云取义，惟其义尽，所以仁至。读圣贤书，所学何事，而今而后，庶几无愧！宋丞相文天祥绝笔。（《文山先生全集》卷十七）

短短一篇赞文，字闪报国精忠，句耀浩然正气，细读来，心生景仰，深受激励。文天祥言行一致，有史为证：47岁的他在保卫国家、抗击外侵失败被俘后，元朝统治者慕其忠勇，极尽劝降，最后连元世祖忽必烈也降身出面，但他坚贞不屈，鄙视势利，慷慨赴死，从容就义。他以自己仁至义尽的报国作为，践行了"人生自古谁无死，留取丹心照汗青"的诗志。千古流芳文天祥，历史永远记住了他的名字。

爱国，是神州仁人志士共同的操守。岳飞誓死抗金，壮怀激烈，发出"还我河山"的仰天长啸，是具有"我辈……当以忠义报国，立功名，书竹帛，死且不朽"的觉悟；戚继光沿海抗倭，不辞艰危十三载，荡尽凶妖，终消为恶近三个世纪之久的倭寇海患，是基于"封侯非我意，但愿海波平"的志向；林则徐赴汤蹈火，坚定地进行禁烟抗英斗争，虎门壮举，义担风险，信守的是"苟利国家生死以，岂因祸福避趋之"的信念；而秋瑾敢于冲破封建藩篱，投身革命，只身东海，"万里乘风去复来"，则是怀抱"金瓯已缺总须补，为国牺牲敢惜身"的理想。神州千年光耀，华夏历久不衰，靠的就是爱国精神的不断凝聚和巩固。

爱国，是世界各国人民共有的情愫。上下五千年，纵观中华民族的形成发展过程，从先秦史籍中"苟利社稷，死生以之""苟利国家，不求富贵"的诸多记载，到"平生铁石心，忘家思报国""王师北定中原日，家祭无忘告乃翁"的陆游情怀，再至"做人的最大事情是什么呢？就是要知道怎样爱国"的孙中山呼喊，发展兴替的不同时代，累积着深厚的爱国情结。左右五大洲，横看肤色各异的民族国家林立，想到"黄金诚然是宝贵的，但是生气蓬勃的勇敢的爱国者却比黄金更为宝贵"的林肯、"爱祖国高于一切"的肖邦、"越观光别的国家，我越爱自己的国家"的司汤达。独特的语言表达，袒露着同一的爱国热情。我非常欣赏海涅的一句话，"谁不属于自己的祖国，他就不属于人类"。

爱国主义，是中华民族必须高扬的旗帜。什么是爱国主义？列宁说得好，"是千百年来巩固起来的对自己的祖国的一种最深厚的感情"。有坚定的信仰和明确的主义而自觉组织起来的中国共产党人，是中华民族历史上最坚定、最彻底的爱国主义者。她全面继承历史光荣的爱国传统，果敢肩负时代赋予的爱国职责，正为实现前所未有的中华民族伟大复兴梦，带领全国人民毫不动摇地走在"四个全面"推进的道路上。要用中华民族的爱国主义精神，凝聚中华民族的社会主义建设力量。当前最需要的是国人对国家的向心和忠诚，而要做到这一点，诚如谢觉哉先生所言："爱国的主要方法，就是要爱自己所从事的事业。"

"爱国""敬业"，是社会主义核心价值观的题中要义，中华人民共和国全体公民都应为此而努力。

红旅圣地篇

雾都记昔　　众望所归

砥柱中流　　粤风激荡

辟路领航　　真军风貌

淮安仰望　　人民光荣

韶灵毓秀　　燎原星火

高远辉煌　　百年颂党

雾都记昔

（1995年9月10日）

1995年9月，正值抗日战争胜利50周年，参加沧州市委宣传部考察团先到武汉，又乘船逆水重庆。山城上下，进出景点，似见当年。

> 迁都渝州持久战，
> 汪氏不肖叛逃川。
> 节节抵御壮士血，
> 频频出击英雄胆。
> 民族雪耻展新望，
> 独裁逆天毁和谈。
> 歌乐山上活地狱，
> 暴戾凶残绝人寰。

1937年11月20日，中国国民政府发表迁都重庆宣言，标志着以西南地区为抗日后方根据地的战略行动正式实施。此后，国民党将西南作为抗日后方基地，把内地大批工业、商业、学校迁入西南，这对持久抗战，拖垮日本，起了很大作用。国府既迁，蒋介石、汪精卫等国民党一干要员随到重庆办公。

汪精卫，国民党内第二号人物，出了名的大汉奸。全国抗战爆发后，大肆鼓吹投降妥协论调，散布失败主义情绪。昔与汪精卫私交不错的南洋爱国领袖陈嘉庚风闻其与日本"言和"，多次致电规劝、警告，并以国民参政员的身份向国民参政会提出了一个仅有30字却震动全国的提案："在敌寇未退出国土以前，公务人员任何人谈和平条件者，当以汉奸国贼论。"但是，汪精卫在投降卖国的道路上越滑越远。1938年12月18日，汪精卫由重庆飞昆明，次日逃往河内。29日，在河内发表"艳电"，公开叛国投降日本。1940年3月30日，汪精卫在南京成立伪国民政府，同年11月正式就任伪国民政府主席。蒋介石面对自己的副总裁汪精卫和20多位中央委员相继投敌的窘况，对德国时任驻华大使陶德曼说："共产党是从来不投降的"。

1937年至1945年的全民族抗日战争全面爆发，总体上是在以中国共产党同中国国民党再次合作为基础的抗日民族统一战线的条件下进行的。正是抗日民族统一战线这面旗帜，召唤着全中国的各党各派各界各军，召唤着全中国的工农兵学商，召唤着海内外的华夏儿女，同仇敌忾，筑起了中华民族抗击日本侵略者的钢铁长城。在军事上，中国的抗日战争主要在国民党为主的正面战场和共产党为主的敌后战场进行。

在国民党的正面战场，中国军队顽强抵抗。1937年8月13日至11月12日，70万中国军队同30万日军进行了长达3个月的淞沪会战，伤日军4万多人，鼓舞了全国人民的抗战热情，也为沿海工业内迁、保存经济实力赢得了时间，使"三个月灭亡中国"的日本扬言成为泡影。1938年3月中旬，中国军队与日军在台儿庄进行殊死大战，歼灭日军万余名，取得抗战以来空前的胜利。战斗中122师师长王铭章临危受命守滕县，率部与敌血战3日，壮烈牺牲。毛泽东、董必武撰写挽联："奋战守孤城，视死如归，是革命军人本色；决心歼强敌，以身殉国，为中华民族增光"。1938年6月中旬到10月下旬，中国军队100万人进行了规模浩大的武汉保卫战。此次会战，历时四个半月，日军损兵折将20万，另有15万人病倒，最后占领了一座空城，既未能逼迫中国投降，也没有消灭中国主力，反而使自己丧失了进攻的锐气。中国军队在这次会战中以血肉之躯应敌，以伤亡40万人的代价，凭低劣的武器抵抗装备精良、训练有素的日军进攻，消耗了日军巨大的有生力量，粉碎了日本帝国主义"速战速决"的战略方针。此后，中国抗战进入了战略相持阶段。

毛泽东在1939年1月谈到八路军作战成绩时指出："友军的协助是明显的，没有正面主力军的英勇抗战，便无从顺利地开展敌人后方的游击战争；没有同处于敌后的友军之配合，也不能得到这样大的成绩。八路军的将士应该感谢直接间接配合作战的友军，尤其应该感谢给予自己各种善意援助与忠忱鼓励的友军将士。中国军队在民族公敌面前，互相忘记了旧怨，而变为互相援助的亲密的朋友，这是中国决不会亡的基础。"（《八路军军政杂志》发刊词）

中国共产党坚持全面抗战路线，提出持久战的战略总方针和一整套人民战争的战略战术，全面动员群众，充分组织群众，努力武装群众，积极依靠群众，在广大的敌后战场形成了兵民一体的战略格局，与日本侵略者展开了时聚时散的麻雀战、神出鬼没的地道战、街挡路阻的地雷战、又隐又现的游击战，创造了人民战争史上的奇观。在八年全国抗战中，八路军、新四军和其他人民抗日武装对敌作战12.5万余次，钳制和歼灭日军大量兵力，歼灭大部分伪军，敌后逐渐成为中国人民抗日战争的主战场。到抗战结束时，人民军队发展到约130余万人，民兵发展到260余万人；中国共产党领导的抗日民主根据地即解放区已有19块，面积近100万平方公里，人口近1亿。

抗日战争的彻底胜利，雪洗了19世纪40年代以来中华民族遭受的任人欺侮和宰割的耻辱。1945年8月15日，日本裕仁天皇以广播的形式发布《终战诏书》，日本无条件投降。9月2日，在东京湾的美国军舰"密苏里"号上，日本代表在投降书上签字。侵华日军128万人随即向中国投降。10月25日，中国政府在台湾举行受降仪式，被日本占领50年之久的台湾以及澎湖列岛等，重归中国主权管辖之下，这成为中国抗日战争取得完全胜利的重要标志。

抗日战争胜利为中国的独立和解放奠定了基础，是中华民族崛起的一个新起点。中国人民热切希望实现和平、民主，建设新中国。中国共产党反映人民的要求，为争取和平民主进行了种种努力。1945年8月28日，共产党领袖毛泽东不顾个人安危，偕周恩来、王若飞从延安乘专机赴重庆同国民党当局进行和平谈判。国民党表面上同共产党谈判，但心想的仍是通过战争来消灭人民革命力量。尽管共产党作出了巨大的牺牲和让步，可换来的仍是一纸空文。不久，背信弃义的国民党蒋介石就撕毁了双方签订的协议，仗着背后的美援和眼下的实力，自恃准备充足和十分胜算，悍然发动了不得人心的全面内战。

国民党悖时逆势打内战，直弄得天怒人怨。共产党再举国内革命广泛统一战线的旗帜，与其展开大决战。得民心者得天下。国民党当局靠逮捕共产党人，暗杀民主人士，镇压革命群众维持政权，苟延残喘。欲知国民党统治的惨无人道，重庆歌乐山上还摆放着"渣滓洞"和"白公馆"两口活棺材，教育警示人们不要忘记历史，不能忘记过去。

众望所归

（1995 年 9 月 13 日）

1995 年 9 月中旬，考察团到达贵州遵义。白天参观景点，晚上沉思情由，深感红军长征艰难曲折又势在必然，心中沸腾，夜成四句。

五次围剿遭危难，
十万悲壮踏程悬。
生死最教人悟彻，
领胜红军出重关。

国民党、蒋介石从 1930 年底至 1934 年 10 月，先后对中国工农红军发动了五次"围剿"，前四次均以失败告终。1933 年 9 月，蒋介石接受第四次"围剿"红军失败的教训，集中 100 万大军，200 多架飞机，对各个革命根据地发动了他的第五次大规模的军事"围剿"。其中"围剿"中央苏区的国民党军队有 50 万人。关于第五次"围剿"与反"围剿"，毛泽东在《中国革命战争的战略问题》中曾总结说："第五次'围剿'，敌以堡垒主义的新战略前进，首先占领了黎川。我却企图恢复黎川，御敌于根据地之外，去打黎川以北敌之巩固阵地兼是白区之硝石。一战不胜，又打其东南之资溪桥，也是敌之巩固阵地和白区，又不胜。尔后辗转寻战于敌之主力和堡垒之间，完全陷入被动地位。终第五次反'围剿'战争一年之久，绝无自主活跃之概。最后不得不退出江西根据地。"言简意赅，是以王明为代表的"左"倾机会主义者排挤和否定毛泽东对中央苏区党和红军的领导，脱离实际，罔顾形势，最终导致中央苏区第五次反"围剿"的失败，党和红军陷入严重的生存危机。

1934 年 10 月，中央红军 8.6 万人为了生存，从江西瑞金、雩都与福建的长汀、宁化出发突围，踏上了连师级干部也不知道去哪儿、什么时候回来的渺茫征途。

老区人民泪眼相送，红军将士依依不舍，别军离情，异常悲壮。

中央红军突围长征的起始阶段，"左"倾机会主义的领导，使红军蒙受了巨大损失。惨痛的湘江之战，有五万英勇红军捐躯沙场。前后比较，是非分明，生死教训，激发觉悟。广大红军指战员对王明"左"倾军事路线的怀疑、不满以及要求改变领导的情绪达到了顶点。终于在遵义城头露出了胜利的曙光，1935年1月的遵义会议确定了毛泽东在全党全军的领导地位后，中央红军逐渐在战略上赢得了主动。在毛泽东亲自指挥下，中央红军机动灵活、神出鬼没地穿插于敌人之间，相

作者于遵义会议会址

机歼灭敌人。四渡赤水河，突破乌江险，抢渡金沙江，飞夺泸定桥，翻越高雪山，穿行湿草地，攻占腊子口，一系列壮举，最后胜利到达陕北革命根据地。

1935年9月18日，中央红军突破岷山天险腊子口，进入甘南，占岷州。毛泽东满怀"过了岷山，豁然开朗，转化到了反面，柳暗花明又一村了"（《七律·长征》自注）的心中喜悦，欣然命笔，抒发"更喜岷山千里雪，三军过后尽开颜"的豪情壮志。而在此时，身在南京的蒋介石也得知，被他几十万大军围追堵截，缺枪少炮、稀粮断炊的中央红军，已经脱离险境，与陕北红军会合了。无可奈何地发出了"六载含辛茹苦，未竟全功"的叹息。

砥柱中流

（2001年6月16日）

一路选址万里尽，

无愧圣地建奇勋。

赤子精诚忧华夏，

宗旨鲜明怀黎民。

独立自主守底线，

意志坚定凝党魂。

换移世纪回首望，

宝塔依然绕红云。

历经千难万险、翻越万水千山、战胜围追堵截的四路红军，终于1936年10月先后到达陕北。长征路上，中共中央和中央红军为自己的落脚点六次探索比较，最终选定了陕北革命根据地为中国革命的大本营。保存了红军的基本力量，进入抗日战争的前沿阵地，获得了战略转移的立足点和开创新局面的出发点。

延安是中国革命的圣地，业绩辉煌，光耀九天。从党中央1937年1月13日进驻延安，到1947年3月撤离延安转战陕北，在这里共有10年多时间。延安时期是中国共产党由小到大、中国革命力量由弱变强、中国革命事业由挫折走向胜利的时期。1945年4月，党的七大开幕之际，陈毅写诗赞曰："百年积弱叹华夏，八载干戈仗延安。试问九州谁作主？万众瞩目清凉山。"

生死考验、千锤百炼活下来的红军将士，是胸怀理想、坚守信念、团结战斗、勇往直前的中华民族精英。为了救国，他们模范遵守"抗日民族统一战线"，坚决抗战，反对投降，在民族危亡关头，由阶级斗争的开路先锋，转变为民族抗日的中流砥柱，用自己的灵魂和血性，支撑起中华民族的脊梁；他们正确贯彻"抗日民族统一战线"，相信民众，动员民众，依靠民众，实行全民族抗战，陷日军于中国人民战争的汪洋大海之中；他们坚决维护"抗日民族统一战线"，讲求团结，力避分裂，对国民党顽固派挑起的战斗摩擦进行了有理、有利、有节的斗争。最终，打败了不可一世的日本侵略者。

延安时期，为人民服务的思想逐渐形成完整的理论体系。中国共产党没有私利，坚持一切从人民利益出发，把人民看成自己的上帝，把群众视作自己的依靠，把"完全""彻底"为人民服务定为自己的准则。共产党人说到做到，延安是到处"只见公仆不见官"。

1937年11月底，带着共产国际和斯大林"一切经过统一战线""一切服从统一战线"指示回到延安的王明，以"钦差大臣"自居，在党内耀武扬威，颐指气使，鼓吹散布右倾投降错误主张，批评指责党统一战线中的独立自主路线、方针，迷惑了一些人。毛泽东说：王明回国，进攻党的路线，"当时，我别的都承认，只有持久战、游击战、统战原则下的独立自主等原则问题，我是坚持到底的。"（《毛泽东传（1893—1949）》，中共中央文献研究室编，中央文献出版社1996年版）

在延安，毛泽东以极大的政治勇气同王明的右倾错误进行坚决的斗争，以深远的政治眼光组织发动了党内普遍整风。整风运动，克服了主观主义、宗派主义、党八股三股歪风，形成了党的三大优良作风；确立了解放思想、实事求是的思想路线，破除了共产国际决议绝对化和苏联经验神圣化的影响，推动了马克思主义中国化的进程，形成了毛泽东思想；丰富和发展了马克思主义的建党学说，开创了马克思主义中国化的以整风形式进行党的思想建设的科学方法。

物换星移，世纪更替。2001年夏，再游圣地，延安窑洞依然令人亲近，山上宝塔照旧凝聚人心。以精诚团结救中国，一心一意为人民，艰苦奋斗作风硬，统一领导党性纯为主要内涵和表现形式的延安精神，永远是共产党人的传家宝。到延安接受红色教育，发扬革命传统，争取更大光荣，越来越成为人们的共识。

粤风激荡

（2003年5月9日）

余曾于1992、1996、2003年三次到广州。广州是一个具有光荣革命历史传统的英雄城市。黄花岗七十二烈士墓、中山纪念堂、广州农民运动讲习所陈列馆、广州起义烈士陵园等一些革命纪念地，令人感奋不已。

> 风云南天兴革命，
> 几番举义作先行。
> 为国为民促同志，
> 联俄联共扶农工。
> 刀兵独裁流碧血，
> 镣铐刑场铸爱情。
> 已展红旗新世界，
> 春雷滚滚起羊城。

作者于广州五羊公园

1895年10月，孙中山领导的兴中会在广州发动反清武装起义。革命志士陆皓东面对酷刑，"我可杀，继我而起者不可尽杀"的大无畏气概，激励同仁，鼓舞来者。起义虽然没能成功，但却开革命党人武装推翻清政府之先河。从此以后，革命党人就没有停止过战斗，直至专制打倒，共和缔造。

1911年4月27日，孙中山、黄兴等领导的同盟会于广州再次发动反清武装起义。黄兴担任总指挥，身先士卒，率130多名敢死队员攻入总督署，与清军展开激战，终因寡不敌众而失败。黄兴负伤撤回香港，林觉民等许多同盟会会员遇难。广州人

七十二烈士墓

民将寻获的72名死难战士的遗体合葬于广州市郊红花岗（今日黄花岗）。

　　1923年6月12日至20日，中国共产党在广州召开党的第三次全国代表大会，对国共合作的方式和办法作出了正式决定。党的三大正确地估计了孙中山的革命立场和国民党进行改组的可能性，决定共产党员以个人身份加入国民党。用这种形式实现国共合作，是孙中山和国民党当时所能接受的唯一形式。当时宋庆龄曾问孙中山，"为什么需要共产党加入国民党？"孙中山回答说："国民党正在堕落中死亡，因此要救活它就需要新血液。"（《中国共产党的九十年》，中共中央党史研究室著，中共党史出版社、党建读物出版社2016年版）李大钊是最早参加国民党的共产党员。

　　共产党员加入国民党，对于国共两党的发展，对于中国革命的前进，都是有利的。因为这样做，使中共有可能更有力地影响国民党的政策，推动国民党的革新，推动在它影响下的资产阶级和小资产阶级群众投入革命；还有利于通过国民党的组织去发动工农群众，从而使国民党具有广泛的群众基础，获得新的生命；也利于共产党从比较狭小的圈子里走出来，在更广阔的革命斗争的天地中接受锻炼，迎接大革命高潮的到来。党的三大明确规定，在共产党加入国民党时，党必须在政治上、思想上、组织上保持自己的独立性；强调拥护工人农民的自身利益是我们不能一刻遗忘的，"对于工人农民之宣传与组织，是我们特殊的责任；引导工人农民参加国民革命，更是我们的中心工作"。中共三大以后，国共合作的步伐大大加快了。共产党的各级组织动员党员和革命青年加入国民党，在全国范围内积极推进国民革命运动。1923年10月，孙中山聘请苏联代表鲍罗廷到广州

担任政府顾问，国民党改组很快进入实行阶段。

1924年1月20日至30日，中国国民党第一次全国代表大会由孙中山主持在广州举行。出席开幕式的代表165人中，有共产党员20多人，包括李大钊、谭平山、林伯渠、张国焘、瞿秋白、毛泽东等。李大钊被指定为大会主席团成员，谭平山代表国民党临时中央执行委员会向大会作了工作报告。大会审议并通过《中国国民党第一次全国代表大会宣言》，实行"联俄、联共、扶助农工"三大革命政策，对三民主义作了新的解释，充实了反帝反封建的内容。国民党一大的政治纲领同中国共产党在民主革命阶段的政治纲领的若干基本原则是一致的，因而成为第一次国共合作的政治基础。国共合作实现后，以广州为中心，汇集全国的革命力量很快开创了一个反对帝国主义和封建军阀的革命新局面。为了造就革命武装的骨干力量，在共产党人的建议下，国民党在广州附近的黄埔岛上创办国共合作的军事学校。当时中国共产党人周恩来、叶剑英、恽代英、萧楚女等，先后在黄埔军校担任政治军事负责工作，不少学员是由中国共产党从各地派来的共产党员和共青团员。在第一期学员中共产党员和共青团员有56人，占学生总数的十分之一。黄埔军校把政治教育提高到和军事训练同等重要的地位，注重培养学生的爱国思想和革命精神，这是同一切旧式军校根本不同的地方。

1927年，国民党反动派蒋介石、汪精卫相继背叛革命，大肆屠杀共产党人和革命群众，国共合作全面破裂。为挽救革命，反对国民党专制独裁，继南昌起义、秋收起义之后，中国共产党又于12月11日发动了广州起义。起义由中共广东省委书记张太雷和叶挺、恽代英、叶剑英、杨殷、周文雍、聂荣臻、陈郁等领导。参加起义的有国民革命军第四军教导团全部、警卫团一部和广州工人赤卫队7个联队以及市郊部分农民武装。起义爆发后，起义军一度占领广州绝大部分地区，成立了苏维埃政府，颁布了维护工农权益的法令。在国民党反动军队优势兵力反扑下，起义于13日失败。党的卓越领导人张太雷和许多革命者流血牺牲。

广州起义失败后，革命组织遭到严重破坏，几乎瘫痪。为恢复广州党组织的工作，广东共产党领导人周文雍和陈铁军假扮夫妻，在白色恐怖的广州，全力寻找失散的革命同志，重建党的地下联络点。就在周文雍刚刚打开工作局面的时候，由于叛徒告密，他和陈铁军于1928年1月同时被捕。狱中，敌人多次用高官、金钱、自由等方式诱惑周文雍写自首书，周文雍大义凛然，挥笔写下"头可断，肢可折，革命精神不可灭！志士头颅为党落，好汉身躯为群裂！"刑前，他向敌人提出的唯一要求，是和陈铁军照一张合影。拍完照片，周文雍和陈铁军从容走上刑场，面对围观人群，陈铁军大义高声："我和周文雍同志假扮夫妻，共同工作了几个月，合作得很好，也建立了深厚的感情，但由于专心于工作，我们没有时间谈个人感情。现在，我们要结婚了。就让国民党刽子手的枪声，作为我们结婚的礼炮吧！"1928年2月6日，周文雍和陈铁军在反动派的刑场上完成了革命的婚礼，英勇就义。时年，周文雍23岁，陈铁军24岁。

雄鸡一唱天下白，旌旗招展红满天。坚持与时俱进，不断改革开放，广州一直走在中国特色社会主义建设的前面。

英雄塑像

辟路领航

（2008年1月10日）

2007年12月下旬，随河北省人大常委会环境保护委员会代表团出访西欧八国。12月26日晚19点在北京首都机场起飞，后专程到心慕已久的特里尔市马克思故居。

夜飞寒星东西天，
古城故居心火暖。
满目陈列见伟大，
充耳解说知险艰。
精析资本实理论，
勇拓正道真宣言。
雄文立极千万字，
拜读英名无逝年。

马克思故居

坐落于德国西部边境摩泽尔河畔的小城特里尔，有着2000多年的历史，是德国最古老的城市之一。特里尔市布吕肯街10号，是全世界无产阶级的伟大导师、科学共产主义的创始人马克思故居。1818年5月5日，马克思诞生在这里。

故居的展览，系统地

展示了马克思一生的主要活动和业绩以及受到的各种挑战，边看边听，深受感动。展室备有翻译耳机，戴上可以听到汉语讲解。马克思1841年柏林大学毕业后，开始从事政治活动。1842～1844年在革命实践中从唯心主义转到唯物主义，从革命民主主义转到共产主义。1844年秋在巴黎会见恩格斯，从此两人成为最亲密的战友。他们一齐参加了当时各革命团体的活动，并对各种小资产阶级社会主义学说、资产阶级唯心主义和形而上学展开了激烈的斗争。1864年创立国际工人协会即第一国际，领导第一国际同蒲鲁东

马克思像（油画）

主义、巴枯宁主义、工联主义、拉萨尔主义等机会主义流派坚决进行斗争，促进了马克思主义与各国工人运动相结合。1871年热烈支持巴黎公社，并总结它的经验写了《法兰西内战》，提出著名的巴黎公社原则。1875年写了《哥达纲领批判》，对无产阶级专政学说作了重大发展。马克思主义诞生被称为共产主义幽灵。"为了对这个幽灵进行神圣的围剿，旧欧洲的一切势力，教皇和沙皇、梅特涅和基佐、法国的激进派和德国的警察，都联合起来了。"由于为革命操劳和受反动政府迫害，马克思的晚年生活十分贫困，健康受到严重损害，是恩格斯不断地接济和帮助，支撑他顽强战斗到最后的。

《资本论》是马克思的主要著作。全书共四卷，1867年出版第一卷。马克思逝世后，恩格斯根据马克思遗稿于1885年出版第二卷，1894年编辑出版第三卷。第四卷是在恩格斯逝世后由考茨基根据马克思遗稿首次编辑出版的。《资本论》的篇幅很大，第一、二、三卷，200多万字。在这部著作里，马克思运用唯物辩证法和历史唯物主义，创立了剩余价值理论，揭示了资本主义的经济运动规律，论证了社会主义必然代替资本主义的历史趋势。恩格斯说："自地球上有资本家和工人以来，没有一本书像我们面前这本书那样，对于工人具有如此重要的意义。"《资本论》不仅是认识资本主义经济实质的理论依据，其中一些基本原理，对于我们发展社会主义市场经济，执行对外开放对内搞活的方针依然具有指导意义。

《资本论》是马克思的呕心沥血之作。为了写作《资本论》，马克思20年如

一日，每天坚持到大英图书馆去看书、查阅资料，被图书馆员称为最勤奋的读者。有说马克思在阅览室里埋头读书的时候，常常情不自禁地用脚来回擦地，天长日久，竟把他的固定座位下坚硬的水泥地磨出了一道凹下去的印子，被人们传诵为"马克思的足迹"。

《共产党宣言》写于1847年12月至1848年1月，是马克思和恩格斯为共产主义者同盟共同起草的纲领，是科学共产主义的第一个纲领性文献。列宁称其"是每一个觉悟工人必读的书籍"。该《宣言》由马克思执笔写成，是马克思主义学说诞生的重要标志。作者运用历史唯物论的观点，分析了资产阶级和无产阶级产生、发展及其相互斗争的过程，揭示了资本主义必然灭亡和共产主义必然胜利的客观规律，阐明了无产阶级的历史使命；说明了共产党的性质和特点，规定了党的纲领和目的；批评了当时流行的各种社会主义，指出一些共产主义派别和空想的社会主义的局限性；论述了革命党人对待其他工人政党和民主主义政党的态度，以及党的基本策略原则。

《宣言》发表后，马克思和恩格斯先后为《宣言》写了七篇序言。其中一篇序言特别指出：不管近25年来的情况发生了多大变化，这个《宣言》中所阐述的一般基本原理整个说来直到现在还是完全正确的。强调实际运用这些基本原理，"随时随地都要以当时的历史条件为转移"。

马克思一生奋斗。他为全世界无产阶级留下了极为宝贵的精神遗产。中国革命的胜利就是在马克思主义理论指导下取得的。高扬旗帜，不改航向，我们永志不忘。

真军风貌

（2009 年 7 月 25 日）

2009 年 7 月 21 日至江西南昌，23 日到福建古田。站在南昌起义指挥部旧址和古田会议场址，眼前一幅中国革命和建设的历史画卷，展现了红军、八路军、解放军一路走来的不寻常。

1927 年 8 月 1 日，在以周恩来为书记的中共中央前敌委员会的领导下，朱德、贺龙、叶挺、刘伯承等人率领党所掌握和影响下的军队两万多人，在南昌城头打响了武装反抗国民党反动派的第一枪。它像一声春雷，使千百万革命群众在经历了一系列的严重挫败后，又在黑暗中看到了高高举起的火炬。南昌起义在全党全国人民面前树立起一面革命武装斗争的旗帜，标志着中国共产党独立地领导革命战争、创建人民军队和武装夺取政权的开始。

1927 年 10 月，毛泽东率领秋收起义失败后的部队，高举共产党的第一面旗帜——工农革命军的斧头镰刀红旗，上了井冈山。行军途中，针对部队当时的实际状况和复杂的斗争环境，在三湾进行改编，决定在部队中建立党的各级组织，确立"支部建在连上"，在军队内部实行民主制度，连以上设立各级士兵委员会。初步解决了以农民及旧军人为主要成分的革命军队如何建成一支无产阶级的新型人民军队的问题。

1929 年 12 月 28 日至 29 日，毛泽东在古田主持召开了中国共产党红军第四军第九次代表大会，一致通过了大会《决议案》。毛泽东《关于纠正党内的错误思想》，是决议的核心内容。这个决议使红军肃清旧式军队的影响，完全建立在马克思列宁主义的基础上。决议不但在红军第四军实行了，后来红军各部都先后照此实行，这样就使整个中国红军成为真正的人民军队。古田会议的亮点是思想建党和政治建军，古田会议是我党我军建设史上的一个里程碑。

从 1927 年 8 月 1 日建军到今天，已经有 82 个年头。

战争年代，为了国家和人民，红军土地革命历经艰险，八路军抗击日寇浴血奋战，解放军反内战以弱胜强。

中华人民共和国成立，为了国家和人民，抗美援朝护佑家邦，中印边界严惩挑衅，珍宝岛上还击霸权，友谊关下驱逐不义。长江闹大水，抗洪抢险，日夜坚守，合拢九江护大堤；汶川遭地震，临危不惧，徒步翻山，第一时间去救人。这就是我们的人民军队。

"军民团结如一人，试看天下谁能敌。"

满江红·赞人民军队

逼上梁山，
八一南昌起风暴。
有武装，
工农踊跃，
斧头镰刀。
三湾改编创新意，
古田决议出精招。
秉马列人民子弟兵，
真军貌。

几十年，
历艰险；
胜不骄，
败不倒。
高擎赤帜起，
卓著勋劳。
胸明宗旨无迷路，
坚持原则党领导。
新长征阔路千里马，
飞捷报。

淮安仰望

（2011年6月18日）

淮安光荣，是我淮安游历两天后油然而生的思想坚定。这坚定来自古城悠久的历史，这坚定来自一个伟大历史人物的诞生。

> 古城淮安负盛名，
> 漕粮盐运一要冲。
> 千年水流济黎庶，
> 百代人文扶梁栋。
> 鞠躬尽瘁惭蜀相，
> 公而忘私胜禹雄。
> 古往今来论天下，
> 空前绝后说周公。

纵贯南北的苏杭大运河和滔滔东流的淮河交汇的联结点，是苏北平原上一座古老的城市淮安。它作为江淮流域古文化发源地之一，其历史可追溯到5000年前。从公元411年东晋在这里设郡始，到清末的1600年间，淮安长期是郡、州、路、府的治所，成为江淮流域一个经久不衰的政治文化中心。即使到了晚清，这里仍然设有漕运总督部院、淮安府和山阳县三级行政机构。淮安曾是漕运枢纽、盐运要冲，与扬州、苏州、杭州并称运河沿线的"四大都市"，被冠以"中国运河之都"的美誉。

千百年来，大运河水流不断，船来船往，漕运盐粮，调剂国家需求，方便百姓生活，是有功于世的。淮安人文荟萃，诞生过大军事家韩信、汉赋大家枚乘、女中豪杰梁红玉、《西游记》作者吴承恩、民族英雄关天培等等，更是伟大的无产阶级革命家、杰出的共产主义战士、卓越的党和国家领导人周恩来同志的

淮安周恩来故居

故乡。1898年3月5日清晨，周恩来出生在这座城内驸马巷中段的一所宅院里。

"鞠躬尽瘁，死而后已"，语出三国蜀汉丞相诸葛亮《后出师表》，指勤勤恳恳，贡献全部精力。历史上，诸葛亮为辅佐刘备、刘禅父子用了心，尽了力，也因此留下了忠臣贤相的好名声。

周恩来担任政府总理有26个春秋，他"一天的工作时间总超过12个小时，有时在16个小时以上，一生如此"（《周恩来的晚年岁月》，刘武生著，人民出版社2006年版）。力平和成也竟在他们写的《周恩来为人民抱病操劳记略》中，对周恩来从1974年6月1日住进医院到1976年1月8日去世这段时间的情况有这样一段记载："在这段日子里，周恩来共做过大手术10次，小手术8次。平均计算，大体上每40天左右要动一次手术。即使在这样的情况下，只要身体还能够支持，周恩来就继续工作。1975年，中央的日常工作在毛泽东支持下由邓小平主持了。但在这段时间里，周恩来仍旧处理工作问题，此外还同中央负责同志谈话161次，同中央部门及其他有关方面负责人谈话55次，接见外宾63人，在接见外宾之前或之后与陪见人谈话17次，在医院中召开会议20次，离医院外出开会20次，外出看望人或找人谈话7次。贺龙的骨灰安放仪式，他去参加了；李富春的追悼会，他也去参加了；并且参加了第四届全国人民代表大会。"（《周恩来的总理生涯》，熊华源、廖心文著，人民出版社1997年版）中共十一届六中全会通过的《关于建国以来党的若干历史问题的决议》评价："周恩来同志对党和人民无限忠诚，鞠躬尽瘁。"这就是我们的周总理。孔明再世，料是自叹弗如。

中华民族历史上有大禹治水的故事。《史记》记载，他为了治水，"劳身焦思，居外13年，过家门不敢入"，终于治平洪水，留功于世。为了纪念他，在大禹长年奔波经过的地方，人们为他修建了禹王宫、禹王庙和水德祠。1939年初，身为中共中央军事委员会副主席兼中共南方局书记和国民党军事委员会政治部副部长的周恩来，前往东南沿海地区，为抗日救亡奔走呼号。其间回到绍兴，专程拜谒了大禹陵，真诚地怀念这位远古的治水英雄。1949年11月，开国大典刚刚过去一个多月，周恩来就在北京会见了参加各解放区水利联席会议的部分代表，号召大家向大禹学习，以大禹为楷模，努力治水，为人民除害造福。在以后的总理生涯中，周恩来身体力行，为治水呕心沥血。周恩来从12岁离开家乡到78岁在北京长逝，66个年头，他没有回到过那生他养他的古城淮安。难道他不想回吗？不！他说过，"热爱祖国的人是没有不爱他的家乡的"。据周恩来的卫士成元功回忆，周恩来座机每次起飞前，机组人员总要事先把《飞行日志》送呈总理，上面标明何时起飞，何时到达，沿途经过哪些地方等等。凡是看到要途经淮安上空时，周恩来就会感慨地说："这次经过我的老家上空，如果天气好能让我看看故乡就好了。"1959年1月的一天，周恩来从广州开完会乘机返京，天气晴朗，长空无云。座机快飞临淮安上空时，周恩来突然从座机上站起来，不顾飞机的颠簸摇晃，跟跄着走向驾驶舱，对正在全神贯注驾驶飞机的机长袁桃园说："小袁，快到淮安上空了吧？能不能拉下一些高度让我看看老家？"袁桃园明白总理的意思，很快地降低了飞机的速度和高度。就像一个长年在外的游子看到久别的母亲一样，周恩来神情专注地览视着机翼下的故乡淮安！飞越淮安上空了，袁桃园转过脸来说："总理，要不要再盘旋一圈，让您再仔细看看？"周恩来摇了摇头说："不用了，那又要多费汽油了，我们还是赶回北京吧。"周恩来从驾驶舱返回座位，双眼湿润，好久没有说话，完全陷入了对故乡的深深回忆之中。这就是我们的周总理。大禹重生，也会五体投地。

"古今相业谁堪比"，这是当年悼念周恩来总理的一句话。是的！试想一下，中国历朝历代居相位的人，有哪一个能与之比？1976年1月11日下午，周恩来的遗体由邓颖超和治丧委员会人员护送到北京八宝山革命公墓火化。从北京医院到八宝山沿途数十里长街上，首都百万群众很早就自发地聚集在街道两侧，在凛冽寒风中肃立致敬，送别周恩来。当载着周恩来遗体的灵车缓缓通过时，人们含悲饮泣，泪眼相送，整个长安街笼罩在一片哀痛气氛中。这种感人的情景，在中国历史上还从来不曾有过。冰心老人说，周恩来"是中国亘古以来付予的'爱'最多而且接受的'爱'也最多的一位人物"。有一份献在人民英雄纪念碑前的悼诗说："他没有遗产，他没有嗣息，他没有坟墓，他没有留下骨灰，他的骨灰撒在祖国的山河中。他似乎什么也没有给我们留下，但是，……他拥有全中国，他的儿孙好几亿，遍地黄土都是他的坟。"（《生活中的周恩来》，张文和著，解放

军出版社1999年版）

1976年1月7日深夜11时，弥留中的周恩来从昏迷中苏醒，双眼微睁，认出守在他身边的吴阶平院长，用微弱的声音说道："我这里没有什么事了，你们还是去照顾别的生病的同志，那里更需要你们……"这是周恩来一生留下的最后的话。（《周恩来传》，中共中央文献研究室编，中央文献出版社2008年版）

"周公吐哺，天下归心"。今天，人们由衷地歌唱："人民的总理人民爱，人民的总理爱人民；总理和人民同甘苦，人民与总理心连心。"周恩来，一个东西方最美好、最优秀品格的化身，空前敢讲无他人，绝后难说有来者。不是吗?！

人民光荣

（2013年6月9日）

　　2013年6月上旬，随团沿太行红色旅游线参观。所到红色景点，认真听解说员宣讲，更多了解到朱德总司令一生伟大而光荣的革命事迹。

> 一信马列心笃定，
> 狂飙天落洪都城。
> 会师井冈走新路，
> 领誓云阳踏艰程。
> 万马太行战凶寇，
> 千帆长江追穷兵。
> 度量如海志如钢，
> 人民绣匾总司令。

　　朱德（1886～1976年），字玉阶，四川仪陇人。中国伟大的无产阶级革命家、军事家，党、国家和军队的卓越领导人，中国人民解放军的创始人之一。在中国共产党第一代领导核心集体中，朱德是一位威望很高、受人尊敬的忠厚长者。美国记者埃德加·斯诺在其所著《西行漫记》中，对朱德这个名字做了意味深长的有趣分析：朱德"这个名字叫起来很响亮，英文里应拼作Ju Deh，因为发音是如此。这个名字很贴切，因为这个名字由于在文字的奇异巧合，在中文的两个字正好是'红色的品德'的意思"，"这是这十年历史中不可磨灭的名字"。

　　追求真理，天涯找党。1909年，朱德考入云南讲武堂，同年加入孙中山先生领导的同盟会。1911年，参加辛亥革命。1915年在云南参加反对袁世凯称帝复辟的起义。俄国十月革命后，他逐渐接受了马克思主义。1922年夏，朱德在上海会见了中国共产党中央执行委员会委员长陈独秀，向他提出了入党的要求，陈独秀的冷淡态度给朱德留下了痛苦的回忆，他把希望寄托到国外去寻找拯救中国的道路。1922年9月，36岁的朱德乘法国邮船离开上海辗转到了德国柏林。在柏林，中国共产党旅欧支部负责人周恩来听完朱德的叙述，非常高兴，认为像他这样一位在推翻清王朝的资产阶级民主革命中有重大贡献，毅然抛弃高官厚禄，远涉重洋，积极寻找革命真理的人，完全可以成为一名无产阶级的先锋战士。于是，周恩来满腔热情地接受了朱德的要求，同意同张申府一起，介绍他加入中国共产党。1922年11月，经国内党组织的批准，朱德光荣地成为中国共产党的正式党员（《生活中的朱德》，王亚丽著，解放军出版社1999年版）。从此，朱德获得了新的政治生命，走上了为共产主义事业而奋斗终生的道路。沿着这条道路，他坚定地走了半个多世纪，直至生命的最后一息。

不避艰险，起义南昌。1927年，朱德在中国革命处于低潮的关键时刻，毫不动摇，按照党的指示，于7月21日秘密返回南昌（古称洪都）。7月27日，周恩来由陈赓护送也秘密到了南昌，在花园角二号朱德的住处会晤，筹划南昌起义的准备工作。27日当天，成立了领导南昌起义的最高领导机关——中共中央前敌委员会，周恩来担任前委书记。1927年8月1日，周恩来、朱德、贺龙、叶挺、刘伯承等领导的部队，像是暴风骤地从天降落，歼灭国民党反动军队1万多人，迅速占领南昌全城。

英雄识途，会师井冈。南昌面临反革命势力的包围，起义军退出南昌，进军广东，途中与国民党优势兵力作战遭受重大损失。1928年1月，朱德、陈毅等率领保留下来的起义部队举行了湘南起义。4月24日，携部队到达井冈山革命根据地，和毛泽东同志领导的秋收起义部队胜利会师。从此，朱毛连成一体，共同走上了发动和武装农民，实行土地革命，建立农村革命根据地，农村包围城市，武装夺取全国政权的新道路。

反对分裂，维护中央。中央红军长征途中，张国焘恃枪傲党搞分裂。中共中央脱离危险北上后，朱德留在南下的红四方面军中，不顾个人安危，坚持原则，顾全大局，正确指导干部战士采取切实可行的斗争策略和方式，使许多拥护中央北上方针的干部战士在受到张国焘排斥、打击、迫害的险恶环境中安下心来，埋头工作，避免了无谓的牺牲，保持和加强了红军内部的团结。一年后，红四方面军与红二方面军并肩北上，到达陕北，与中央红军胜利会师，实现了以毛泽东为首的党中央旗帜下的全军大团结。对于朱德坚决同张国焘斗争的同时，注重团结各种力量促使红四方面军北上，毛泽东深怀敬佩，说朱德"临大节而不辱""度量大如海，意志坚如钢"。1946年12月1日，毛泽东为朱德60大寿题词"人民的光荣"。

受命领军，勇前敢闯。各路红军长征到了陕北抗日前线。1937年8月22日，国民政府军事委员会发布将红军改编为国民革命军第八路军的命令，任命朱德、彭德怀为正副总指挥。8月25日，中共中央军委发布命令，中国红军改编为八路军，朱德任总指挥，彭德怀任副总指挥，叶剑英任总参谋长，左权任副总参谋长，任弼时任政治部主任，下辖115师、120师、129师，全军编制共4.5万余人。9月6日，八路军总部在陕西省泾阳县云阳镇大操场举行抗日誓师大会。威武雄壮的八路军队伍从四面八方走来，战士们高举着"拥护军委命令""为保卫国土流尽最后一滴血"等大字标语走入会场。各界代表和周围的群众也打着标语赶来为八路军将士送行。誓师大会由八路军政治部副主任邓小平主持。朱德总司令带领全体指战员高声宣读《八路军出师抗日誓词》："日本帝国主义，是中华民族的死敌，它要亡我国家，灭我种族，杀害我们父母兄弟，奸淫我们母妻姊妹，烧我们的庄稼房屋，毁我们耕具牲口。为了民族，为了国家，为了同胞，为了子孙，我们只有抗战到底！"（《朱德年谱》，中共中央文献研究室编，中央文献出版社2006年版）抗日誓词掷地有声，响震四野，表达了八路军将士誓逐日寇出中国的坚强意志。誓师大会后，朱德总司令率八路军总部和广大指战员东渡黄河，向华北抗日前线挺进。

机动灵活，胜操太行。抗日战争时期，中国共产党领导的八路军深入敌后，开辟了太行山抗日根据地。太行山区沟壑纵横，关隘遍布，峰峦叠嶂，气势磅礴，是八路军总部等党政军机构、文化团体驻扎之地，是华北敌后抗日根据地的腹地。朱德总司令率八路军总部先后移驻五台县南茹村、潞城县北村、武乡县砖壁村和王家峪村、辽县麻田镇等地，亲自指挥华北战场的抗日斗争。八路军将士以太行山为依托，开展独立自主的游击战争，"愿拼热血卫吾华"。平型关战役打破日本侵略者不可战胜的神话，鼓舞了全体国民的斗志。百团大战显示八路军的军貌神威，增强了抗战必胜的信心。狼牙山五壮士视死如归的英雄壮举，凝聚神州大地奋起救国的力量。"子弟兵的母亲"戎冠秀送子参军、救护伤员、带领乡亲们踊跃支前，集中展现太行儿女的精神。正是"**抗日烽火燃太行，敢奸寇敌设罗网。万众一心持久战，定叫倭儿滚东洋**"。

配合指挥，决胜疆场。辽沈、淮海、平津三大战役的胜利，国民党蒋介石输掉打内战的本钱，政权摇摇欲坠。1949年元旦，国民党当局的《中央日报》头版刊登了蒋介石企求和谈而实无和谈诚意的《新年文告》。毛泽东主席针锋相对地写了一篇新年献词《将革命进行到底》，文中引用古代希腊寓言《农夫和蛇》，深入浅出地讲述除恶务尽、彻底革命的道理，告诫人们决不能怜惜蛇一样的恶人。指出"1949年中国人民解放军将向长江以南进军，将要获得比1948年更加伟大的胜利"。4月20日，南京国民党政府在主战派的支持下，拒绝在双方拟就的《国内和平协定》上签字。中国人民革命军事委员会主席毛泽东、中国人民解放军总司令朱德联名发布《向全国进军的命令》。要求人民解放军"坚决、彻底、干净、全部地歼灭中国境内一切敢于抵抗的国民党反动派"。按照这一命令，中国人民解放军百万雄师从西起九江、东至江阴的千里长江北岸，万船竞发，国民党苦心经营3个半月、自诩固若金汤的江防顷刻瓦解。4月23日，人民解放军占领国民党的统治中心南京。消息传来，毛泽东心情振奋，写出意义深远的诗句："宜将剩勇追穷寇，不可沽名学霸王。"全军指战员受到巨大鼓舞，狠击败寇，横扫残敌，一似秋风卷落叶。

相濡以沫鱼水情，人民领袖生活在人民群众中。一首《绣金匾》，抒发了广大人民群众对毛泽东、朱德、周恩来的热爱和崇敬，其中唱道："二绣总司令/革命的老英雄/为人民谋生存/能过好光景"。

韶灵毓秀

（2015年6月20日）

2015年夏，与老伴儿轻松自游，在韶山住了3天。粗读一些有关韶山的书籍，得记于下：

《韶》是虞舜时的一种古乐，它的内容是表现尧禅让于舜，舜继承尧业。虞舜时期，代表中国远古社会圣明的一个时代，那一时代的音乐，也成为中国音乐史上的一个"善"与"美"高度融合的典型。故"子在齐闻《韶》，三月不知肉味"。

以"韶"为地名的，在中国并不多。传说舜帝南巡，沿途万里，非常流连一处善美之地，曾在这里停下来演奏《韶乐》，并以"韶"赐予山名，此即韶山。

韶山地处湖南省中部偏东。巍峨庞大的南岳衡山，在湘中南几经跌宕之后，突然往西北奔去，直往湘潭、湘乡交界处，遂耸起昌山，继而横截湘乡至涟水河畔，其势不减，又行四五十里，乃至湘乡、湘潭、宁乡三县交界处，在此忽而作了一个巨大的情结，似有不忍离去之状，这便是韶山。韶山，210.38平方公里，山虽不高，但最为盘桓曲折，令人叹为观止。

《韶山毛氏族谱》二修首卷，收录了老谱即清乾隆二年（1737年）留下来的一篇奇文《老谱戴序》，以生动的笔墨状描韶山奇境："湘之西有韶山，山峻以复，泉洁以长，茂林修竹，云气往来。中可烟火百家，田畴沃壤。循流而下，至铁陂，两山相峙若门。"读似一幅淳朴宁静的山水画！而画中最秀丽的地方，还在韶山冲内。韶山冲山型就像一朵盛开的巨大杜鹃花，以毛氏宗祠为中心，花瓣呈放射状向周围散开而形成众多的山谷，主要的山谷有十八罗汉山与韶峰之间的山谷；韶峰与石鼓山、木梓山、黑石寨之间的山谷；黑石寨与枫梓山之间的山谷；枫梓山与十八罗汉山之间的山谷。这些大山谷中又有众多的小山谷，当地一律称作"冲"，如韶山毛氏家族深房居地铁陂冲、毛泽东故居所在地土地冲、李姓聚居地石洞冲、唐姓居地石门冲等，这些小山冲套在大山谷之内，更加显得幽深莫测，其中以毛震后裔（毛泽东的直系祖先们）聚居的滴水洞一带为最。前面提到

游知记趣

的那篇奇文作者叫戴炯，他写道："夫山水秀绝，必生奇才！韶山虽不在中州往来之地，赋客骚人所不到，必将有秉山川之秀，追踪古先生其人者：为国之华，邦之望，使人与地俱传！"（《毛泽东从这里走来》，龙剑宇著，人民出版社2013年版）此语150多年后应验，中国巨人毛泽东就出生在他预言的韶山冲。

舜帝驻足韶山，给这里留下了一种敢于进取和冒险的精神以及为民求福死而后已的圣人品格，启发和鼓励着韶山民众努力求生存、求发展，顽强坚韧，奋发向上。这种优秀传统文化孕育了湖南历史上众多出类拔萃的人才，毛泽东是最杰出的代表。心怀崇敬，有作一首：

韶山颂

山川秀美亮韶光，
伟男奇女出潇湘。
战蒋高举斩蛇剑，
抗日紧握狼筅枪。
力拔三山创新世，
心成四卷铭华章。
岁月难泯千秋业，
江山代代着红装。

韶山毛泽东故居

毛泽东与杨开慧于1920年冬结婚，成为志同道合的革命伴侣。"重比翼、和云翥"是他们的夙愿，可为了劳苦大众的翻身解放，却又聚少离多，"挥手从兹去"。杨开慧至死都眷恋着毛泽东。1930年10月24日凌晨，杨开慧在家中不幸被捕，狱中受尽种种酷刑。穷凶极恶的刽子手逼问："毛泽东哪里去了？"得到的是杨开慧斩钉截铁的回答："不知道！"敌人改变策略，把她请到客厅，许诺"只要你在报上发表和毛泽东脱离夫妻关系的声明，就可以马上得到自由"。杨开慧报以轻蔑的冷笑。无计可

杨开慧烈士塑像

施的国民党反动派杀害了年仅29岁的杨开慧。

毛泽东终生不忘这位至爱的妻子。远在中央苏区革命根据地与敌拼战的毛泽东得知杨开慧就义的噩耗，十分悲痛。当即写信给杨家亲属说"开慧之死，百身莫赎"，并寄钱为杨开慧修墓。1950年，毛泽东接见杨开慧的堂妹杨开英时，曾满怀深情地赞扬道："你霞姐（杨开慧的乳名）是有小孩子在身边英勇牺牲的，很难得啊！"1957年5月，毛泽东写《蝶恋花·答李淑一》词，以"骄杨"赞美杨开慧。1962年11月，杨开慧的母亲在长沙谢世，毛泽东寄去500元钱作奠礼，同时致信杨开智：杨老夫人葬仪"可以与杨开慧同志我最亲爱的夫人同穴"（《毛泽东一家人》，赵志超著，中央文献出版社2011年版）。可见毛泽东对杨开慧的思念之深。

毛泽东是伟大的马克思列宁主义者，是中国共产党、中国各族人民的伟大领袖。他为中国人民的自由幸福和中华民族的独立自主，付出了毕生精力，建立了不朽功勋。

毛泽东从中国革命实际出发，开创了以农村包围城市、最后武装夺取全国政权的道路，并在革命实践中逐步形成了一整套适合中国革命的理论、路线和政策。在中国革命的关键时刻，是毛泽东顶住了来自共产国际和苏联斯大林的压力，坚持走自己的路，取得革命战争的胜利，建立了新中国。邓小平在《解放思想，实事求是，团结一致向前看》一文中讲："回想在1927年革命失败以后，如果没有毛泽东同志的卓越领导，中国革命有极大的可能到现在还没有胜利，那样，中国各族人民就还处在帝国主义、封建主义、官僚资本主义的反动统治下，

我们党就还在黑暗中苦斗。所以说没有毛主席就没有新中国，这丝毫不是什么夸张。"

　　毛泽东结合中国的特点，开辟了一条适合中国国情的社会主义改造道路。只用3年多一点的时间就完成了对农业、手工业和资本主义工商业的社会主义改造，在一个占人类总人口四分之一的、经济文化落后的大国里建立起社会主义制度，这是奇迹，在中国历史和世界历史上都具有重大意义。

　　毛泽东是一个伟大的探索者，努力寻找适合中国特点的建设社会主义道路。

作者于韶山

1956年和1957年，他先后发表了《论十大关系》和《关于正确处理人民内部矛盾的问题》等论著，提出了不少新的思想、观点和政策。中共十一届三中全会以来的改革开放，邓小平所进行的新的探索和实践，追本穷源可上溯到此。

　　毛泽东为实现中国的现代化事业奋斗不已。在他的领导下，中国由一个贫穷落后的半殖民地半封建国家变成一个独立、自由、民主、统一和具有完整的工业体系及国民经济体系的社会主义国家，为我国的社会主义现代化事业的进一步发展奠定了物质基础和思想文化基础。毛泽东不愧是中国社会主义现代化事业的开拓者和奠基者。

　　怀念毛泽东，乐唱东方红，是人民的心声。在韶山亲眼所见并听当地人介绍说：年复一年无休日，难以计数的人们络绎不绝奔来韶山冲。

燎原星火

（2017年6月22日）

百年积弱山河破，
救亡图存败犹多。
一俟井冈辟新路，
革命频频奏凯歌。

中国是一个历史悠久的东方大国。从1840年开始，中国逐渐丧失独立的地位，帝国主义列强通过对中国的多次侵略战争（其中著名的有1840年至1842年英国侵略中国的鸦片战争，1856年至1860年英法联军侵略中国的第二次鸦片战争，1884年至1885年法国侵略中国的战争，1894年至1895年日本侵略中国的战争，1900年八国联军侵略中国的战争）和其他方法，掠夺中国的领土，勒索中国的"赔款"，在中国的土地上划分"势力范围"、设立租界、驻扎军队，利用不平等条约赋予的特权控制中国通商口岸、交通线和海关，进而操纵中国的财政和经济命脉，支配中国的政治，使中国在经济上和政治上处于半殖民地的悲惨境地。

面对严重的民族危机和深刻的社会危机，中国社会的各阶级从各自的立场出发，提出自己的不同主张。地主阶级中的洋务派提出"自强""求富"的口号，主张"中学为体，西学为用"，企图在维护腐朽的封建主义社会制度和伦理原则的前提下引进西方资本主义国家新的军事和生产技术。1894年至1895年中日甲午战争中清政府的惨败，宣告了洋务运动的破产。1898年至1900年兴起的义和团运动，是一场震撼中国大地的以农民为主体的反帝爱国运动，他们英勇的斗争给予外国侵略者和本国封建统治者以有力的打击。但是，农民作为小生产者，并不代表新的生产力和生产关系，不可能找到中国实现独立和富强的正确道路，他们的斗争不能不以失败而告结束。1898年，以康有为、梁启超、谭嗣同、严复等人为主要代表的资产阶级维新派，在中国掀起一场变法维新运动，史称"戊戌变法"。他们仅仅依靠一个没有实权的皇帝，企图推行自上而下的渐进的改良，此路不通，"百日"失败。在孙中山领导和影响下，1911年10月爆发了辛亥革命，是在比较更完全的意义上开始的资产阶级民主革命，在中国近代历史上具有伟大意义。但由于历史的局限，使得资产阶级革命派没有勇气也没有力量把反帝反封建的斗争进行到底。辛亥革命的果实很快就被北洋军阀的首领袁世凯窃取，初生的资产阶级共和国在中国只存在了几个月即告夭折。辛亥革命的失败，宣告了资产阶级共和国方案在中国的破产。在铁的事实、血的教训面前，一些立志为中国的独立和富强而斗争的先进分子开始探索挽救中国危亡的新途径。

五四运动的爆发和马克思主义在中国的传播，国内、国际革命形势的发展，中国共产党应运而生。几经挫折，共产党独立领导中国革命，武装举旗走上井冈山的正确道路。

井冈山革命根据地，红色区域主体横跨"六县一山"，它作为一个阶段的特定历史概念载入史册，从1927年10月创建到1930年2月丢失，历时两年零四个月。井冈山是英雄的山，是中国革命的摇篮，被称为"天下第一山"。在这里，以毛泽东为代表的一大批中国共产党人进行了艰苦卓绝的斗争和探索，这些斗争和探索是马克思主义中国化的伟大开篇，是中国革命走向胜利的光辉起点。在井冈山

井冈红旗

创建革命根据地、开辟中国革命新道路的艰苦实践中，培养形成的以"践行初心、开基创业"为本质特征的井冈山精神是中国革命精神的重要源头，成为中国共产党人永不枯竭的精神动力和力量源泉。

2017年6月20日、21日两天，我坐在井冈山茨坪镇红色书屋里，两个面包一瓶水满整天地翻看书籍，两眼胀痛，头脑清醒，永远记住了习近平总书记所说的话，"伟大的理想信念要有扎实的理论基础，井冈山道路是马克思主义中国化的经典之作，从这里革命才走向成功。行程万里，不忘初心。井冈山理想教育要坚持下去。"

高远辉煌

西柏坡

（2017 年 9 月 21 日）

西柏坡，是一个普通又偏僻的山村，由于历史的垂青，它成为驰名中外的革命圣地。西柏坡是解放战争时期中央工委、中共中央和中国人民解放军总部的所在地。1947 年 5 月，刘少奇、朱德率领中央工委先期进驻西柏坡；1948 年 5 月，毛泽东、周恩来、任弼时率领中央前委和中国人民解放军总部到西柏坡与中央工委会合。中国共产党的第一代领导核心集体齐聚于此，领导各族人民共同创造了一连串被世人称道的伟大奇迹。

> 偏村谋远胆魄大，
> 陋室决胜百战多。
> 城乡互易功能地，
> 老区奠基新中国。

在西柏坡这个深山小村，中国共产党深思熟虑，组织召开全国土地会议，领导了各解放区的土地改革运动；审时度势，以大无畏的彻底革命精神筹策部署伟大的战略决战；高瞻远瞩，党的七届二中全会描绘了新中国的蓝图，提出了具有深远意义的"两个务必"的著名论述。

中央军委作战室，是一个只有69.4平方米建筑面积、简易得不能再简易的房屋。就是在这里，作战室的工作人员繁忙而有序地工作着。他们汇集敌我双方的情况，将各地发来的电报精心整理，用红蓝线标出战役进展态势，并及时向毛主席等中央首长汇报。然后再将主席等中央首长的指示、命令通过无线电发报机发往全国各个战场。据不完全统计，中共中央和中央军委在西柏坡短短10个月里，组织指挥了包括辽沈、淮海、平津三大战役在内的24次重大战役，发往前线的电报有几百封之多。周恩来曾风趣地说：我们这个指挥部可能是世界上最小的指挥部，我们一不发人，二不发枪，三不发粮，天天发电报，就把敌人打败了。

党的七届二中全会是一次在中国革命胜利的前夜召开的重要会议。毛泽东在会上作了极为重要的报告，及时提出了由农村包围城市向城市领导农村的战略转变，全会明确了党的工作重心的转移和今后的主要任务。指出：从1927年到现在，我们的工作重点在乡村，在乡村聚集力量，用乡村包围城市，然后取得城市。采取这样的一种工作方式的时期现在已经完结。强调从现在起，开始了由城市到乡村并由城市领导乡村的时期，党的工作重心由乡村移到了城市，必须用极大的努力去学会管理城市和建设城市。

2017年9月，与几位同志乘车去西柏坡。在快要到达目的地的路边巨石上，镌刻着"新中国从这里走来"八个红色大字。瞩目沉思，一部中国革命胜利史，教给我们的就是这个道理啊！

百年颂党

（2021 年 5 月 6 日）

　　庆祝党的百岁生日，2021 年到上海和嘉兴南湖参观。重温党的光荣历史，回顾党的辉煌成就，心中更加坚定信仰，唱一首心歌献给党：

> 漫漫黑夜盼天亮，
> 云水沪上迎曙光。
> 铁肩担起大道义，
> 妙手写出好文章。
> 二十八载拼站立，
> 七十二年奔富强。
> 长怀初心精神振，
> 还驾红船驶远方。

　　"长夜难明赤县天，百年魔怪舞蹁跹。"这是中国共产党诞生前近代中国的真实写照。辛亥革命的失败和北洋军阀统治的建立，使人们陷入了深深的绝望、苦闷和彷徨之中。中国的出路问题再次被提到中国人民面前。

　　一些先进的中国知识分子从总结辛亥革命的经验教训入手，上下求索，创造了觉醒的年代。1917 年，俄国

作者于嘉兴南湖

爆发十月社会主义革命，建立苏维埃政权，成为人类历史上的划时代事件。革命中俄国工农大众在社会主义旗帜下所进行的英勇斗争和取得的历史性胜利，给正在苦闷中探索，在黑暗里苦斗的中国先进分子展示了一条新的出路。中国出现了一批赞成俄国十月社会主义革命、具有初步共产主义思想的知识分子。李大钊是在中国大地上举起十月社会主义革命旗帜的第一人。他以深邃的历史眼光，指出十月革命的胜利乃是"劳工主义的战胜"，是"20世纪中世界革命的先声"，是"世界人类全体的新曙光"。他预言，十月革命所掀起的潮流是不可阻挡的："试看将来的环球，必是赤旗的世界！"1919年中国的五四运动，是在俄国十月社会主义革命的影响下发生的。它高举彻底地不妥协地反对帝国主义和彻底地不妥协地反对封建主义的旗帜，启导广大人民的觉悟，准备革命力量的团结。五四运动对社会主义思潮在中国的蓬勃兴起，起到了极大的推动作用。它促进了马克思主义在中国的传播并与工人运动的结合，为中国共产党的成立在思想上、干部上做了准备，拉开了中国新民主主义革命的帷幕。

五四运动后不久，随着马克思主义在中国的传播及其同中国工人运动的初步结合，建立工人阶级政党的任务被提上了日程。1920年4月，经共产国际批准，俄国共产党远东局海参崴分局外国处派出全权代表维经斯基来华，先到北京会见李大钊，又到上海会见陈独秀。经过考察，维经斯基认为中国可以组织共产党，这对中国共产党的创建起了一定的促进作用。中国共产党的最早组织是在中国工人阶级最密集的中心城市上海首先建立的。1920年5月，陈独秀发起组织马克思主义研究会，探讨社会主义学说和中国社会改造问题。6月，他同李汉俊、俞秀松、施存统等人开会商议，决定成立党组织，还起草了党的纲领。关于党的名称问题，陈独秀征求李大钊的意见，李大钊主张定名为"共产党"，陈独秀表示同意。8月，共产党早期组织在上海法租界老渔阳里2号《新青年》编辑部成立，陈独秀担任书记。在中国共产党创建过程中，陈独秀起着重要作用。在上海成立的共产党早期组织，实际上是中国共产党的发起组织，是各地共产主义者进行建党活动的联络中心。1920年10月，李大钊、张国焘等在北京成立共产党早期组织，当时称"共产党小组"，同年底决定成立共产党北京支部，李大钊为书记。在上海及北京党组织的联络和推动下，1920年秋至1921年春，董必武在武汉，毛泽东在长沙，王尽美在济南，谭平山在广州，也相继成立了党的早期组织。1921年3月，李大钊著文公开呼吁创建工人阶级政党。6月初，共产国际代表马林和共产国际远东书记处代表尼克尔斯基先后到上海，建议及早召开全国代表大会，宣告党的成立。1921年7月23日晚，中国共产党第一次全国代表大会在上海法租界望志路106号（今兴业路76号）开幕。国内各地的党组织和旅日的党组织共派出了13名代表出席大会。他们是上海

上海中共一大会议旧址

的李达、李汉俊，北京的张国焘、刘仁静，长沙的毛泽东、何叔衡，武汉的董必武、陈潭秋，济南的王尽美、邓恩铭，广州的陈公博，旅日的周佛海，以及受陈独秀派遣的包惠僧，代表着全国的50多名党员。在广州的陈独秀和在北京的李大钊因有其他事务未出席会议。7月30日晚，一名陌生的中年男子突然闯入会场，后又匆忙离去。具有长期秘密工作经验的马林断定此人是敌探，建议马上中止会议。代表们商定最后一天的会议改在嘉兴南湖的游船上举行。

大会确定党的名称为"中国共产党"。党的纲领是"以无产阶级革命军队推翻资产阶级"，"采用无产阶级专政，以达到阶级斗争的目的——消灭阶级"，"废除资本私有制"。这表明，中国共产党从建党一开始就旗帜鲜明地把社会主义和共产主义确定为自己的奋斗目标，并且坚持用革命的手段来实现这个目标。中国共产党的诞生，使中国革命有了正确的前进方向，中国人民有了强大的凝聚力量，中国前途有了光明的发展未来。

中国共产党百年的艰苦探索，砥砺前行，完成和推进了救国、兴国、强国三件大事，从根本上改变了中华民族和中国人民的前途命运。党团结带领人民经过28年浴血奋战，打败日本侵略者，打败国民党反动派，推翻压在中国人民头上的三座大山，完成了新民主主义革命，建立新中国，实现了中国从几千年封建专制政治向人民民主的伟大飞跃，为中华民族伟大复兴扫清了根本障碍。

党团结带领人民完成了社会主义革命，确立了社会主义基本制度，推进社会主义建设，在"一穷二白"基础上建成独立的工业体系和国民经济体系，实现了中华民族由近代不断衰落到根本扭转命运、持续走向繁荣富强的伟大飞跃，为中

华民族伟大复兴奠定了坚实基础。

党团结带领人民进行改革开放新的伟大革命，成功开辟中国特色社会主义道路，社会主义制度优越性集中展现，使中国大踏步赶上时代，中华民族迎来了从站起来、富起来到强起来的伟大飞跃，为中华民族伟大复兴开辟了光明前景。

实践证明，中国共产党是民族复兴使命的合格担当者。以习近平同志为核心的党中央高擎历史的接力棒，不忘初心，牢记使命，信心百倍，全面推进经济建设、政治建设、文化建设、社会建设和生态文明建设，开启了中国特色社会主义新时代。

中国共产党百年华诞，神州欢庆，兆民齐颂。今日中华人民共和国就像一艘巨轮，乘风破浪，胜利驶向中华民族伟大复兴的光辉彼岸。

中国共产党百年庆典

唱吟人物篇

心智计谋　　生当如此

人文初祖　　乾陵我见

识远功显　　天之骄子

词国耀星　　刚直清正

民族强声　　天昭日月

燕地英侠　　高韵流芳

心智计谋

（1986年8月16日）

1986年8月，与几位党校同学专程到刘邦的家乡徐州沛县游览，听闻许多英雄豪杰的故事，尤对张良印象深。

> 帐策决胜千里外，
> 借箸代筹论一统。
> 不信仙传神授事，
> 往来大才学砺中。

张良（？～前186年），字子房。传为城父（今安徽亳县东南）人，韩国旧贵族后代。秦灭韩后，张良聚众归顺刘邦，成为刘邦倚重的得力谋臣。

公元前202年，汉高祖刘邦评功论赏众人。张良虽然没有阵前杀敌的战功，但刘邦对他在夺取天下的过程中发挥的作用评价很高，在群臣面前曾有"运筹策帷帐之中，决胜于千里之外，吾不如子房"的赞语。封赏时特让张良在齐地挑三万户。张良谦让地说："当初，臣在下邳起兵，和陛下在留县会合，这是上天把臣授予陛下。陛下采用臣计，幸而时常适用。臣希望封在留县就满足了，不敢接受三万户。"刘邦遂封张良为留侯。

公元前204年，刘项争夺天下，项羽把刘邦围困在荥阳。忧惧交加的刘邦和谋臣郦食其商量削弱楚军的策略。郦食其提出了"学商汤伐桀封杞、武王伐纣封宋，重封六国后裔"的建议，深得刘邦赞许。从外地赶回拜见刘邦的张良闻听此事，从正在吃饭的刘邦手中借用筷子，在案几上比画着连讲了七个不可之后继续说："天下的游士离开亲属，抛弃祖墓，告别故旧，跟随大王走南闯北，目的是什么？只是盼望得到一块封地。如果恢复六国，封立齐、楚、燕、韩、赵、魏的后裔，天下的游士便各自回去侍奉他们的君主，厮守他们的亲属、祖坟和故旧，到那时，大王和谁一齐去夺取天下呢？"张良特别强调："如果真得采用了这个计谋，大王的事情可就全完了。"刘邦闻言惊出一身冷汗，把嘴里嚼的饭菜一口吐了出来，狠声连骂郦食其："竖儒！差点儿败坏了我的大事！"刘邦改用张良的策略，不立六国后代，避免了分裂割据局面。

关于张良，有一个多少带有迷信色彩的传说：一天，张良在下邳这个地方的一座桥上散步，遇到一个银发白须老人。老头故意把一只鞋子扔到桥下，指着张良说："小子，到桥下把我的鞋子取来！"张良很奇怪，素不相识的人竟然强令自己，本想扭头就走，可又想，他是长者，年轻人应该尊敬，便走到桥下，把鞋子捡来送给他。谁知老头不用手接，竟伸出脚来，命令说："给我穿上！"张良压住火，心想，反正已经替他取来了鞋子，索性好事做到底，就给他穿上吧！于是蹲身恭恭敬敬给老头穿好鞋子。然而，老头只是冲张良笑了笑，就走了。张良看着老头的背影，感到这人真奇怪，便紧紧尾随而去。老头走了一会儿，忽然转身对张良说："我看你这小子有出息，我乐意教你本领，五天后一早，在这里会面。"张良听后马上跪下，连说："是、是、是！"

第五天，天刚亮，张良赶到了桥上。谁知老头早已到了，他见张良迟到，生气地说道："和老年人约会，为什么迟到呢？五天后一早再来吧！"

第四天后半夜，鸡刚叫头遍，张良起床就往桥头跑，以为这次一定可以赶在老头之前了。谁知到了桥头一看，老头比他到得更早。老头火气很盛地责问："怎么又来晚了？"说完扭头就走，边走边吩咐说："五天以后再来，早一点。"

又到了第四天晚上，张良干脆不睡了，半夜就赶来。这次老头很高兴，点了点头说："这还差不多！"顺手从怀里取出一本书，送给张良说："拿去吧，读熟了就能给兴王立业的人做帮手。"说完，便不再见踪影。

天亮，张良一看原来老头送给他的是一本《太公兵法》。他非常高兴，日夜捧书苦读，从中获得了很多用兵打仗的韬略，后为刘邦出谋划策，终成大业。

我怀疑张良传说内容的真实性，世界上本来就没有什么神仙。但确信传说透露出来的道理：谦虚、勤奋、历练，是古往今来一切才华出众人物成长起来的必由之路。

生当如此

（1989年6月12日）

闻鸡起舞雄心壮，
击楫中流气更扬。
边草情深战马奋，
枕戈男儿不彷徨。

任职汤庄，夜读"闻鸡起舞""枕戈待旦"两则历史故事。十分敬佩祖逖、刘琨一对好朋友，双双建功业。

"闻鸡起舞"，典出《晋书·祖逖传》"与司空刘琨俱为司州主簿，情好绸缪，共被同寝。中夜闻荒鸡鸣，蹴琨觉曰：'此非恶声也。'因起舞。"大意是听到雄鸡报晓，立刻起身练剑。喻指有志气的人，奋发图强，勤学苦练，待机报效国家。

祖逖（266～321年），字士稚，范阳遒县（今河北涞水北）人。西晋末年，朝政腐败，国家贫弱，北方的异族统治者，乘机发兵侵扰中原，百姓深受其害，祖逖举族徙居汉淮。东晋建立之后，祖逖积极进言，力主收复中原。晋元帝司马睿便以祖逖为奋威将军、豫州刺史，命其北伐，但只拨给1000人的军粮和3000匹布，不给铠甲和武器，让祖逖自己招募兵马。祖逖二话没说，就率领自己部属100多家北渡长江。船到江心，祖逖敲打着船桨发誓说："我祖逖如不能肃清中原的贼寇，收复失地，就如江水一样，一去不回！"英雄气概，志坚不凡。故毛泽东有诗赞"祖生击楫至今传"。祖逖渡江后，便冶铁铸造兵器，又招募2000人，然后北进。先使离间计诱杀豪强张平，再用武力打败樊雅；在讨伐陈川时，打败了领着5万兵来救陈川的石虎；进屯封丘后，又打败了石勒的万人精骑；对那些自行割据、互相打杀的地方军阀，便去做调解工作，晓以民族大义，使一些互不统属的地方政权，都归其管理。经过艰苦努力，长江以北、黄河以南广大地区皆为晋土。

祖逖克复黄河以南后，在军中与将士同甘共苦，勤于军务，不聚资产；在辖区奖励农桑，发展经济，百姓十分感激。经过一番休养生息，实力大增。祖逖正待北渡黄河，兵扫冀、朔时，晋元帝深恐祖逖势大难驭，便派人凌驾祖逖之上施以牵制。祖逖十分明白地知道，自己收复中原的宏愿难以实现了，忧愤成疾，病死军中。豫州百姓如丧父母，谯、梁地区人民都为祖逖立庙祭祀。由于祖逖一心北伐并为国捐躯，因而关于他"闻鸡起舞"的故事，广为流传，永远激励着爱国志士。

刘禹锡曾作《始闻秋风》诗一首，中有："马思边草拳毛动，雕眄青云睡眼开"句，"边草情深战马奋"即化其意而来，借喻铁血男儿当以国家需求为己任。

"枕戈待旦"，典出《晋书·刘琨传》"吾枕戈待旦，志枭逆虏"。形容随时准备迎击敌人。作为祖逖好友的刘琨，也是值得称道的一位历史人物。同祖逖一样，胸怀抱负，立志要为国家干出一番事业。当他听闻祖逖已经起兵渡江北伐时，曾感慨地对人说："我每天都枕着兵器以待天明，时刻准备着报效朝廷，杀退敌兵，可惜祖逖已先我而去建功立业了。""常恐祖生先吾着鞭"生动地表现了他不甘落后朋友，急切报国的心情。刘琨给晋愍帝司马邺所上表章："臣当首启戎行，身先士卒……庶凭陛下威灵，使微意获展，然后陨首谢国，没而无恨！"言之铿锵，足见忠诚。

为人者当如此，为友者亦当如此啊！

人文初祖

（2001年6月18日）

受教红都说有幸，
途祭桥山黄帝陵。
赫赫仙台经久固，
森森古柏轮回青。
祈福合力钟声远，
叩拜齐身心意诚。
德启光明泽后世，
相逢还记同根生。

2001年6月，随团到革命圣地延安接受革命理想教育，登宝塔山顶，进枣园窑洞，耳濡目染，深受感动。

此行有幸，出延安南至桥山，敬谒黄帝陵。陵墓位于桥山之巅，占地1300亩，陵高3.6米，围长48米，虽不高峻，但异常肃穆。凡到这里来的同胞，无不产生乡土之思，爱国之念，作为一个中国人的自豪感，油然而生。

作者（左六）于黄帝陵

黄帝陵前南侧的柏树林中，赫然立有"汉武仙台"四字的石碑。碑后有座高大的土墩，相传是汉武大帝征朔方回长安，路过这里祭奠黄帝陵，筑台祈仙留下的，今天已成为游人观瞻的一处胜景。站在台顶，举目四望，但见群山起伏似朝，松涛翻滚如拜。直感真觉这儿才是我们五千年文明发祥的活水源头，亿万人民和海外同胞"寻根"的基土所在啊！

桥山，沮水从山脚流过，山势在上如桥，故得名。桥山总面积8500多亩，古柏参天。据说，1936年将山上的柏树统计了一次，共有61000株。中华人民共和国成立后连年续种，加之有文物部门保护，现已过100000株。多数树龄在千年以上，是我国最大的柏树群，远远望去，有如万笏朝天，气象异常雄伟。桥山脚下的轩辕庙里，更有一株粗壮奇特的古柏，树高7丈余，干围4丈多，枝繁叶茂，覆荫数亩，据说已有5000年左右的历史，为黄帝亲手所植，青春仍驻，实在壮观。

在黄帝陵侧旁的钟亭里，悬挂铁钟和圆木，专为来人祈福所用。说是用圆木击钟，钟声愈远，来福愈多。故见游人或三五或四六地合力抱木击钟，竟成了一道风景。

陵前祭奠的人们，心怀虔诚，很少哗声，或三拜九叩，或肃立鞠躬，整齐划一。凡来桥山祭陵的人，大概都会记得轩辕黄帝的生平。《史记》说："黄帝，一出生就极有灵性，很早就会说话。幼年时期，他聪颖通达；长大以后，他诚实机敏；成年以后，他博闻强记。"黄帝确实具有很杰出的才能，相传他领导人们改变单纯的游猎生活，教大家筑房建屋、驯养家畜、种植五谷、裁缝衣裳、制造器皿等。他慧眼识人，大胆使用。令仓颉造文字，以代结绳记事；命雍父制臼杵，以供舂米；命大挠做干支（历法），以利农时；命伶伦发明乐器，制定音律；命共鼓、货狄做舟楫，以利河中航行；命挥、夷做弓矢，以提高射猎和攻伐能力。黄帝居住在轩辕山上，娶西陵部的女儿嫘祖为妻，教人养蚕，织绸制衣，后人尊称她为"先蚕娘娘"。从此，天下大治，人民安乐，百姓过上较为文明的生活。后人把黄帝当作我们伟大的中华民族的杰出代表，赞誉他"能成命百物"，尊奉他为我国的"人文初祖"。

华夏最贵不忘心，同类岂不奉先人。海外侨胞，不管旅居何地，海峡两岸，无论异同多少，是不能忘记自身何来的啊！

乾陵我见

（2002 年 7 月 16 日）

在陕西乾县梁山上，有一座唐高宗李治与女皇武则天的合葬墓乾陵。陵前并排矗立着两块高、宽等规格差不多的石碑，西面为"述圣碑"，由武则天撰文、唐中宗（李显）书写，碑文主要是歌颂唐高宗的文治武功；东面是武则天的无字碑。女皇武则天对唐高宗树碑立传，为何对自己树碑而不立传呢？千余年来，人们对此有种种说法。一说武则天立无字碑，是用以夸耀自己功高德大非文字所能表述；二说武则天立无字碑，是自知罪孽太大感到还是不写碑文为好；三说武则天立无字碑，是有自知之明留给后人去评论。还有少数人认为，武则天觉得死后与唐高宗合葬，称呼自己是皇帝还是皇后，都难落笔，还是以无字碑更为恰当。众说纷纭，仁者见仁，智者见智，到底何因，至今尚无结论。

2002 年 7 月中旬去西安，有当地朋友陪同特意到乾陵。"无字碑"并非无字，仔细观察，上面密密麻麻刻了许多文字，全是宋、金以来人们因"无字"之憾而添补的题识。尤值一提，无字碑上的多种题识中，刻有一种早已废绝的少数民族（契丹）文字，无意中为后人提供了一份珍贵的文字资料，被认为是研究契丹文学的无价之宝。这也是立碑人始料未及的。

客观地分析武则天的所作所为，可说是一位极富进取心和创造性的女强人。武则天 14 岁入宫，被唐太宗李世民赐号武媚，人称媚娘。在宫中待了 12 年，没有生育，也没有晋升，基本是在半幽禁的生活中度过青春的。公元 649 年，唐太宗驾崩，26 岁的武则天为尼入寺。唐高宗李治继位后再入宫，凭着自己的容貌和才智，利用宫中后妃之间的矛盾，以残忍狠毒的手段，战胜萧淑妃，取代王皇后，成为后宫之首。她借用唐高宗之手，先后清除对己心怀不满的长孙无忌、上官仪等朝廷元老大臣。在唐高宗因病倦于朝政的情况下，协助高宗理政，形成"天下大权悉归中宫，天子拱手而已"的局面，朝廷内外，称皇帝、皇后为"二圣"。为扫除登基称帝道路上的最后障碍，接连废掉李忠、李弘、李贤、李显四位太子，无情镇压了唐朝宗室旧臣发起的两场武装反抗。终于公元690年重阳节改唐为周，登上梦寐以求的皇帝宝座，自号"圣神皇帝"，改元"天授"，表示她的皇位是上天所授。鲁迅先生说："武则天当皇帝谁敢说'男尊女卑'！"武周王朝代替李唐王朝达15年之久，武则天活出了女人的勇气。

武则天颇懂治国之道。她在政治上打击豪门世族，并通过发展科举制度，使得大量人才进入政治舞台，抑制了豪门垄断；她奖励农桑，兴修水利，减轻徭役并整顿均田制，使社会经济不断上升，民户数由唐高宗末年的380万户增长到唐中宗即位时的615万户；她知人善任，破格用人，在位时期通过各种途径，选拔了大量各类人才，后来协助唐玄宗李隆基创造"开元盛世"的一些重要人物，大都是武则天时期选拔培养起来的；她加强封建国家的边防，努力改善边境各族之间的关系，在西北边境建立行政机构，派驻军队，大量屯田，有效维护了边境的安宁和国家统一。

时人和后人对武则天多有指责，尤其是对其不择手段当皇帝、酷吏杀人、重用武氏族人以及生活淫乱等大加挞伐。我想，若站在封建立场之外去评论，有些事真是还待商量又不必过度苛求的。窃以为，武则天自立无字碑，是她深远眼光和宽广胸怀的展现，是对己身是非好恶的自明，是对封建历史政治的参透。

> 也读乾陵无字碑，
> 想是人间大智慧。
> 生前担当敢追求，
> 死后任尔誉与毁。

识远功显

（2012 年 7 月 20 日）

在中国古代，分别冠以"沉鱼""落雁""闭月""羞花"称誉的四大美女中，以其对社会的贡献和享有的地位，最受正议的当数有"落雁"之容的王昭君。千百年来，对王昭君的誉词赞语不断。伟大的无产阶级革命家董必武曾赋谒昭君墓诗云："昭君自有千秋在，胡汉和亲识见高。"

素慕英名，更闻嘉声。2012 年 7 月，有朋友诚邀陪同，朝发夕至往谒昭君墓。清香四溢的墓区展室，形式活泼，内容丰富，资料齐全。雕塑、沙盘、影视、挂图交相辉映，活现了王昭君超凡脱俗的气质和光彩照人的形象。

乾坤国里谁英雄？
浩瀚书海波浪涌。
试向青冢顶上望，
大德不让碑一通。

王昭君，名嫱，字昭君。汉代南郡秭归（今湖北秭归）人。汉元帝（刘奭）建昭元年（前38 年）春，王嫱被选为南郡第一美人，进京入驻掖庭宫待皇帝召见。入宫登记时，主管掖庭宫的官员认为"嫱"字比较生僻，而"昭君"有昭彰君德之意，遂起字昭君并以字代名。从此，宫内没有了王嫱，只有王昭君。

昭君墓

传说，美艳绝伦的王昭君，入宫后几年不识龙颜，是缘于画师作祟。故事是这样的：选美入宫的女子，一般都是见不到皇帝的，而是由画工画了像，送到皇帝那里去听候挑选。有画工毛延寿，以宫女送礼多少而画其美丑，凭此特权收受贿赂。生性良善、气质高雅的王昭君对毛延寿的无理索要，断然拒绝。正色说道："丹青师傅，图形作画，贵在写实，难道无千金之资，便要任凭涂描吗？若如此，昭君只好告辞了。"说完，头也不回地走了。毛延寿碰了钉子，异常恼怒。暗思几年在宫廷画美，宫女奉迎犹恐不及，哪个敢在我面前说个不字。没想到王昭君一个乡村女子，竟无视他的权威，还公然顶撞。越想越气，心生歹毒，于是一张眼大无神、眉间眼角长有主"凶"主"淫"两黑痣的王昭君画像送到了垂询的汉元帝龙案上。春去秋来，转眼5年过去，王昭君望眼欲穿，始终未见元帝踪影。

汉元帝竟宁元年（前33年）正月，颇有作为、一统匈奴的呼韩邪单于第三次来汉朝京城长安拜见汉元帝，提出"愿婿汉氏以自亲"。元帝也想，自高祖刘邦建汉，匈奴一直是大汉帝国北方劲敌，他们时常挥兵南来骚扰，边民流离失所。汉武帝多次对匈奴发动攻击，取得几次胜利，但也付出了沉重代价，国库损耗巨大，士兵死亡更是以数十万计。权衡再三，汉元帝不失时机地应允了呼韩邪单于的求婚要求。居住在掖庭宫的众多宫女，听闻汉匈和亲，先想到的是塞外苦寒、大漠无边、冷衣羊皮、饥饮奶酪的艰难困苦，哭哭啼啼怕成为和亲的人选。独有王昭君，识见不凡。她从民族大义和国家安危出发，慨然提出

青冢墓顶大德碑

请求：自愿赴匈奴和亲，以加深两国友情。王昭君随同呼韩邪单于一起，在汉朝和匈奴官员的护送下，坐毡车离开长安，千里迢迢入匈奴，被封为宁胡阏氏（即匈奴皇后）。从此，王昭君肩负着民族友好的使命开始了她的塞外生活。

汉成帝建始二年（前31年），王昭君与呼韩邪单于婚后的第三年，呼韩邪单于病死。王昭君打消了归汉的念头，以大局为重，忍受了"子蒸其母"（虽然不是生母）的委屈，又从胡俗，再嫁给呼韩邪单于与大阏氏的长子复株累单于雕陶莫皋。王昭君远离自己的家乡，长期

定居在匈奴，育一男二女。她劝告丈夫维护胡汉和平友好，还把中原的文化传给匈奴。史载，匈奴与汉朝和睦相处，60多年没有发生战争。

因为王昭君出塞既象征汉匈两族的和平友好，事实上也带来了北方边境两族人民安居乐业的太平景象，因此北边一带的人民都愿意把王昭君这个和平使者跟自己的乡土联系在一起。人们纪念王昭君的墓有十多处，最闻名的位于今内蒙古呼和浩特市南郊。墓高约十丈，是一座人工夯筑的大土丘，青草绿树茂长其上，谓之"青冢"。拾级而上，墓顶可见碑亭，中有镌刻"大德"二字的石碑。睹字思人，大德！这无上的光荣，似是对王昭君出类拔萃人生的赞美，又像是为王昭君功绩不让须眉的颂歌。

元代张翥的《昭君怨》词这样说：

队队毡车细马，
簇拥阏氏如画。
却胜汉宫人，
闭长门。

看取蛾眉妒宠，
身后谁如遗冢？
千载草青青，
有芳名。

天之骄子

（2012年7月23日）

一代天骄苏鲁锭，
艰难困苦大英雄。
千年影响有高誉，
辽阔蒙古是成陵。

成吉思汗（1162～1227年）名铁木真。"成吉思汗"是一个称号，"成"是强大、坚强的意思，"成吉思"是"成"词的复数，"汗"，是可汗的简称，即王。"成吉思汗"就是最高君主或王中之王。关于"成吉思汗"，蒙古族民间还有一个美丽的传说：全体蒙古人将铁木真推立为可汗之后，用上天恩赐的珍宝建造了蒙古的宫殿，拥他坐上可汗宝座。自铁木真坐上可汗宝座的那天起，在宫殿东南的一块巨石上飞落一只从未见过的异鸟。鸟的翅膀如同彩虹，声音动听无比，这鸟一连三日飞到巨石上，"成吉思，成吉思，成吉思"地叫三声。于是，众人意为这是大吉之兆，便为铁木真起了"成吉思汗"的尊号。

"苏鲁锭"，是蒙古汗国的神旗，顶端为一尺长镀金三叉铁矛。三叉象征着火焰，三叉矛头下端为圆盘，圆盘沿边固定银白公马鬃制成的缨子。苏鲁锭的柄叫"希利彼"，用松木制成。成吉思汗在南征北战中，用它指挥过千军万马。传说成吉思汗死后，他的灵魂便附其上，因此在蒙古人民的心中，苏鲁锭是十分神圣的。

铁木真1162年出生于蒙古部贵族世家，父也速该，母月伦。铁木真9岁时，父遭世敌下毒身亡，家族势力顿衰。为了生存，其母领着他及3个弟弟1个妹妹躲进深山，靠挖野菜、逮野鼠充饥，受尽苦难。少年时代经历艰险坎坷，炼铸了他坚毅勇敢的性格。其时，蒙古高原部落林立，相互攻伐不息。渐渐长大的铁木真依靠亡父的盟友，历经多年征战和流血牺牲，先后消灭了塔塔儿、篾儿

乞、克烈、乃蛮等部。1206年，铁木真在
翰难河源召开忽里台大会，建大蒙古国，
即大汗位，号成吉思汗。登位后，以"千
户制"编组民众，建立军政合一，兵牧结
合的体制。接着发动了大规模的军事远征。
1218年灭西辽。1219年开始西征中亚各国。
1227年灭西夏。临终提出"假道宋境、联
宋灭金"的遗嘱。其子窝阔台遵其战略遗
策，于1234年灭金。1265年，元朝追谥铁
木真庙号，称元太祖。成吉思汗以其卓越
的军事才能，成为中国历史上杰出的军事
家。他战略上重视联远攻近，力避树敌过
多；用兵注重详探敌情，善于运用分割包
围、远程奇袭、佯退诱敌、运动中歼敌等
战法，史称"深沉有大略，用兵如神，故

成吉思汗塑像

能灭国四十，遂平西夏"；知人善任，不拘一格起用人才，在他帐下聚集了来自
各个部落、各个国家的不同阶级的杰出人物，他们都乐于用自己的专长竭忠尽力
为他效劳；自己是个文盲，但懂得倡导文字，利用各种宗教为自己服务。成吉思
汗统一蒙古各部，对蒙古民族的形成有巨大意义，攻金灭夏为全中国一统王朝元
朝的建立奠定了基础。成吉思汗不愧为"一代天骄"。

　　成吉思汗如同一颗流星划过了历史的天空，人们望着他远去的背影发表着各
自的评价与感叹。联合国前秘书长科菲·安南说："13世纪成吉思汗统一蒙古部
落，建立了世界上举世无双的庞大蒙古帝国。他所建立的政权和法律，至今对世
界各国和地区仍然有积极意义"。《世界十大军事家》一书把成吉思汗列为世界
十大军事家之一。编者吴秀永说：这十位人物"以轰轰烈烈的壮举，深刻影响了
国家和民族的历史，在时代的天幕上划出耀眼的光亮，并将自己的英雄肖像深深
地刻在历史的年轮中。"

　　1227年8月25日，成吉思汗病逝于今甘肃清水县境内，终年66岁。成吉思
汗的棺木，用两片木头凿出大小正可容体的空间，将遗体放入后合拢，外涂油
漆，再以黄金圈三道加以固定。按照蒙古民族风俗，葬后不留坟冢，驱万马将

鄂尔多斯成吉思汗陵

土地踏平，派军队守卫，来年草生，一望平衍。岁月既久，后人就再也找不到确切的埋葬地点了。成吉思汗的后裔们为了纪念祖先，在八座白色的宫帐中保存相传为成吉思汗用过的遗物，称"八白室"，年年祭祀。15世纪后半叶，八白室迁至今内蒙古鄂尔多斯，这就是今天称作的成吉思汗陵（简称成陵）。如同活着的成吉思汗创造了无数奇迹一样，死后的成吉思汗也为后人制造了更多的迷。其真身安葬地究竟在哪儿，蒙古大草原上多寻觅，至今众说不一。

词国耀星

（2012年8月9日）

燕赵齐鲁，地毗水连，南皮与山东省一河相隔，距济南不远。2012年8月上旬，晨早昏晚一整天，与老伴儿乘车游识济南。夜归车上吟：

> 隔河相望近，
> 携侣临泉城。
> 齐登千佛寺，
> 双坐历下亭。
> 不恋它景秀，
> 只慕易安名。
> 婉约肥瘦句，
> 豪放雄杰风。
> 强记传佳话，
> 惊语写柔情。
> 欲知风雅貌，
> 仰望夜空星。

济南是一个好地方。合称"济南三大名胜"的趵突泉、大明湖、千佛山，湖光山色，名泉趵突，有着非凡的引人魅力。

千佛山，周朝以前称历山。隋开皇年间，依山势镌佛像多尊建"千佛寺"，始称千佛山。历下亭，也称客亭。建造年代久远，位置也几经变迁，现位于大明湖中的小岛上，因南临历山，故名历下亭。牵手上山满头汗，静坐湖亭一身爽，满是惬意的一天。

趵突泉公园内有李清照故居纪念馆，展室内容丰富，从图、文、像、书、画

李清照故居

等不同层面展示了一代大家"词压江南，文盖塞北"的伟大成就与"别渡江南生未还，颠沛流离随易安"的坎坷一生，是一处来此不可错过的人文景点。

宋词光耀诗坛，有豪放、婉约之分，李清照当属婉约派领袖，曾填《如梦令》词一首，中有"知否、知否？应是绿肥红瘦"名句。而其所写《夏日绝句》诗："生当作人杰，死亦为鬼雄。至今思项羽，不肯过江东。"则气势恢宏，豪情奔放，敢与豪放派领军苏东坡、辛弃疾媲美。

李清照与赵明诚是一对恩爱夫妻，亦为诗词唱和挚友。夫妇常在一起切磋学问，有时以猜某事写在何书、几卷、几页、几行为乐，猜中者先饮茶，李清照记性好，往往多猜中，不好意思先饮，便将茶水泼在衣服上。又传，二人比词，赵明诚虽三日闭门苦思冥想五十首，总不敌李清照"莫道不销魂，帘卷西风，人比黄花瘦"一句传神，而自愧弗如。

李清照不仅在中国享有盛誉，在世界文坛上，也被认为是最有影响的女文学家之一。1987年，为纪念李清照对世界文化的贡献，国际天文学联合会用她的名字命名了水星上一座新发现的环形山，成为我国唯一享有这一殊荣的女文人。

刚直清正

（2014年3月5日）

　　2014年初春，与家人到海口，慕名首瞻海瑞墓。海瑞墓规模不大，为一长方形陵园。陵园大门的青灰色石牌坊上横刻"粤东正气"四个红色大字，四周石砌围墙，园内草木常青，庄严肃穆。1996年11月国务院公布海瑞墓为第四批全国重点文物保护单位，是海南省爱国主义教育基地。墓前肃立，思接遥远。

敢谏君王朝堂棺，

牢狱未改勇直前。

魂归故里清风墓，

起伏浪涛拜高天。

　　海瑞（1514～1587年），字刚峰，海南琼山（今海口）人，回族。曾任浙江淳安知县，清丈土地，均衡徭役，深服民心。后升任户部主事，耳闻目睹嘉靖皇帝懒朝怠政、妄求长生的诸般恶行，与家人予为诀别，备好棺木，冒死上朝直谏：

　　陛下即位初年，敬一箴心，冠履分辨，天下欣然。望治未久，而妄念牵之，谬谓长生可得，一意修玄。二十余年，不视朝政，法纪弛矣，数行捐纳，名器滥矣。二王不相见，人以为薄于父子；以猜疑诽谤戮辱臣下，人以为薄于君臣；乐西苑而不返，人以为薄于夫妇。吏贪官横，民不聊

作者（中）于海口

生，水旱无时，盗贼滋炽，陛下试思今日天下为何如乎？古者人君有过，赖臣下匡弼。今乃修斋建醮，相率进香，仙桃天药，同时表贺，建宫筑室，则将作竭力经营，购香市货，则度支差求四处。陛下误举之，而诸臣误顺之，无一人肯为陛下言者，谀之甚也。自古圣贤垂训，未闻有所谓长生之说，陛下师事陶仲文，仲文则既死矣，彼不长生，而陛下何独求之？诚一旦翻然悔悟，日御正朝，与诸臣讲求天下利病，洗数十年之积误，使诸臣亦得自洗数十年阿君之耻，天下何忧不治？万事何忧不理？此在陛下一振作间而已。（《志远斋史话》卷六）

海瑞的话虽然实据在理，但直刺龙颜，犯下的是死罪。幸有天佑人助，海瑞被打入天牢，等候处斩（死缓）。

1567年，享年60岁的嘉靖皇帝终因误服丹铅，驾崩于乾清宫。其子朱载垕即位，改元隆庆，大赦天下。海瑞获释出狱官复原职，又三年后官至佥都御史，巡抚应天等府。牢狱之灾未变海瑞刚强不弯、清正爱民的秉性，直路难行还前行。他出都赴任，轻车简从，微服私访，严惩贪官污吏，强抑势家豪族，厚抚穷弱，下令雷厉风行。又疏浚吴淞白茆河，通流入海，沿河居民，无水患之忧，享灌溉之利，受益的百姓争相传颂。

海瑞一行作吏，两袖清风，到了万历十五年，病死在南京右都御史任所，身边穷无他物。亏得同僚王用汲动员大家凑钱棺殓，送回琼山原籍买地安葬。史载：发丧时，农辍耕，商罢市，号哭相送，数百里不绝。

大地有情，人间多爱。每年海瑞祭日，当地百姓感其一生清正廉明，都到墓前来祭祀他。海内外游客到此，也多怀崇敬之心。我想到了波浪翻滚的大海，日日夜夜，年年月月，永无止息地涌向岸边，起伏之状，就像礼拜湛湛青天。

民族强声

（2014年4月9日）

2014年4月4日，从海南三亚乘机飞抵福州，早有朋友接机，一路热情市内。次日早起登山，喜闻幽兰花开树上的故事；夜晚放船闽江，乐看两岸灯光映照万般。6日上午，参观林则徐祠堂，伫立祠堂踏印处，睹思林则徐"苟利国家生死以，岂因祸福避趋之"的诗句情怀，诚敬浩然，抒感：

扬眉吐气销烟患，
整军备战非等闲。
苟能国人同心力，
岂有百年金瓯残。

林则徐（1785～1850年），字少穆，福建侯官（今福州）人。是主张严禁鸦片的著名代表人物。

林则徐受命禁烟钦差大臣于危难之际。1839年1月8日，林则徐冒着刺骨的寒风从北京起程，南下广州。1839年3月18日，抵达广州一星期的林则徐向外国商人发出命令，限3日内交出全部鸦片，不甘心受惩的贩毒者们在英国大鸦片贩颠地带领下，拒绝交出鸦片。林则徐对此采取果断措施，首先将停泊在黄埔的各国船只，全部封舱，停止买卖。

林则徐塑像

并于当晚，派兵包围洋人商馆，不准出入。撤走商馆中一切中国仆役和买办。限期呈交烟土。几天之后，无计可施的烟贩们不得不按照中国政府的决定，交出全部鸦片。由于烟土数量较大，又多在船上，收缴工作直至5月8日才告结束。林则徐收缴了近2.2万箱鸦片，总计2376200多斤，贮在虎门镇口。6月3日，在虎门海滩的销烟开始。雨后天晴，空气清新。虎门寨下新搭起的礼台前，高挑一幅黄绫长幡，上写"钦差大臣奉旨查办广东海口事务大臣节制水陆各营总督部堂林"。林则徐坐在礼台上，神情庄严，怡良、关天培等在两旁陪坐。一切准备就绪，林则徐下令销烟。顿时，礼炮轰鸣，威震海空。海滩上早已挖好长宽各50丈的两座大池，前面有涵洞通海，后面有水沟，可以引水进池。销烟开始，兵丁们先车水入池，再加入食盐，然后把一箱箱鸦片用刀劈碎倒入池中浸泡，再撒上石灰，池中盐卤很快沸滚起来，烟雾腾天，成千上万围观的群众发出排山倒海的欢呼声。待池中的鸦片完全销溶，兵丁打开涵洞，让销溶的鸦片随退潮的海水流入大海。至6月25日，除8箱留作送京的样品，其余鸦片在广州虎门镇全部销毁。时任澳门一个叫卫三畏的美国传教士写道："鸦片是在最彻底的手段下被销毁了……全部事务的处理，在人类历史上也必将永远是一个最为卓越的事件。"

销烟前后，林则徐头脑清醒，料到英国人绝不会善罢甘休，因此认真作了布防。林则徐买进西洋大炮200门，其中有葡萄牙造铜炮以及5000斤至9000斤不等的生铁大炮。又购入美商旗昌洋行的英国造商船"甘米力治"号，把它改造成装有移动式火炮的军舰，并备各式战船60艘。同时加强对水师的演练，并亲临水师校阅，命官兵、水勇一律演试点放大小炮，投掷火球、火罐，撒放火箭、喷筒，以及爬桅杆、跳船等技巧。林则徐还注意到发挥民众的作用，招募了许多水性好的渔民参加防务，教以驾驶大小火船进行火攻、焚烧敌船的战术。为了进一步鼓起军民同仇敌忾、奋勇作战的精神，林则徐还颁布了当时影响很大的杀敌悬赏命令，即凡捕获或杀死英军者，都给予数量不等的奖金。1839年9月的中英第一次穿鼻海战，随后的官涌山战役都证明，几年的加强防务措施是十分有效的。

可惜，除林则徐、邓廷桢外，其他督抚都未认真布防。直隶总督琦善在接到林则徐关于加强防务的咨文后，回答说"兵无可添，无炮可设"。有的地方竟把明末清初使用、已经报废的"红夷大炮"捡出来，摆在那里壮胆。以至在铁了心要用武力摧毁中国大门的英国侵略者坚船利炮面前一败涂地。中国从此陷入日甚口的悲惨境地。

散步闽江公园，突发奇想：当年若是道光皇帝禁烟坚定，不前勇后怂；若是严惩投降派，起用生能为国家安全而战，死敢以国家利益献身的贤官能吏担起责任；若是激发更多像三元里人民一样奋勇抗英凝聚起民魂，那么单打独来的英帝国侵略者再强大也不可能取胜，更

作者（左）于闽江公园

难有后来的列强蜂拥瓜分中国。历史不能假设，血写的近代百年史证明，动员起千千万万的老百姓，陷侵略者于人民战争的汪洋大海，挽国家于危亡，拯民族以重生，是中国诞生了共产党以后才有的事情。

天昭日月

（2014年4月13日）

4月12日，从福州到杭州，与老伴儿游西湖，旋去岳飞墓前凭吊。读念"青山有幸埋忠骨，白铁无辜铸佞臣"联句，记写了自己的思考。

城破靖康北宋已，

后继康王费寻思。

偏安半壁降为策，

还我河山战无依。

五国城哭南还日，

朱仙镇撤北进师。

莫须有罪源狼狈，

天日昭昭不可欺。

西湖岳飞墓

岳飞（1103～1142年），南宋著名的抗金将领，中国历史上杰出的民族英雄之一。据传说，岳飞出生的那天傍晚，恰巧有一只大鸟从岳家的屋顶上飞鸣而过，父亲岳和就给他取名叫"飞"，后来又起字"鹏举"。

靖康元年（1126年）冬，金军攻陷大宋都城汴京。次年春，虏宋徽宗赵佶、宋钦宗赵桓父了连同宫廷后妃、宗室贵戚、朝中人臣等3000多人，洗劫全城珍宝文物，满载北去。人民群众的生产生活遭受严重的破坏。长期实行妥协投降政策的北宋王朝至此灭亡。

当汴京危急之时，已受命为天下兵马大元帅的宋徽宗第九子赵构，不知是畏敌如虎，还是另有私欲，竟停兵观望，避敌不救，眼睁睁看着君父被俘押走。赵构抓住了机遇，于1127年5月在南京（今河南商丘南）登基做了皇帝，是为宋高宗。

南宋开国，便是软胎。妥协求和、苟安投降是赵构的既定国策。1138年，在抗金斗争不断取得胜利的大好形势下，秦桧以南宋宰相的身份，到临安金朝使臣下榻的宾馆，代表赵构跪拜在金人的脚下，答应宋朝向金称臣，子子孙孙谨守臣节，每年进贡白银25万两、绢25万匹。赵构、秦桧一伙就是这样，违背人民意愿，使南宋变成了金朝的属国。

以岳飞为代表的抗战派，念念不忘的是驱逐金人收复失地、迎回"二圣"以雪国耻的根本大业，与赵构偏安一隅、甘做儿皇帝的大政方针格格不入，水火不相容。两国交兵，没有全国一盘棋的整体配合与充足的后勤保障供给，是打不下去的。故岳飞每次出兵，不是孤军无援，就是因为粮饷不足，被迫半途而归，功败垂成，终是"还我河山"化为无凭。

北宋帝、后被俘，遭遇极其悲惨。当时正是四月天气，北方还很寒冷，衣着单薄的他们夜里睡在地上，潮湿难耐，只得找些柴火、茅草燃烧取暖。金兵每天只供给他们一次饭水，有时还是发了霉的豆饼。宋钦宗的朱皇后当时26岁，姿质艳丽，经常受到金人调戏，羞不敢言。到达金朝京师会宁府，金人举行献俘仪式，命令二帝及其后妃、诸王、驸马、公主都穿上金人百姓的服装，头缠帕头，身披羊裘，袒露上体，行"牵羊礼"。朱皇后忍受不了如此奇耻大辱，当夜自尽。徽钦二帝被劫持到北方后，先被关押在五国城，画地为牢，坐井观天，受尽折磨。后又将他们移押均州，此时徽宗已病得很厉害，不久就死在了土炕上，尸体被架到一个石坑上焚烧，烧到半焦烂时，用水浇灭火，扔入坑中，死时54岁。史载，赵构生母韦氏得还南国，宋钦宗奉礼送行，叩泣车前哀求："归语九哥与宰相，为我请还。我若回朝，得一太乙宫使，已满望了，他不敢计。"韦氏回到南京向高宗赵构说了没说不敢断定，但宋钦宗确是把生还的希望寄错人了。

其实，最忌钦宗归朝的人是赵构。眼见岳飞连败金军直抵朱仙镇、正欲会师各部北扫金庭迎还二帝成为可能，心怀鬼胎的赵构下令各路大军停止进击。一天内连发十二道金牌，催促岳飞班师，理由是"飞只孤军，不可久留"。岳飞泪流满面，仰天长叹："十年的努力，一旦付之东流！收复的各州，一朝全部丢弃。社稷江山，难以中兴；乾坤世界，无由再复！"。可悲宋钦宗赵桓，在位仅两年，被金囚居30多年，死在北国。历史学家蔡东藩先生看透赵构嘴脸，有诗怜惜钦宗曰："卧车泣语已嫌迟，老死冰天苦自知。和房已成身不返，九哥毕竟太营私。"

赵构和秦桧一伙狼狈为奸、屈膝投降如愿以偿后，又按照金朝统治者的旨意，决定杀害岳飞。抗金名将韩世忠不顾个人安危，责问秦桧岳飞所犯何罪？秦桧含糊其词地答道："岳飞子岳云写给张宪的书，虽未得实据，恐怕是'莫须有'（也许有）的事情。"这真是，欲加其罪，何患无辞。1142年冬，岳飞惨死在妥协投降派的毒刑下，年仅39岁。

岳飞在生命的最后时刻，仍然坚持抗金救国无罪，坚信自己的一生光明磊落，绝不向邪恶屈服，从容镇定地在供状上写下"天日昭昭，天日昭昭"八个大字。许是为王者讳，史书记载和社会舆论更多的是把死有余辜的秦桧置放在祭台上。究岳飞之死，高宗赵构是主谋罪魁祸首，宰相秦桧是从犯帮凶打手。揣意事主，秦桧成了替罪羊，这应是历史的本来面目。

苍天有眼，民心难欺。1162年宋孝宗赵眘继赵构为帝，为了平息民愤，鼓励将士抗敌，决定为岳飞平反昭雪，追复岳飞原有官职，将他的遗体依礼改葬，1179年，谥"武穆"。1204年，宋宁宗赵扩追封岳飞为鄂王。1225年，宋理宗赵昀为岳飞改谥"忠武"。

最终历史是公正的：**白铁因秦桧天天遭唾骂，青山缘岳飞年年受景仰。**

燕地英侠

（2015年2月20日）

1988年4月，《人民日报》刊登南皮县档案馆存有国家一级文物《张隐韬日记》的消息，《历史档案》和《党史资料》先后发文刊载，引起轰动。北京的罗章龙先生闻讯写下《题张隐韬日记》：

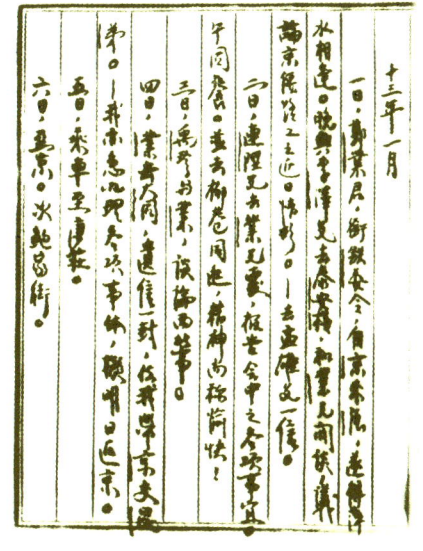

张隐韬日记手迹

> 六十年前仗剑游，
> 沧州革命足千秋。
> 云龙风虎寻常事，
> 姜尚六韬永保留。

张隐韬（1902～1926年），原名张宝驹，又名张仁超，河北省南皮县唐家务村人。张隐韬出生前，父亲即已因贫病交加而去世，寡母单氏为家境生活所迫，抱着未满月的他住到娘家。原本就不富裕的娘家，再添两张嘴，吃了上顿没下顿，生活愈发艰难。单氏无奈，含泪把张隐韬寄养在母亲家，只身去天津给富人家当帮佣养家。随着年龄长大，天资聪慧、十分懂事的张隐韬深知生母在外做佣工挣钱的艰难和外祖母、舅舅抚养自己的不易，勤奋好学，努力上进，16岁高小毕业后即外出闯世界，决心走出自己的人生道路。他易名蓄志，改"宝驹"为"隐韬"，寓意争做救国拯民的雄韬伟略之人。

1920年，张隐韬来到天津，先认识了新中学会的于树德，后结识于方舟、安体诚等北方革命领导人，接受革命思想，钻研革命理论，积极投身革命运动。1922年，中共北京区委负责组织工作、中国劳动组合书记部主任罗章龙，介绍张隐韬加入中国共产党，经北京区委批准，参加北京大学党支部。张隐韬成为南皮县最早加入中国共产党的人。入党后，他努力工作，勇于担当。1922年8月，张隐韬参加和领导了长辛店铁路工人大罢工，迫使铁路当局接受了工人提出的条件，罢工斗争取得胜利。10月下旬，中共北京区委、北京劳动组合书记部领导开滦五矿工人同盟举行大罢工，张隐韬担任工人纠察队教练员，负责指挥、训练2000余工人纠察队员，经过20多天斗争，罢工取得胜利。12月，正太铁路工人举行大罢工，资方答应工人提出的条件没签字想溜走，张隐韬率工人纠察队拦截欲开的火车，迫使资方代表签字画押后才准其离去。1923年2月，张隐韬随同罗章龙、孙云鹏到郑州参加京沪铁路总工会成立大会。6月，张隐韬作为北方劳动组合书记部特派员，奔波于北京、张家口、大同之间，带领工人演讲团到各地演讲，足迹几乎踏遍京绥线铁路各站，充分展现了组织领导能力和演讲水平。

1924年3月，中共北京区委选派张隐韬到广州黄埔军校学习。3月14日，在上海同时任国民党候补中央执行委员、宣传部代理部长、中共中央局秘书的毛

张隐韬像

泽东会面后，经考试进入黄埔军校，与共产党高级将领徐向前、陈赓、左权和国民党高级将领胡宗南、宋希濂、郑洞国等为同期学员。1925年2月，张隐韬被编入黄埔学生军官教导团，参加东征讨伐广东军阀陈炯明的战斗。张隐韬英勇善战，与战友冒着敌人的枪林弹雨，冲锋在前，夺取潮州、汕头，攻克淡水，激战海丰。负责东征军政治工作的黄埔军校政治部主任周恩来召见了张隐韬，予其极大鼓励。3月，张隐韬黄埔军校毕业后即受党派遣到驻河南的国民二军开展兵运工作。张隐韬清醒地认识到，国民二军收编的是曹锟和吴佩孚的旧部，未经改造，是不可靠的，要坚持革命，必须建立共产党自己的武装。

1925年秋，党组织同意张隐韬到津南组织农民武装，建立革命根据地。10月底，张隐韬与国民二军参议陈秀福乘火车离开河南至河北藁城，东向晋县、深县、武强、交河到泊镇，一路招兵买马，组军四五百人。12月，张隐韬在泊镇召开群众大会，宣布成立津南农民自卫军，举行武装起义。张隐韬任司令兼党代表，农民自卫军颁布了军纪、政纲，提出了"反对帝国主义""打倒奉张军

阀""反对苛捐杂税""保卫农民利益"等口号。张隐韬率部进入南皮城，向县长约法三章：不准横征暴敛，取消苛捐杂税；打击侵犯农民利益的土豪劣绅；供给军费，发足军饷。接着，农民自卫军从南皮出发经盐山县城进驻旧县镇，并以此为中心，活动在盐山、南皮、沧县、乐陵、庆云五县边界地区，影响很大。罗章龙诗赞："北国之强张隐韬，开滦正定显英豪。津南起义风云壮，功耀千秋渤海涛。"王蒙先生为《南皮·千年文化古县》一书作序说："'一大'时期共产党员、革命烈士张隐韬1925年创建的津南农民自卫军，是中国共产党在北方最早建立的农民武装组织。"1926年1月，农民自卫军进驻旧县镇，张隐韬以"快邮代电"方式向全国发出《津南农民自卫军宣言》，公开亮出了打倒帝国主义、打倒军阀、打倒土豪劣绅、维护农民利益的旗帜。《宣言》发出后，震动了全国，震动了整个国民军，也震惊了北方混战中的军阀。反动势力聚集在共同利益下，重兵"围剿"农民自卫军。1926年2月4日，张隐韬等率领的农民自卫军在转移途中遭敌伏击，顽强战斗到最后，张隐韬打光了子弹不幸被俘。2月5日，敌人把五花大绑的张隐韬押到旧县镇北门外，用刺刀和枪口逼其下令驻守的自卫军开门投降。张隐韬大义凛然，严词拒绝。面对现场的国民军官兵和上千名群众，他把刑场作讲坛，揭露中国封建军阀势力的统治，讲说中国人民大众遭受的苦难，阐述俄国十月革命的伟大意义，宣传中国共产党的主张。最后在"打倒帝国主义""打倒军阀""打倒土豪劣绅""共产党万岁""农民自卫军万岁"的高呼中英勇就义，年仅24岁。

雄心未了英杰恨，家乡热土祭忠魂。深为南皮出此英雄而骄傲，作诗一首：

艰困玉成少年志，
为民更切革命功。
武装举义北方路，
壮心未酬是英雄。

高韵流芳

（2016年6月16日）

情连湖北，多到武汉，必登黄鹤楼。2016年端午节，黄鹤楼上远眺荆楚古地，苍茫辽阔，斑斑陈迹，很自然地联想到了古人屈原。诗云：

黄鹤楼上楚天阔，
沉吟求索思故人。
江北江南两流放，
忧国忧民一丹心。
横风难立秀林木，
昏主多活营苟臣。
跃身波涛流千古，
端午还祭屈子魂。

作者（左）于黄鹤楼

屈原（约前340～前278年），名平，字原，又自云名正则，字灵均，战国时楚人，我国最早的伟大爱国主义诗人。屈原的诗歌作品二十五篇，"皆书楚语，作楚声，纪楚地，名楚物，故可谓之'楚辞'。"屈原的创作，利用和借鉴当时南方的楚国民歌长短参差的句式，比诗经的四言体扩充了诗歌的表现能力，为我国诗歌的发展做出了伟大贡献。《离骚》篇是屈原的自传体长篇政治抒情诗。屈原在诗中叙述了自己坎坷不平的生活遭遇，表达了伟人的政治抱负和理想，抒发了热爱祖国、热爱人民的炽烈感情。《离骚》是屈原诗歌的代表作，是中华民族文化殿堂的瑰宝，广为传诵，历久不衰。毛泽东十分喜爱屈原的作品，早在湖南省立第四师范学校读书时，就曾在自己的笔记《讲堂录》中，用工整的小楷抄录了《离骚》全文，分段提要，写成眉批。1951年7月，毛泽东邀请老朋友周世钊、蒋竹如在中南海做客，称赞《楚辞》"有一读的价值"。1961年秋，毛泽东为屈原作七言绝句诗："屈子当年赋楚骚，手中握有杀人刀。艾萧太盛椒兰少，一跃冲向万里涛。"以"手中握有杀人刀"喻指屈原作《离骚》发

屈原画像

挥的战斗作用。（《毛泽东评说中国历史》，赵以武主编，广东人民出版社、人民出版社2010年版）

屈原是我国战国时期著名的政治家，博学多才，明于治乱，娴于辞令。屈原一生忠君爱国忧民，主张改革，对内选贤任能，修明法度；对外联齐制秦，稳定图强。但屡遭谗毁，不得重用。一次，楚怀王叫屈原起草宪令，屈原写出草稿尚未定稿时，同朝称臣的靳尚见了就想要走，屈原未给。靳尚怀恨便在怀王面前进谗说：王使屈原制定律令，众人都知道。而每次颁布律令后，屈原都据为己有，经常说这事非他不能。偏听偏信的楚怀王从此疏远屈原，贬官降职，不久又将他流放到江北汉水一带闲置起来。昏聩无能的楚怀王弃忠不用，屡受秦国诓骗，最后幽死于秦。其子熊横继承王位为顷襄王。屈原心存为国尽忠的愿望，却又遭到子兰（楚怀王的小儿子）和靳尚等人的陷害，被顷襄王放逐到江南更偏远的地方。

屈原流放江南，长达十余年。当时他已年近50岁，眼看着楚国逐渐陷入败亡的境地，虽有救国宏愿却无法实现，心里十分痛苦。一天，他在江边遇到一个老渔夫，渔夫问他为何沦落到这个地步，他答道："举世混浊而我独清，众人皆醉而我独醒，所以，我被放逐了。"渔夫劝他："既然世界上一片混浊，为什么不随波逐流呢？"屈原坚定地说："我宁可自沉湘江，葬身鱼腹，也决不将洁白的躯体蒙上一点灰尘！"充分展现了他至死不愿与那些误国害民之人同流合污的高

尚品质。

"木秀于林，风必摧之"，是自然生态常见的现象。主昏于朝，忠言见忌，直臣遭贬，蝇营狗苟之辈受宠得势用权，是中国2000多年封建政治生态常有的事情。生逢遭际，屈原难择。

屈原在流放中等待，但得不到朝廷召回的消息。公元前278年，秦国大军攻破了楚国郢都。屈原知道什么希望都没了，又不愿看到祖国被灭的最后悲剧，便在这一年的农历五月初五日，怀着满腔的悲愤，抱石自投于汨罗江而死，时年62岁。屈原投江，悲痛欲绝的当地人民，纷纷划船去救，为免鱼去吃他的尸体，一些人包粽子投江喂鱼。这就是后来端午节划龙舟和吃粽子的来历。

"长太息以掩涕兮，哀民生之多艰"。屈原的心是贴近老百姓的，理所当然地受到人民的爱戴和尊敬。屈原人死了，他那坚定执着的爱国主义精神永远活在人们心中，世代传承、新生。

端午节，从当地人们的设案焚香致祭，到全国法定的公休假日，足见国人对伟大的爱国先驱屈原的纪念之忱。

登临山河篇

匡庐见解　　鄱湖兴叹

疆域壮伟　　藏原沧桑

汶川重建　　武陵境美

蒙土草青　　东湖飘香

翠屏感赋　　洛都风采

骊山怀古　　三省游颂

匡庐见解

（2005年7月5日）

江西省九江市南有庐山，又称匡山、匡庐，相传商周间有匡姓兄弟结庐隐此得名。庐山属古老变质岩断块山，北枕长江水，东偎鄱阳湖。自东北向西南延伸约25公里，宽约15公里，山体呈椭圆形。大汉阳、香炉、五老等群峰耸峙其间，多见峭壁悬崖、冈岭壑谷、岩洞怪石、急流瀑布、溪涧湖潭。20世

作者于庐山

纪50年代初，修建庐山公路，全长35公里，盘旋崇山峻岭之间，有山弯近400处。1959年7月1日，毛泽东同志写《登庐山》诗说"跃上葱茏四百旋"。

2005年夏到庐山，盘山路，雨阻车速，庐山顶，云散天晴，恰是好时看风景。喜得雨后庐山，蓝天丽日，一派清新，郁郁葱葱。又见朵云似雪，飘逸山间，横浮峰顶，自然轻松。

位于牯岭西佛手岩下海拔1049米的仙人洞，古今有名。洞是天然生成的，高、深各约10米，洞中有石建的吕祖龛，龛后深处有一滴泉，终年点滴，不涸不竭。前人有诗题："石洞滴甘露，仙崖乐最真。"兼之云雾缭绕，犹如面纱，更给险峰上的仙人洞平添了几分仙气。

始建于宋代（1014年）的庐山观音桥，在中国历史上应属最早的公母榫结合单孔石拱桥。观音桥用107块（每块重1吨左右）花岗石砌成，屹立千年，完好无损，令人叹奇。这是中国古代劳动人民聪明智慧和建造技术的结晶，今已成

三叠泉

为全国重点文物保护单位。

由三叠泉、开先、石门涧、黄龙潭、乌龙潭、王家坡、玉帘泉等瀑布组成的庐山瀑布群，被誉为中国最秀丽、最富有诗意的瀑布。唐代大诗人李白游庐山，见开先瀑布而写："日照香炉生紫烟，遥看瀑布挂前川。飞流直下三千尺，疑是银河落九天。"名瀑佳篇，千古流传。

庐山奇观说云雾。有诗云："庐山云雾景观奇，变幻无常千万姿；刚作浪涛腾汉海，又成瀑布泻天池"。庐山傍江伴湖，江湖蒸腾的大量水气形成滔滔云雾涌向庐山。春夏之交，庐山群峰经常云遮雾罩，刚还清明秀丽，瞬间云海突来，弥漫山谷，咫尺不能辨物，整个庐山忽隐忽现于虚无缥缈中。

海拔1474米的汉阳峰是庐山主峰。峰巅有一方形石台，名称禹王台，传说为大禹治水登临处。空天晴日，登台站高望远，可览百峰"雄、险、奇、秀"貌。日游庐山写所见，一首五言古诗中。

雨洗晴山亮，
雪浮绿浪高。
天生仙人洞，
人造观音桥。
飞瀑泻秀丽，
云雾化奇巧。
汉阳峰台望，
尽收匡庐娇。

鄱湖兴叹

（2005年7月7日）

独立含鄱览胜境，
一片浩淼鼓角鸣。
盈缩自然天地意，
烟波湖上闻歌声。

位于庐山东谷含鄱岭中央、海拔1211米的含鄱口，形如凹口，势含鄱湖，气吞长江，无限风光。含鄱口上面是著名的含鄱岭，山峰连绵起伏，东西结成一条长达数公里的岭脊，像环抱着的一座屏风。含鄱岭前的石坊，中间刻"含鄱口"三字，左右刻

含鄱口

"湖光""山色"。往前有一伞形亭，中央方形楼台门上题字"望鄱亭"，是看鄱阳湖日出的佳地。《中国100处风景名胜》一书写道："每当晨光微曦，水天一色，一轮红日喷薄而出，金光万道，绚丽多彩。若月夜登含鄱口，则奇峰错列，群星灿烂，渔火万点，波光月色，相映成趣，是庐山胜景之一。"

伫立望鄱亭，似闻杀伐声。元朝末年，鄱阳湖曾是陈友谅和朱元璋争雄的古战场。约在1363年，拥兵60万的陈友谅在鄱阳湖对阵率军20万的朱元璋，展开了一场历时36天的生死决战。战前，朱元璋先派兵锁住鄱阳湖通往长江的出口，

又切断了陈友谅的后方粮道，断其给养。战役打响后，双方将士都很顽强，鄱阳湖里一片血光。朱元璋亲临一线，在炮火中指挥，座舰被毁，险些被俘，统帅的作为，激励了部下将士拼死杀敌。打到30多天，陈军补给供应不上，军队绝粮，陈友谅与部下商议烧船登陆，南下潇湘。有的将领眼见前景渺茫，出走投了朱元璋。军力大衰的陈友谅决定率船队冲出鄱阳湖，不幸突围时中箭身亡。这场水战打得惨烈，朱元璋的军队伤亡巨大，陈友谅则全军覆没，无从再起。

鄱阳湖留下了遗址和传说。在江西省余干县的康郎山（又名抗浪山，原是鄱阳湖中的一个岛屿）上，明太祖朱元璋为纪念与陈友谅大战鄱阳湖而牺牲的将士建有"忠臣庙"，经历代修缮至今仍存，供游客观览。位于江西省永修县吴城镇北部的"望湖亭"，又名"望夫亭"。相传元末陈友谅驻军吴城镇，一次与朱元璋争战鄱阳湖，其爱妃娄玉贞智敏过人，为陈友谅献上克敌妙计，并嘱其胜则扬旗击鼓归，败则偃旗息鼓回。陈率水师出战后，娄妃日夜望湖亭盼夫凯旋，陈友谅依娄妃献策，果然大败朱元璋，却故意落旗不鼓，佯装败回，娄妃远望舰船不见帅旗，误认夫亡，悲极投水而死。后人为纪念娄妃，便将"望湖亭"叫作"望夫亭"。如此看来，生活中的一些玩笑还真是不能随便开的呢！

地处江西省北部、长江中下游南岸的鄱阳湖，年代悠久，天作地成。湖体南北长，东西窄，湖岸线约1200多公里，是中国最大的淡水湖，是仅次于青海湖的第二大湖。现分属江西省九江市庐山区、湖口县、余干县、鄱阳县、永修县、共青城等10多个县（市、区）。鄱阳湖吸纳赣江、修水、抚河、信江等水流，是流域的汇水中心，湖水经湖口县注入长江。"高水是湖，低水似河""洪水一片，枯水一线"是鄱阳湖的自然地理特征。鄱阳湖控制着流域与长江的水量吞吐平衡，在调节长江水位、涵养水源、改善当地气候和维护周围地区生态平衡等方面发挥着巨大的作用。

美兮鄱阳湖，水秀波光，岸峰青青；
壮哉鄱阳湖，舟飞船竞，物流匆匆。

疆域壮伟

（2009年10月8日）

己丑高爽日，
飞远察疆棉。
俯望神州美，
抬思版图全。
左公逐胡马，
王师驻屯田。
胡杨树叶茂，
坎儿井水湲。
洁雪润金土，
清风起银山。
共图中华兴，
万方有于阗。

2009年9、10月间，正是秋高气爽的季节，受县委指派组团去新疆考察棉花生产、营销情况。从北京机场起飞西北，临窗俯看，一途山河壮丽。中华人民共和国版图跃然脑海，两桩历史往事浮现眼前。

19世纪60年代，当时的新疆，一方面是中亚浩罕国的

作者（前排左二）于新疆交河故城

阿古柏入侵，一方面是沙俄侵占伊犁地区，形势非常严峻。1875年5月，清政府任命左宗棠为钦差大臣，督办新疆军务，收复新疆失地。63岁的左宗棠奉命西征。为了表示誓死保卫祖国的决心，令亲兵给他抬一口棺材，行军时紧随其身后，极大地鼓舞了清军士气。在追剿阿古柏的战斗中，将士们四昼夜急驰800余里，人不脱衣，马不下鞍，斗志昂扬，愈战愈勇。1877年，左宗棠率兵攻入达坂城，收复吐鲁番，迫使阿古柏服毒自杀。英帝国主义出面干涉，要求清政府允许阿古柏残部占据喀什噶尔一带地方，建立一个英帝国主义的保护国。据说左宗棠与英国公使威妥玛有过一场精彩的辩论。威妥玛对左宗棠说："中华地大物博、以仁义立国，为什么容不下一个小小的阿古柏，非要斩尽杀绝，未免太不仁道了吧？"左宗棠反唇相讥："贵国信奉天主，到处建教堂、讲人道，何不在英伦三岛上划块土地，叫阿古柏立国活命呢？"驳得威妥玛张口结舌。左宗棠不惧英国的威胁，继续命令大军跟踪追剿，将阿古柏残部彻底赶出了新疆，粉碎了英帝国主义侵略新疆的阴谋，同时也教训了侵占伊犁的沙俄。左宗棠收复新疆失地，维护了国家尊严和统一。长期以来，一直受到人民赞誉。

新疆屯垦戍边事业源远流长。从西汉屯田戍边开始，历经东汉、魏、晋、隋、唐、元、明、清、中华民国、中华人民共和国相袭至今。1949年新疆和平解放，同年11月，王震率部入疆，进驻哈密，剿匪反霸，建立政权，创建了哈密垦区。1950年，为巩固边防、加快发展，减轻新疆当地政府和各族人民的经济负担，驻新疆的中国人民解放军将主要力量投入生产建设中，当年实现粮食大部分自给，食油蔬菜全部自给。1954年10月，中央政府命令驻新疆的中国人民解放军第二、五、六军大部，第二十二兵团全部，集体就地转业，脱离国防部队序列，组建"中国人民解放军新疆军区生产建设兵团"。1981年12月，中央政府改兵团名称为"新疆生产建设兵团"，承担国家赋予的屯垦戍边职责，实行党政军企高度统一的特殊管理体制。兵团是一个"准军事实体"，设有军事机关和武装机构，沿用兵团、师、团、连等军队建制和司令员、师长、团长、连长等军队职务称谓，涵养着一支以民兵为主的武装力量，对国家边防安全和新疆维吾尔自治区的稳定发展发挥着重要作用。

胡杨是世界上最古老的一种杨树。据统计，全球胡杨树绝大部分生长在中国，而中国90%以上的胡杨又生长在新疆的塔里木。中国塔里木盆地分布着世界最大的胡杨原始森林。胡杨树有特殊的生存本领，其根系发达，可以扎到20

米以下的地层中吸取水分。为了生存，胡杨树长出不同的叶子，大叶子吸收阳光，小叶子减少水分散失，叶片上有蜡质，能够锁住每一滴水。置身塔克拉玛干沙漠，看着一株株与命运抗争的胡杨，令人由衷地感叹生命的顽强。在塔里木河流域，胡杨树被世居于此的维吾尔族称为"英雄树"，有"生而一千年不死，死而一千年不倒，倒而一千年不朽"的说法。塔里木胡杨林保护区已升格为国家自然保护区，树高干粗枝繁叶茂的胡杨树必重展雄姿于人们面前，新疆的自然生态一定会越来越好。

新疆的坎儿井，是一个令无数游客感叹的人间奇迹，它与万里长城、京杭大运河并称为中国古代三大工程，是荒漠地区劳动人民适应生存的一项伟大创造。坎儿井的结构大体上是由竖井、地下渠道、地面渠道和"涝坝"（小型蓄水池）四部分组成，是在地下暗渠输水，不受季节、风沙影响，蒸发量小，流量稳定，能保证常年自流灌溉。吐鲁番盆地共有坎儿井1100多条，全长约5000公里，灌溉面积47万亩，占该盆地总耕地面积的67%，对发展当地农业生产和满足居民生活需要等都具有重要的意义。

巍巍群山积雪，是宝贵的自然资源。夏日消融，奔流不息，利灌新疆维吾尔自治区辽阔的黄色土地。拥有160多万平方公里的新疆，是中国植棉大区，规模种植，成方连片，已是传统。秋季，大片毗连的待收棉田，若雪覆地，煞是壮观。每年内地不少省份都组织大批农民进疆帮助摘棉，田间地头，矗起座座棉山。高空下望此景，曾写四句感：**"飞越天山放眼看，种地广袤秋无闲。一片雪原色影动，十万内民摘疆棉。"**

今天，以胡锦涛为总书记的党中央领导集体，正率领全国各族人民为兴旺发达中国特色社会主义而努力奋斗，占全国国土面积六分之一的新疆维吾尔自治区，责任重大啊！

藏原沧桑

（2009年10月14日）

2009年10月12日，在乌鲁木齐机场起飞到拉萨。日进大昭寺院，夜观布达拉宫，走访藏汉同胞家，略识藏文化，笔记心里话。

> 飞临拉萨布达拉，
> 汉藏亲和传佳话。
> 沧海高原唱新世，
> 修得天路连万家。

唐朝贞观年间，吐蕃（今西藏）的松赞干布与唐朝的文成公主联姻，是汉藏关系的一件大事，一些美丽动人的传说，流传至今。公元7世纪，杰出的民族英雄松赞干布统一了青藏高原，建立了空前强大的吐蕃王朝。主要出于对唐王朝封建文明的仰慕及友好相处的愿望，松赞干布派出使臣携礼来长安，向唐朝求婚。贞观十五年（641年），唐太宗李世民答应将宗室女文成公主嫁于松赞干布。特派礼部尚书江夏王李道宗，护送文成公主入藏，并预先在今青海南部的河源修了一所负责接待的离宫。当文成公主出嫁的消息传到吐蕃后，引起了吐蕃人民的莫大喜悦与兴奋。为了减少公主旅途中的劳苦，他们在很多地方都准备了马匹、牦牛、船只、食物和饮用水，以表示对公主热烈欢迎的真情实意。松赞干布亲自率领大队侍从和护卫人员，从逻些（今拉萨）起程，到青海去迎接文成公主。文成公主从长安出发一个月来到青海的河源，会见了前来迎接的松赞干布。松赞干布以唐朝女婿的身份，拜见前来送行的李道宗。松赞干布陪文成公主进藏，到了都城，从北门进城时，乐队奏着歌曲，经过热闹的八角街，附近的居民，男男女女，老老少少，一齐从帐篷里跑出来，争相观看文成公主，目睹藏汉和亲的盛景。在早已准备好的布达拉宫里，松赞干布与文成公主举行了隆重的婚礼。现在的布达拉宫里，还保存着文成公主与松赞干布结婚时洞房的痕迹。

文成公主进藏时，不仅带去各种谷物和多样植物种子，而且带去不少工艺品、药材、茶叶及书籍，加强了汉藏之间的经济文化交流。文成公主进藏后，唐朝较为先进的农业生产技术也相继传入，还带来了先进的纺织技术。吐蕃人习惯住帐篷，文成公主进藏后，上层人物大都改住房屋。吐蕃过去没有正式可靠的历法，以麦熟的3月为一年的开始，文成公主将唐朝的历法传入了吐蕃。680年，文成公主染天花医治无效去世，与松赞干布合葬于藏王陵（今西藏琼结县）。

运动发展，时空正理。巍然屹立在我国西南边陲的喜马拉雅山，是从"喜马拉雅海"变化而来的。在西藏聂拉木县海拔4800米的地方，人们发现了海生爬行动物——喜马拉雅鱼龙，它生活在18000万年前。后来海水逐渐退出，形成了陆地。直到距今约2000万年前，喜

作者于拉萨

马拉雅山才横空出世，形成山峰，并一直在上升。近50万年内，它的主峰珠穆朗玛峰上升了1600米。据卫星测量，喜马拉雅山不但在长高，而且在移动，每年大约向北移动6厘米。

沧海高原，变化巨大。一首《天路》："黄昏我站在高高的山岗/看那铁路修到我家乡/一条条巨龙翻山越岭/为雪域高原送来安康/那是一条神奇的天路耶/把人间的温暖送到边疆/从此山不再高路不再漫长/各族儿女欢聚一堂。"唱出了西藏在中国共产党领导下，今非昔比的美好生活。勤劳勇敢的藏族人民，已经融入56个民族共同生活的中国特色社会主义大家庭，越来越幸福。

汶川重建

（2010年5月12日）

楼倾厦倒堆瓦砾，

电闪雷鸣风雨逼。

巴山石崩断行路，

蜀水流湍溃坝堤。

国人担责奉献快，

将士效命驰援急。

齐天同唱大爱歌，

一座新城拔地起。

一首七言，前四句写景，书天府之国遭受严重自然灾害的状况；后四句抒情，发对汶川灾后快速重建的感叹。谨以文记。

2008年5月12日，汶川发生强烈地震，破坏严重，震惊中外。党和政府心系灾区，决策果断，迅即组织全国水上、地面、空中立体大救援。

中央领导身冒危险，亲临一线，指挥救人，组织重建；人民子弟兵星夜疾进，抢占时间，创造生机，奋勉宵旰；灾区干部群众直面惨烈，迅扫悲观，强忍伤痛，恢复家园；全国关注灾区安危冷暖，正气激扬，大义彰显，倾力捐赞。

一时间，960万平方公里地不论南北，13亿中华好儿女人无分老幼，同唱一首歌，合撑一片天。

2010年5月12日，距地震整两年，因到汶川。人间奇迹，废墟上又矗起一座新城。穿行其间，宽路通畅，夜灯明亮，高楼栉比，读书朗朗，人民安居乐业，社会秩序井然。

望巴山苍翠，看蜀水清流，一个坚定的信念，在心中不断升腾。是共产党的坚强领导凝聚民族上下一心，是优胜的社会主义制度调动祖国四面八方，才有这，众志成城水不倒，两年巨变新天地！

武陵境美

（2011年9月28日）

听闻张家界的山水好。2011年秋，退休下来的几家夫妇自组团队，专车前往湖南张家界武陵源景区游山玩水，一路说笑，非常热闹。

说山，武陵源独特的石英砂岩峰林在国内外均属罕见，有"奇峰三千"之称。约220平方公里的核心景区中，有石英砂岩山峰3103座，高矮不等。峰林造型若人、若神、若物、若禽兽，突兀的岩壁峰石连绵万顷。都是年过花甲人，几经攀登，就见不少气喘吁吁，大

武陵奇峰

都弃徒步爬走转乘登山电梯，倏忽即立山顶。尽眺望，蓝黄红绿，高低参差；云蒸雾绕，雄浑神奇。我想，再好的画笔怕也是绘不出天成地作的如此壮美吧！

千峰峭立全披挂，

万壑幽深尽挡遮。

纵使神笔马良来，

难夺天工纯颜色。

论水，武陵源水绕山转，有"秀水八百"之誉。瀑、泉、溪、潭、湖各呈其妙。全长5.7公里的金鞭溪沿线是武陵源风景区最美的地界。金鞭溪把张家界的山水发挥到了淋漓尽致。著名文学家沈从文先生赞说它是"张家界的少女"，当

年张家界的宣传者、著名画家吴冠中先生则叹称它是"一片童话般的世界"。

　　穿行在峰峦幽谷间，山树浓郁，凉风习习，鸟语充耳；溪水明净，清流潺潺，鱼姿秀目；更有溪畔草鲜花美蝶舞。人似画中游，心醉神迷是我真实的感觉。

> 溪水明澈流经年，
> 鱼戏鸟鸣山林涧。
> 沈文誉称是少女，
> 吴画赞叹童话般。

　　乐山乐水成二首，劳沧州市齐和勇先生挥毫悬于书房，赏思如临。

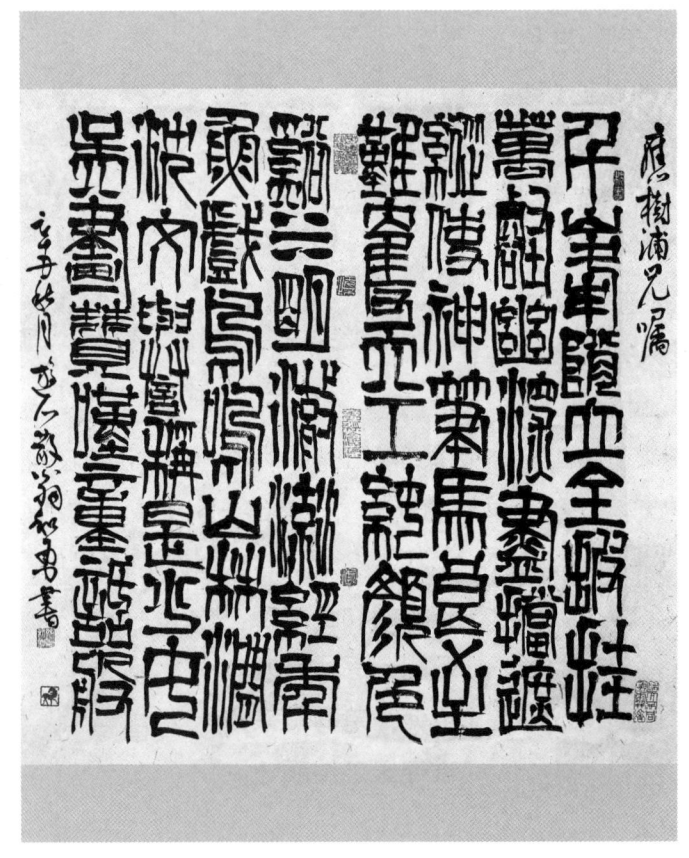

蒙土草青

（2012年7月19日）

"敕勒川，阴山下，天似穹庐，笼盖四野。天苍苍，野茫茫，风吹草低见牛羊。"这首敕勒人唱的民歌，是在念初中时就熟读了的。它歌唱了大草原的景色和游牧民族的生活，展现在人们面前的是一幅壮阔无比、生机勃勃的草原全景图。壮美之地，早就有心向往。

2012年夏，与老伴儿乘南皮朋友车自驾来到了千里之外的内蒙古大草原。原草青青，起伏平缓，一望无遮天际线，心胸顿觉宽阔了许多。

热情好客的蒙古族朋友安排得很周到。先是导引参观蒙古包，详细介绍蒙古族人民生活的风俗习惯。继则领着巡视承包的牧场，让我们看到了蒙古族人民"原育万羊肥，圈养千牛壮"的勤劳。最受感动的是他耐心教练骑马，为了安全，扶我上骑，牵绳伴跑。

我想出了一个车马赛的主意。约定蒙古族朋友骑马，南皮朋友驾车，同向等距往返论输赢。按照赛规出动，朋友铆劲开车，我坐在后排座位上，轻轻摇下车窗，侧望草原上渐渐远去的羊群，星星点点，如天落残雪，似海浮微絮，真有一些诗情画意。

差不多的时间，终究是飞车落在了跃马的后面。酒肉飘香的蒙古包里欢歌笑语，大家尽情享受着民族团结的快乐。感触深深写自然，句出笔端：

千里驱车来塞外，
友朋盛意巧安排。
举杯笑饮飘香帐，
扬鞭飞睐绿染白。

东湖飘香

（2013年3月9日）

梅花，是我国历代文人墨客所爱吟诵的物象，诗家名篇、词人佳句不胜枚举。尤喜读人民领袖毛泽东的《卜算子·咏梅》和南宋杰出的爱国主义诗人陆游的那首同一词牌的《咏梅》词。

众香国里吾赞梅，踏雪品梅更盼。2013年，与老伴儿坐动车南下武汉东湖梅花园。梅花，是武汉市的市花。东湖梅花园与南京梅园、上海梅园、无锡梅园称是中国四大梅园。据介绍，东湖梅园是中国梅花研究中心，拥有梅花品种300多个，其中多个品种荣登国际植物名录，约占世界梅花登录品种的一半以上，居全球第一。每年2、3月间，武汉都要举办梅花节庆祝活动，吸引来不少的外地游客。

第一次实地观赏梅花，看朵朵放光彩，思丹心向阳开，引发了对梅花的强烈情感。试写一首咏梅词，心有所寄，只为伊人。

卜算子·咏梅

傲骨立天地，
俏容开霞光。
银装素裹更本色，
是处有清香。

催得东风到，
欣然卸红装。
玉颜还灿来年月，
冰心照群芳。

翠屏感赋

（2014年5月22日）

2014年5月20日，河北省革命老区建设促进会在石家庄西郊翠屏山迎宾馆召开理事会换届大会，笔者作为南皮县革命老区建设促进会会长应召前往。

春夏之交的翠屏山十分秀丽，绿枝招展，红花吐艳，一派勃勃生机。第一次到翠屏山，感觉新鲜，晚饭后乘夕阳还高，走转其间。"雪浪谷"前听飞瀑击涧，"烟柳湖"边看碧水倒影。再登至山顶西向太行，绵延起伏，近浓淡远，晚霞映照，气象万千。

翠屏山

太行山是我国东部地区重要的山脉。北至燕山山脉，南达河南黄河北岸，西接山西黄土高原，东临华北平原，耸立于北京、山西、河北、河南四省市之间，绵延数百公里，犹如一道屏障横亘在华北大平原西侧，地理位置十分重要。太行山是著名的革命老区，英勇顽强的太行儿女为中国革命的胜利付出了重大牺牲，做出了巨大贡献。中华人民共和国成立后，太行山区广大人民群众在党的领导下自力更生，奋发图强，面貌发生了很大改变，一些光秃的石山渐次披上了绿装。

迎宾馆容纳几百人的会议大厅里，坐齐与会人员。台上台下，清一色的离、退休老同志，聚精会神听报告，热烈讨论争发言。老同志们丹心向阳，盛赞党的坚强领导，雄心犹存，共谋老区建设发展。

饮水思源。感恩回报革命老区，是全社会义不容辞的责任，要为促进革命老区实现跨越式发展，早日全面建成小康社会努力奋斗。

小康路上，不让一户掉队。方向明确，撸起袖子加油干，这就是今天的燕赵大地，这就是今日之特色社会主义中国。日记心怀：

一

初登翠屏五月顶，
已是漫山红绿浓。
厅台满坐鹤发客，
壮心老区乘腾龙。

二

西望起伏入太行，
少见童山旧时样。
政通燕赵织锦绣，
无令一隅脱小康。

洛都风采

（2016年4月22日）

洛阳位于河南省西部，因地处古洛水之阳而得名。横跨黄河中游两岸的洛阳居天下之中，位九州腹地，以洛阳为中心的河洛地区是华夏文明的重要发祥地。自东周以来，先后有东周、东汉、曹魏、西晋、北魏、隋、唐、后梁、后唐九个朝代在洛阳建都，世称"九朝故都"。洛阳在历史上相当长的时期内，是我国政治、经济、文化的中心，亦是道路四通八达的枢纽。中华人民共和国成立后，洛阳是国务院首批公布的历史文化名城。

慕其历史的辉煌，更有赏看国花的愿望，与老伴儿在2016年牡丹盛开的季节专程游洛阳。朝拜山水登龙门，身入园林染天香，心情舒畅。

> 九朝故都播声远，
> 慕游携手四月间。
> 精雕万尊龙门贵，
> 细润百园牡丹鲜。

自古以来，龙门山就被列入洛阳八大景。唐代诗人白居易说"洛都四郊，山水之胜，龙门首焉。"著名的龙门石窟就开凿于伊水两岸龙门山峭壁上。龙门石窟始凿于北魏孝文帝由平城（今山西大同）迁都洛阳前后，至唐连续开凿达400多年，此后至北宋初，虽有雕凿，但为数不多。现

作者于龙门

存石窟1300多个，北魏洞窟约占30%，唐代占60%，其他朝代仅占10%左右。造像约10万尊，最大佛像高达17米多，最小的只有2厘米，雕刻精致，有很高的艺术价值。龙门石窟与甘肃敦煌莫高窟、山西大同云冈石窟、甘肃天水麦积山石窟并称中国四大石窟。2000年，被联合国科教文组织评价为中国石刻艺术的高峰，列为世界文化遗产。

奉先寺是龙门石窟规模最大、艺术最为精湛的一组摩崖型群雕。洞中佛像明显体现了唐代佛像的艺术特点，形态圆满、安详、亲切。中间主佛为卢舍那大佛，据佛经说，"卢舍那"意即光明遍照。这座佛像通高17.14米，头高4米，耳朵长达1.9米，双眉弯如新月，一双秀目微微凝视下方，丰满圆润的面部露出暖人的笑意。整座佛像，宛若一位睿智慈祥的中年妇女，令人敬而不惧。有人说，卢舍那就是武则天的形象，也确有"实赖我皇，图兹丽质"的记载。相传奉先寺竣工之日，武则天亲率文武百官参加卢舍那的开光仪式，并在伊水东岸礼佛击鼓奏乐，至今这里尚留擂鼓台遗址。

万佛洞是龙门石窟造像组合最完整的洞窟。在洞内南北两壁整齐地雕有15000尊小佛像，每尊高4厘米。万佛洞口南侧雕有一尊菩萨像，仪容姿态非常优美。传说中国著名戏剧大师梅兰芳先生早年到此参观，被深深吸引并大加赞赏，经过艺术加工，成功地运用到自己的京剧表演中。

古阳洞是龙门石窟造像群中开凿最早、书法艺术最高的一个石窟。这里保存北魏时期的19块造像题记，字形端正大方，气势刚健质朴，结体用笔兼有隶书格调和楷书因素，是北魏时期书法艺术的精华珍品，"魏碑"体的代表作。

龙门石窟灿烂的人文景观，闪耀着中华民族的文明智慧，招引人们前来一睹为荣。

牡丹在洛阳栽培，据史料记载始于隋、盛于唐、甲天下于宋。千余年间，洛阳牡丹佳品迭出，名园聚秀，花开如海，争奇斗艳，享誉国内外。洛阳市把牡丹定为市花，于1983年开始举办一年一度的牡丹花会。从此，处处国色，户户天香，"三类、九色、十型"，花色品种现在已达500多个，洛阳王城公园曾创下一天接待游客近30万人次的记录。宋代文学家欧阳修在洛阳为官时曾著有《洛阳牡丹图》，写下"洛阳地脉花最宜，牡丹尤为天下奇"的诗句，道出了洛阳牡丹生长得天独厚的自然条件。确实，洛阳地处中原，气候温和，雨量适中，是极宜牡丹生长发育的。

有一则关于洛阳牡丹的趣闻。说是武则天称帝第二年（天授二年，691年）的腊月初一，西京长安城里大雪纷飞，武则天心血来潮设宴饮酒，赏花作诗，醉笔写下"明朝游上苑，火速报春知。花须连夜发，莫待晓风吹"的诏书。百花慑于此命，不

洛阳牡丹

敢怠慢，纷纷吐苞放蕊，独牡丹不违时令，闭装不开。武则天盛怒之下，将牡丹贬出长安，发配洛阳。岂知牡丹到了东都洛阳，竟百花枝头、灿然绽放。闻听此讯的武则天更发淫威，下令火烧牡丹。牡丹枝干烧焦但根枝挺立，次年依旧叶荣华发，且花更大、色更艳。勿论真假虚实，洛阳牡丹花开比长安早许是有道理的。以科学态度观之，长安虽然和洛阳在同一纬度线上，但温度、湿度较洛阳均稍低，洛阳西隔崇山峻岭，又在邙山之阳，比长安春来早似应着欧阳修的诗理。

还说上面的趣闻，武则天强令不遂的事情，现代科学技术的发展促成了。国家为了发展牡丹，已将牡丹产业化列入了高新技术产业发展计划，洛阳神州牡丹园作为该项目的试验示范基地，为实现牡丹"全年开花，四季观赏，天天供应，常年销售"的目标作出了不懈的努力。在占地2000平方米的"洛阳之春"四季牡丹展示中心，电脑自动控制，四季如春，光、温、湿、气可以满足牡丹自然生长条件的最佳需求。**"名优牡丹天天开，笑迎四海嘉宾来；春夏秋冬到这里，赏心悦目尽抒怀。"**花园游人如织，赏者流连忘返是很自然的。

骊山怀古

（2016年4月29日）

位于陕西省临潼县的骊山，美如锦绣，又称绣岭。《临潼县志》写骊山"周、秦、汉、唐以来，代多游幸离宫别馆，既入遗编，绣岭温汤皆成佳境。"1982年，国务院将骊山列为第一批国家重点风景名胜区。

2016年春携老伴儿随团从洛阳出发西游骊山，被誉为"关中八景"之一的"骊山晚照"虽无缘得见，但山上山下的一些古迹闪耀眼前。

登烽火台

骊山头上报警台，
一桩旧事谬传开。
笑倾社稷褒女恨，
幽王无治是本来。

烽火台，是古时用于边防报警，白日放烟、黑夜燃火的设施。骊山烽火台有故事。相传西周末年，周幽王娶了一位貌若天仙的女子褒姒，该女进宫后郁郁寡欢，从未展颜，幽王为博褒姒一笑，在骊山最高处的烽火台无故点燃狼烟，戏弄诸侯。褒姒终于笑了，幽王也笑了。但他们没笑多久，当犬戎敌军真的入侵，幽王再次点燃烽火求救时，不见一路诸侯到来，西周就此灭亡。后人有诗讽幽王此举："良夜骊宫奏管簧，无端烽火灼穹苍。可怜列国奔驰苦，止博褒姒笑一场。"真假确否，不去论它，但是一个"烽火戏诸侯，一笑失天下"的典故留传下来，无辜的褒姒不知不觉便也染上了红颜祸水的嫌疑。

可怜褒姒，生来命苦，少小失怙；可惜褒姒，天生丽质，卖入宫中；可叹褒姒，身处险恶，求宠献媚；可悲褒姒，沦为玩物，自缢而亡。把失江山与弱女子一笑连在一起，笔非秉公，敢为褒姒抱不平。追查责任，导致西周国破家散人亡者，是缺德少能失道的周幽王。这个人叫姬宫涅。

探秦皇陵

绣岭脚前丘山隆，

天下富贵掩其中。

奢行苛政期万世，

三代而亡空有陵。

秦始皇陵位于骊山北麓，陵园占地50平方公里。嬴政13岁（公元前246年）即秦王位后不久，就在骊山开始营建陵墓，统一六国后又从各地强征70万人参加修筑，直至嬴政50岁死时还未完工，秦二世又接着修了两年，前后费时近40年。陵园规模宏阔，陵墓"高大若山"，地宫陈设豪华，聚财厚葬空前，古今无与伦比。秦始皇陵符合"依山造陵"的传统观念，背靠骊山，面临渭水。从渭河北岸南眺骊山，山脉左右对称，似一巨大的屏风立于秦始皇陵后，站在陵顶再看，这段山脉又呈弧形，陵于骊山峰峦环抱之中，与整个骊山浑然一体，气势非凡。

嬴政既期不死又建巨陵，奢望高于天，苛政猛于虎，他在完成统一事业的同时，也为秦王朝掘下了坟墓。公元前210年夏，嬴政在巡游途中病死，葬于骊山秦陵。赵高、李斯狼狈矫诏，赐死扶苏，公元前209年，秦始皇第十八子胡亥继任秦二世皇帝。胡亥昏庸暴虐，在位3年被赵高逼杀，死年24岁，葬于胡亥墓（在今陕西西安市）。赵高专权，又立子婴为王，子婴即位后设计杀赵高，于公元前206年投降刘邦，后被项羽所杀，葬处不明。三百里阿房宫遭火焚，灰飞烟灭；十五年秦王朝被民唾，尸冷骨寒。历史就是这样无情！

游华清宫

飞霜殿里耽通宵，

人兽参半格未高。

鼙鼓滚滚山河变，

127

明皇难辞懒上朝。

骊山西北麓有唐代华清宫故址及华清池温泉。唐玄宗天宝六年（747年）大兴土木，环山建宫殿，并筑罗城，又治汤井为池，修登山夹道及通长安复道，称为"华清宫"，又名"华清池"。现存的飞霜殿、贵妃池等数十座宫殿式建筑，都是1959年按照历史记载的布局重建的。飞霜殿原为玄宗李隆基和贵妃杨玉环的卧室，当年他们在此享受豪华的生活，温泉水汽凝成美丽的霜蝶，故称"飞霜殿"。

唐玄宗和杨贵妃的爱情故事，白居易有赞诗《长恨歌》，洪升有颂剧《长生殿》。吟诗读剧，总觉得有点别扭。充其量，李、杨感情只算得激荡开放，难以称纯洁高尚。今思唐朝"开元""天宝"盛衰骤变，诚因奸小弄权，祸国殃民，内轻外重，尾大不掉，但刨根究底，还源于"春宵苦短日高起，从此君王不早朝"。贪欢荒政，恋色取辱，是唐玄宗李隆基下半生的行止。

坐兵谏亭

卧虎石上古稀亭，
诉说当年风云情。
死囚冤苦难抒志，
不废江河扬其名。

骊山半腰有一块上有金黄菌锈的巨石，远望似老虎身上的斑纹，因此叫虎斑石，又因形状像一只爬卧的老虎，故也称卧虎石。这里就是西安事变时蒋介石被捉的地方。卧虎石上有石亭，矗于1946年3月，说是由胡宗南发起募捐聚资建成的，名曰"正气亭"。中华人民共和国成立后，20世纪50年代改名为"捉蒋亭"，并在亭内正面上方石壁上题词，叙述西安事变大略经过。后来为缓和海峡两岸关系，再次易名为"兵谏亭"至今。名变实存。1936年10月、12月蒋介石两次入陕，以华清池为行辕，下榻五间厅，在此策划高级军事会议，坚持"攘外必先安内"的错误国策，强迫张学良、杨虎城率部进攻陕北红军。张、杨二人深明大义，力劝蒋介石放弃内战，主张联合红军抗日，遭蒋介石拒绝后于1936年12月12日发动兵谏。蒋介石在寝室听到枪声，穿睡衣从后窗出逃，越墙跌沟，脚扭背伤，匿身于骊山虎斑石处的草丛石缝中，被张、杨搜山部队发现，扶掖下山送往西安。

多方努力，终成民族抗日统一战线，国之大幸。怎奈蒋委员长心狭气短，竟将张、杨二人一囚一杀。可惜张学良、杨虎城将军风云人物，忠心报国，壮志难酬，遗憾终生。

历史有情，中华民族伟大复兴的蓝图上永远闪亮着他们的英名。

三省游颂

（2019年7月20日）

退休后自由，趁着身体健康，于2011年6月、2015年8月、2019年7月三次分别到黑龙江、辽宁、吉林三省观光旅游。景点选择自主，路线没有重复，满程陶冶情操，是十分有益的出行。凭着日记行踪，集成一首《三省游颂》。

> 花甲古稀身正矫，
> 三次夏游乐淘淘。
> 松花江畔天海客，
> 笔架山前沉浮桥。
> 黑土沸腾原油滚，
> 东风劲舞红旗飘。
> 北国风流昂首唱，
> 还报晓声万里高。

明媚太阳岛

坐落于哈尔滨市松花江北岸，与繁华市区隔水相望的太阳岛，面积38平方公里，是江漫滩湿地草原型风景名胜区，集湿地景观、欧陆风情、冰雪文化、民俗文化为一体，具有质朴、粗犷、天然无饰的原野风光特色。2007年5月，被国家旅游局评定为国家AAAAA级旅游景区，同年11月，太阳岛风景区获得中国国家旅游名片称号。太阳岛的季象变化十分明显，春看花、夏玩水、秋观树、冬赏雪是其特色，有人形容："竞吐烂漫开不凡，白沙碧水游人叹。老圃黄瓣染丛林，玉树银花北国卷。"太阳岛四季入画，天南地北海内外来此游玩的人很多。游观太阳岛，也吟得四句：**"天赐北国有妙巧，四季争说风光好。天宫仙子思下住，凡间游人到此骄。"**

辽宁省锦州市天桥镇的笔架山是距岸3华里海中一个小岛，因其形似笔架而得名。这里环境优美，别具一格，岛桥神话，传说动听，是闻名遐迩的旅游胜地。传说笔架山是盘古开天的地方，岛上古木森森，神龟似出海，石猴像泅渡，自然天成。吕祖亭、五母宫、龙王庙、万佛堂等系历代人工所建，尤三清阁，是岛上最具特色的建筑，整阁上下六层无一钉一木，全为石结构，阁内的佛、道、儒石雕像逼真如生，最顶层供奉着开天辟地盘古神，全国绝无仅有。笔架山风景区有天下一绝景观，山岛与海岸有一条长1620米的神桥，传说是天上仙女为利凡间游人登岛所造。神奇之处，是每当涨潮时神桥就被海水淹没，落潮时神桥刚好露出水面，每天潮涨潮落两回，神桥露出水面两次。此时，便见岸岛游人兴高采烈，熙熙攘攘，

留影笔架山

乘机踏桥往返，热闹非凡。自知是神话传说，但都乐意分享上下神桥的喜悦，这就是大自然美的吸引力吧！

到大庆，受感动。20世纪50年代末，中国石油勘探"战略东移"，黑龙江省中西部的黑土地成为主战场。广大石油工人高喊着"宁可少活20年，拼命也要拿下大油田""有条件要上，没有条件创造条件也要上"的誓言，在极端困难的条件下，千军万马，人拉肩扛，硬是在荒凉的松嫩平原干出了一个大庆油田（1959年9月26日，"松基3井"喷射出工业油流。喜讯传出，正值临近国庆10周年，时任黑龙江省委第一书记欧阳钦提议，将"松基3井"所在地大同镇改名为

会战黑土地

"大庆"，新发现的油田也因此命名为"大庆油田"）。1963年，大庆油田生产基地建成，中国终于甩掉了"贫油"的帽子，基本实现了石油自给，大长了中国人的志气。大庆油田创造了世界油田开发史上的奇迹：从1976年到2002年，实现5000万吨以上连续27年高产稳产，而世界同类油田稳产期最多不超过12年。从2003年到2014年，大庆油田又实现4000万吨持续稳产。2015年以来，继续保持石油和天然气产量当量4000万吨以上世界级水平。60年弹指一挥间，大庆油田为国家贡献近24亿吨石油，上缴税费和资金2.9万亿元。

进长春，豪气生。1953年7月15日，在吉林省长春市孟家屯举行了隆重的第一汽车制造厂的建设奠基典礼。1956年7月15日，第一批国产汽车从总装配线上驶出，毛泽东为新车命名"解放"，表明中国不能制造汽车的历史从此结束，为中国汽车工业竖起了里程碑。1958年5月5日，在中国一汽诞生了第一辆自己制造的轿车，揭开了我国民族轿车工业的历史篇章。轿车取名"东风"，源自毛泽东当时对国际形势"东风压倒西风"的论断。为了向国庆节献礼，8月又奇迹般试制出一款庄严大方，内外装饰富有民族风格、车头机舱盖上有一面红旗的高级轿车。从此开始了"红旗"轿车坎坷不平坦的系列制造和批量生产。1964年红旗轿车成为国庆节唯一的国宾专用车，称为"国车"。2015年以来，红旗轿车的发展进入了快车道，车型愈加丰富，价格更为亲民，已经进入普通百姓可以购买的范围。乘风顺路，红旗轿车一定能自立自强于世界汽车王国。

国产争气车

中华人民共和国，就像昂首报晓的雄鸡，美丽富饶的东北三省，恰是鸡首引颈高歌，为新中国的经济发展和社会进步做出了巨大贡献。1962年8月15日，伟大的共产主义战士雷锋同志在辽宁省因公殉职，党和国家领导人相继为其题词。他那"爱于助人、乐于奉献，刻苦学习、开拓进取，爱岗敬业、尽职尽责，勤俭朴素、奋发图强"的精神，唤醒了当代人，永远激励着后人。1990年2月，江泽民同志到黑龙江考察工作时指出："为国争光、为

神州雷锋在

民族争气的爱国主义精神；独立自主、自力更生的艰苦创业精神；讲求科学、'三老四严'的求实精神；胸怀全局、为国分忧的奉献精神"，是大庆在创造物质财富的同时，给我们党、给我们国家、给我们工人阶级留下的宝贵精神财富。

2018年9月25日至28日，习近平总书记在东北三省考察并主持召开深入推进东北振兴座谈会。在考察期间，习近平总书记强调粮食安全的重要性，指出中国人的饭碗任何时候都要牢牢掌握在自己的手上；叮嘱练好"内功"，向改革创新要动力；座谈会上连提"金山银山"，指明要发挥生态优势。总书记一切从实际出发，对症下药，排解难题，为东北三省全面振兴指明了前进方向。

"雄关漫道真如铁，而今迈步从头越。"丢掉包袱，解放思想，轻装前进，东北三省一定会开创属于自己的中国特色社会主义新天地。

四地专游篇

璀璨明珠

虎踞龙盘

九省通衢

避暑胜地

璀璨明珠

——台湾岛游记

（2013年5月20日）

5月中旬，与几位退休老朋友随团去台湾观光旅游。降机桃园，沿西海岸南进，经新竹、苗栗，过台中、南投，越斗六、嘉义，至台南、高雄。从最南端绕猫鼻头、鹅銮鼻顺东海岸折向北返，走台东、到花莲、穿宜兰、游台北，复往桃园。短短六天，圈岛近乎一个圆。偶有所得，寄以笔墨。

野柳石奇

5月11日，天刚蒙蒙亮，导游逐屋喊醒人们去吃自助餐，随后集体乘辰翊号大巴车从桃园出发去野柳。在台岛，天公变脸急速，昨夜很晚才睡时看到的长空繁星，晨起已是暗云低垂，密雨霏霏，看路水积流，知是下了很长时间。野柳地方不大，环境优美，山拥青翠，海抱碧水，极葱郁洁净的。导游说把这里选为第一站，主要是看蜂窝状的探海奇石。大陆游客来台必至，多是因石而来。

下得车来，风雨未歇，有准备的已撑开伞，无准备的急忙忙跑向景区入口买雨披。游人如织，通向观景台的狭窄爬坡道上，人们接踵杂沓，搭臂前拥。但见赤、橙、黄、绿、青、蓝、紫各色齐举，伞盖参差移动，对喜见者也是一道风景。

观景台依山而建，多级铁木制阶梯直通其顶。设若丽日蓝天时独立于此，背依青山，处安谧平和，受微风轻拂，定身舒气爽；远眺大海，看水辽天阔，览金甲涌波，必心旷神怡。时值风急雨骤，又逢人多伞重，加之立后站矮，诸般限制，由是于众声嘈杂中多听风叶飒飒、涛声隆隆；于人头攒动间的缝隙见繁枝摇曳，雨色空蒙。我试着用谦求的话语从人缝中挤到观景台前扶栏处，然眼前帘雨如注，这般光景，是想极目也不成，虽极目而未远的。

少了心情，便回步踏阶下行，沿着一条两边皆水、宽不盈米的崎岖石径蜿蜒向前，便至自海深处突兀而起的一群石头。石径着实不好走，窄道、滑石，雨眼难清，千米长短的一段竟也走了半个多小时。就是在这险处，见有一二同行的伞

作者于野柳

瞬间被急风鼓落，坠至径旁的海水中，只听得唏嘘叹声。我是索性拢了伞具冒雨而前的。几经摇晃，终至无路处立定高石。遍看，林立眼前的蕈状岩身上布满犹如蜂窝般大大小小的洞穴，据说是远古一次地岩喷浆，历经千百万年的风吹、日晒、雨淋、浪打以及强烈东北季风的劲吹，方造成独特今

身。貌呈百态，或状如乳柱兀立，头顶莲蓬张口接雨；或形似巨蘑矮蹲，精镂冠盖圆嘴吸风。更有缓坡大石，像身罩欲待缝连的捕鱼网片，横躺仰卧，开眼睨空。导游告曰，这就是闻名遐迩的野柳蜂窝岩。这里游人不多，可以自由细查微观，回首观景台上，依然是拥人连体般热闹。

见奇石，更逢奇遇。那些高低错落、深浅不一、大小各异、早已满水的蜂窝石眼，再经持续不断、力量均衡的泻水直击，便发出阵阵悦耳的清澈声响，更见晶莹剔透的颗颗玉珠拖着长长的银光，不停地跃出石窝，迸飞四射。难得的是巧雨，少见的是奇观，奇巧均获，乐哉！幸甚！不枉野柳。

> 狂风寡情伞飞落，
> 猛雨热身衣骤湿。
> 自是险处景色好，
> 石满银珠见者知。

乐看身旁雨中左歪右倒躬背屈腿的游客，手中电光频闪，油然生发出对他们艺照急拍、佳景快取的歆慕，间也伴随着对自己拙手笨脚、一无所长的暗责。自

叹弗如，于是用心录下了这难忘的画面。

阿里山美

人游阿里山，回头尽说美，这是实在的。阿里山气候湿润，雨水充沛，清溪流潋；阿里山百草丰茂，树木丛生，植被天然；山青水秀氧足，宜人宜居宜健康。游罢归来，附庸风雅，作一首四句七言，以状其美：

天漏玉露千峰秀，

地满灵性万木春。

如椽七彩描不尽，

只见游客时时新。

5月13日7时半，大巴车开向阿里山。出发时天气不错，白云聚散，蓝天隐现。导游说半阴晴天气观山最入眼，这是来阿里山难得的天。为着景观，孩子似的在心中不断祷念，祈愿有个好天气，以期尽看光景雨色。当导游提示已进入阿里山区的时候，人们不约而同顿时抖起精神，全神贯注地伏窗远眺。忽地一亮，我眼前突然闪现似曾相识的一幅画面：峰峦秀丽，起伏近远，白云飘忽，迷漫半山。轻翠上浮似盖，重绿下踞如磐。随阴晴变化，时隐时现，亦真亦幻。不停运转的大脑过片似的极尽搜索，这难道就是宋美龄精工细作所画、蒋介石倾心勖勉题字的《云山耸翠图》？平心而论，此画堪称上品，但与今之实景，似乎又觉得其画少了些生气和灵光。眼前美景因着视觉转换和观点移动而"横看成岭侧成峰，远近高低各不同"，静中有动，动静结合，自然更显出阿里山的千姿百态、美景无穷。

游客甚多，阿里山并不宽阔的盘山道上，各色巴士往来穿梭。行至险段，导游不时提醒游客注意安全，开车师傅凝神屏气紧握方向盘，爬升上行愈慢，滑坡下行也缓，料想车上游客无不捏着汗。阿里山险，除了遇雨滑坡等自然灾害，也有峭壁千仞，陡涧万尺。与它山不同的是：峭壁上青生绿长，似碧帘垂挂，几不露坦石；陡涧中草遮叶挡，多玉树横栏，深不知几许。景色迷眼，处险不觉，心里原有的一些紧张不安，也渐次被赏心悦目的美之怡人所缓解、取代。

上午10时许，大巴驶进盘山道尽头的停车场。这里虽未极顶，但也是环顾左右已觉众山小了。此时积云轻散，丽日缓出，蓦回首，几朵欲去还留的团云似白絮轻揉，恋恋不舍地悬于翠微，一辆黄色大巴恰行至此，云上跑车，于是奇观出现了。远远望去，阳光下停驻的云犹如千顷碧海轻轻泛起的浪，缓进的车恰似百丈浪头慢慢漂行的舟，如此明光绿水，白浪黄舟，徐徐变化，渐行渐远。这转瞬即逝的景色，若可定格，该是多美的图画啊！

伫立良久，自恨手无画圣遗笔。随着导游的催促，转乘森林小火车跑进了山顶桧树林。参天蔽日的桧树万千林立，山风飕飕吹进，是凉爽，是舒适，是惬意？说不出的一种感受。进林几十米的一个高处，引人注目地站着七八棵合抱

作者（右三）于阿里山

大树，像是有组织地围成一个半圆，前围端立凸显"树灵塔"三字的一通大碑。碑文依稀，未及细看，盖言这里的山树都是极富灵性的，世人要爱之护之，万不可乱砍乱伐，否则要有报应等等。阔大的桧树林，上望繁枝举臂，密叶交叉；树下小径纵横，青苔绵软；横看棵棵直木，粗细疏密，伫地擎天。忽晴日，阳光漏照，万缕直泻，金碧辉煌，如同宝殿；又雨来，天低云黑，木湿林暗，近睹模糊，浑似迷宫。碰着运气，遇着天气，迎着灵气，我竟于半日内得见了桧树林的阴晴两美。

应着导游的呼喊，出得桧林，缓坡前行约一公里，就到了标有"神木"二字的地方。四面围栏内一横两竖三棵数人合抱大树，纠结连成一个景观。导游解说，这横卧之木是不知多少年前遭雷击而倒的第一代，身枯根不死，标有二代、三代牌号的两棵冲天大树就是它的根生后代，至今也挺拔屹立了几百年，当地人视其为镇山之宝，常年供奉。四面围栏上挂满了难以计数的红绸布和青铜锁，显示着世界各地来此旅游的善男信女对"神木"灵性的信服、敬畏和虔诚。耳听"千年不倒"的传说，眼见经久不衰的生命，我想，主动地适应环境和顺从自然，顽强地生长而永葆活力，这就是所谓的"神木"吧。

阿里山一路走来，满目青山绿水，道不尽的壮美、奇美、险美，神工天成。耳边像听到了一个低咐的禅音："清水出芙蓉，天然去雕饰。"我领悟了，美哉阿里山，美在自然，而自然永远。

日月潭秀

牢牢镶嵌在宝岛中部的日月潭有名且名气很大，因此引得四海游客络绎不绝而播声更远，想是一个良性循环。5月14日下午2时，乘坐的辰翊号大巴缓缓停在日月潭风景区入口。一路坐车无风无雨的我们，下车就碰上了和风细雨的天，轻吹微湿无寒。东西南北口音的游人拥挤着入门，急着争着以先睹芳容为快。

紧跟导游进退不掉队的，我算得一个，是为了近身多听点相关知识。日月潭的有名是惯听了的，但今天方知它的冠名还有来历。在很久以前，群山环抱的潭水没有现在这么深，浅露着两个潭面。水面略大、貌呈圆形的被称为日潭，水面稍小、状如弯月的叫做月潭，因为两个水面似断还连，人们就并称叫了日月潭。为此还有一个"鹰飞鹿跑"的美丽传说，至今当地人还把鹰、鹿供奉为镇潭神物。后来注水发电，水面骤升，潭水深深已无旧日模样，现在看到的日月潭已是秀水一片、名不副实了。

久仰的日月潭面积8.4平方公里，比杭州西湖小，约是我市大浪淀水库的三分之一强。山不在高，水不在深，美丽自然的日月潭依然值得骄傲。

两潭碧水，
日月形状；
为天赐宝珠，
月明日光。
四围群山，
远近俯仰；
是勃显生机，
青衣绿裳。
有风来，山无尘星落水；

也雨至，水少泥沙流淌。

更日出，看阳辉灿照，透明清澈；

再夜入，瞧天水一色，星月无伤。

山有水青，

水因山秀，

自古山青水秀互依傍，

又赢得山花水荷竞艳芳。

同观赏，

共舒畅。

　　有人美说西湖水，有人羡赞日月潭，在我看两相媲美各千秋。如果说能把杭州西湖比作"淡妆浓抹总相宜"的绝代美女，那么日月潭就是日月可鉴的"端庄秀丽只自然"的超世名媛。若非要于共同处之外说点不同的话，毋庸讳言，日月潭景区还是很少有人工再建的高楼大厦和亭榭廊阁，仍较多地保持着大自然的纯情本色。

日月潭

　　潭中荡舟，先看前锋劈水分浪扬白，后瞧尾余分水并拢平绿，继之侧臂抚碧，顿觉水的柔情依依，自是别有一番情趣。说也快，不一会儿，游舟靠近潭水中央的一个叫做鹰鹿洲的地方。洲不大，一千多平方米的样子，上面有座也是绿遮翠盖的矮崖，崖下一头白玉石雕成的昂首回顾梅花鹿似向旁观的游人讲着优美的故事，说着日月潭的来历；一只兀立在树形秃木枝上的猫头鹰则张着绿黄光亮的警眼，紧闭隼唇，像在保护着日月潭的什么秘密。鹿和鹰是这里的图腾神，鹰鹿洲自然也就成了神秘洲了。神话自是神话，传说姑妄听之，大家继续前行。

　　弃舟登陆，随众援枝勇登较高的一座近水山头。山顶是一个平缓阔大的场地，除了原生的茂林古藤缠树和簇拥紧密的修竹占了一些地盘，再有的是一精巧的人工园林。古朴典雅的双层凉亭端坐在新栽的花木丛中；凿石而成的深池蓄满了清水，轻漂缓动的池底水草绿氧着活泼的各种鱼儿往来穿梭；成片的凹状浅池用大量的它处移土填满，引水上山的喷泉滋润着土地，广植的花草树木在舒适的环境中竞生、茂长、繁开；轻凿的防滑石径铺的纵深、横远、通幽……

坐在前人垒砌而成的条石凳上，瞅着任性浮沉的鱼，望着自动旋喷的水，看着百花盛开的景，瞧着蜿蜒而去的径，我不由自主地又想到了人、社会和自然。人们需要尊重自然，循从规律，和谐发展，否则会受到惩罚，要付出代价。但人们切不可无所作为，应从实际出发，自觉去绿化、美化、净化自然。科学地改造自然，才能更好地享受自然。因为此时我正面对而又享受着的这般秀丽，就是前人和今人在原来寸草不生的裸天坚石上经久创造出来的。

但愿子子孙孙、世世代代，常吸着新鲜的空气，永伴碧水绿地蓝天。

台东海阔

踏上美丽的台湾岛，便与导游结下了不解之缘。一路之上，导游对台湾的风土人情、轶闻趣事、今古奇观等详加介绍。

抵台第一天，首次听导游讲述，便牢牢记住了台湾旅游观光四部曲：攀岩猎奇、登高览胜、临渊赏美、面海观阔。

台湾岛四面环海。西与大陆一衣带水，近在咫尺；北望朝鲜半岛，间有日本斜隔蚕卧；南看诸沙群岛耸立，还有菲国隔海相向；唯有东方，大洋浩淼，一线直指，远抵美、墨。

清晨，大巴车沿着东海岸公路干道疾驶北上。从恒春出发不久，就到了台东市，在一处靠近海岸的地方登高望洋看海景。实见的一幅景观：赤轮跃海，满浮曦红，旭日徐升，水转金黄，轻起软伏，一派平安祥和。

跑车观景，驻足看花，风云难测。在都兰，正大风初起，浓云近逼，天空一片昏濛。此时的海，温柔全失，冷面狰狞，巨浪洪涛，飞湿漫地。导游手指波翻浪滚的大海说：这下面有一条长1900多公里、宽50多公里、最深达8200多米、

作者于台东

南北弧状形走向的大海沟，与生俱来、情有独钟地护佑着台湾岛，有效地缓解大洋深处地震屡屡发来的强力冲击，使之免遭震后可能形成的海啸之害。若从高处鸟瞰此处，清晰可见海水呈现幽黑、灰白两种颜色，人们便称其为阴阳海。看大自然的海，最有意思的莫过于静、动兼察吧？我又感到了舒心快意的满足。

自然风浪，人生心潮，多相关联，于是有了一些思和想。台东阔海是太平洋的重要组成部分，这里应是世界共同开发、人类和平利用的福地，而不是一家强权独霸、炫耀武力的场所；这里出现的该是和平共处、互通有无的商旅船队，不该有战争恐吓、攫取私利的炮舰游弋。人性善良，总不敌残酷的现实。有人倚恃现有强大军事实力，扮演世界警察的角色，狂妄无忌地奉行霸权主义。随着宣布国际战略重点转向亚太，就开来了航母战斗群，虎视眈眈，意欲何为？自己每年数以万亿计的庞大军费开支，却蛮横无理地指责中国正当的自卫防御……

种种迹象，宜未雨绸缪；居安思危，须枕戈待旦。

如同没有约束的权力滥用必然会产生腐败一样，没有实力制衡的一极独大，必搅得海洋不平静、陆地不安宁。要坚决拥有强大的海、陆、空国防力量，保卫国家安全，捍卫世界和平。

没有"心事浩茫连广宇"的先生情怀，更少"蚂蚁缘槐夸大国，蚍蜉撼树谈何易"的伟人豪迈。触景生情纯属草根微吟，观海述怀只发卑职心声，还懂得：国家兴亡，匹夫有责。

旅行结束，至北京机场盘旋落下，又见万家灯火，一片光明。下得机来，回首天上，依是繁星闪烁，点亮夜空。

台湾观光旅游回来不久，即依据见闻整理出《台湾岛游记》，分《野柳石奇》《阿里山美》《日月潭秀》《台东海阔》四篇连载《沧州晚报》。几位同行朋友闻讯登门祝贺并持己见交流，犹有见思，再奉拙作无题六首。

一

久仰神木凌绝顶，

一睹辛苦甘如饴。

直桧万千相拥近，

比肩互语白云低。

国内外慕"神木"而来的游客不怕登山劳累，心甘情愿，争相到此一观。眼见得，许多人面对神木跪身下拜，合掌祈福，至尊至诚。

阿里山顶棵棵桧树直干比立，自豪的它们，看着脚下阴晴时有的浮云，似窃窃私语，"山高咱为峰"。自然神气，激励游心。

阿里山神木

二

用人失察贻祸害，

百年无归蒋氏哀。

民心浩荡十三亿，

不允痴儿演离怀。

人死入土为安，不知蒋家两任总统的后人们作何想。细究起来，是蒋经国在接班人问题上看走了眼，择错了人。搞"台独"，李登辉是始作俑者。

美丽的台湾岛，自古以来就是中国不可分割的一部分。由于历史的诸多原因，暂成现状，但最终统一则是必然大势，任何分裂势力的粉墨登场都是徒劳的。全国各族人民意志坚定，热切期待着台湾早日回到祖国母亲的怀抱。

三

曾为宫禁几显要，

今日门开人如潮。

多说台北风水地，

吾思慈湖赞任老。

周游台湾岛，最后一站到台北，参观"士林官邸"。这里是蒋介石、宋美龄抵台后，在台北几经选址而建的居住和办公地。入观，茂林修竹园花，幽深清静鲜艳；远望，左怀、右抱、背有靠，翠峰环绕。

参观士林官邸的游客，接连不断。听大家啧啧赞说这里是上乘宝地。我突然想到国民党元老于右任先生"葬我于高山之上兮，望我故乡；故乡不可见兮，永不能忘。葬我于高山之上兮，望我大陆；大陆不可见兮，只有痛苦。天苍苍，野茫茫，山之上，国有殇"的诗句。

四

赴台观光一到场，

逃岛老兵晚凄凉。

偶有语清言谈健，

望眼欲穿思故乡。

在台湾，导游领看一个地方，是国民党军溃败台湾后一些老兵及其后人的聚居地。低房矮屋，拥挤潮湿，许多单身。时逢菲律宾军人无故枪杀台湾渔民，岛上斥菲凶残、愤马软弱声浪正高。谈及此事，一位89岁无偶老兵"若是大陆渔民，小小菲律宾哪敢啊"的话振聋发聩。

五

坐观水拥绿山动，

鸟瞰满目碧池清。

心入难舍身无累，

几页墨纸诗画成。

日月潭轻舟慢游，微波荡漾，水面隐约可见浮动的围山倒影，登至岸山高处再行俯望，一潭晶莹剔透，万顷平亮如镜。

景色秀丽，引人入胜深处走，大家满是激动和喜悦，没有一点疲倦的感觉。展怀畅想，转笔形象，任由发挥，是不虚此行的。

六

台东登临旭日升，

奇光异彩水波静。

骤风吹得浪涛起，

太平洋上不太平。

站立高岗，遥看晨阳照耀风平浪静的大海，波光闪闪，璀璨耀眼，浮漂大美，自然壮观。心地善良的人们，千万不要被一时的自然表象迷惑，要想到大海航行，突然出现的狂风暴雨会随时影响到我们的人身安全。

虎踞龙盘

——南京行见记

（2014年7月30日）

南　京

六朝古都千秋梦，
惹的无数追行踪。
龙腾钟山星空近，
虎跃长江天堑通。
玄武湖里全黄册，
雨花台上铭赤忠。
十里秦淮古今水，
人间换了欣向荣。

南京历史悠久。距今2580多年，就有南京建城的历史记载，公元229年，三国孙权在此建都，称"建业"（后改建邺）。继之，东晋、南朝的宋、齐、梁、陈均立都于此，谓"建康"，故南京有"六朝古都"之称。历经盛衰，1368年，朱元璋称帝创建大明，南京再次成全国的政治文化中心。1853年，洪秀全领导的农民起义军攻克南京，建太平天国，定都于此，称"天京"。1927年4月18日，国民

明故宫遗址

革命军在南京成立国民政府，定南京为首都。1949年人民解放军百万雄师过大江，南京解放回到人民手中，开启了新生。

南京山川形胜。巍巍钟山，锦绣天地，滔滔长江，激流古今。诸葛亮当年出使孙吴，一见国都地势，便发出"钟山龙盘，石头虎踞，此帝王之宅"的赞叹。孙中山先生在所著《建国方略》之《实业计划》中，对南京作了高度评价，认为南京为中国古都，在北京之前。其位置乃在一美善之地区。其地有高山，有深水，有平原。此三种天工钟毓一处，在世界之大都市诚难觅如此佳境也。当代国学大师朱偰先生曾对长安、洛阳、金陵、燕京四大古都做过比较，亦说："此四都之中，文学之昌盛，人物之俊彦，山川之灵秀，气象之宏伟以及与民族患难相共、休戚相关之密切，尤以金陵为最。"是英雄所见略同，还是情使偏爱，姑且不论。行笔至此，但记得"江山如此多娇，引无数英雄竞折腰"。南京亦如是。

神游南京久矣！身临还是在退休后。2014年7月26日夜半时分，在沧州火车站，与老伴儿乘普通客车南行，次日中午，抵达南京。甫出站台，呼啦啦围上一群男女，帮拿行李，争荐住行，言语透着精明，脸上写满热情，宾至如归，免不得心里多了些暖融融。事后想，除了性本善的发扬，还是那激烈的市场竞争，任性的利益驱动，促升着服务的质量。拗不过尾随身后坚持者的韧劲，选了自认方便的居住。

吃罢午饭，休息轻松，看清酒店旅游指南，心明三天的行程。

夜泛秦淮河

到南京，秦淮河是一定要去的。它是一条长约110公里，流域2600平方公里，在历史上极负盛名的南京地区主要河道，称是南京古老文明的摇篮，南京的母亲河。现流经市内从东水关至西水关一段沿河两岸，三国东吴以来，一直是商繁民稠。从南朝开始，名门望族世家多聚居于此，是时商贾云集，载船穿梭，文人荟萃，画舫凌波，史评"江南佳丽地，金陵风雅所"。后经隋、唐冷落，宋代复苏，明、清鼎盛一个过程。近代，建筑多毁于战乱，河水亦遭污染。南京解放后，人民政府巨资修复，如今的秦淮河，既现历史的繁华，更有再创的灿烂，游人多多。

27日下午4时许，一扫疲劳的我们，打出租车去了夫子庙。信步周遭，早早购得灯船门票，夜幕低垂，街灯初放，泛船轻动，即入美景佳境。左右顾盼，串灯高挂，明亮两岸建筑古今风格；彩灯强光，束照沿途雕塑栩栩如生。静听船上谐景释说的柔声妙语，迷眼河面波水接涌的动灯飘影，如梦如幻。秦淮河像是一部书，写满了世情百态、贫富忧乐；秦淮河又似一本账，铭记着流水年代、兴衰悲歌。我极力搜寻朱自清先生《桨声灯影里的秦淮河》所描写的"桨声汩汩"，目击的却是机声促动的清流哗哗。机动替代手摇，由科技催生，是时代进步，思古之幽无可非议，走出历史更显风流。下得船来，我一直在想，传承贵在精神，接续旨在文明。属于人民的秦淮河，应是岸旗飘舞乐鼓震，商女唱励后来人。碧水长流，美景永驻，功成当代，利在千秋，这或许是秦淮河的最期盼。

秦淮河

自游玄武湖

　　位于南京城中的玄武湖，原名桑泊，至今已有1500多年的历史。湖围长约30华里，总面积444公顷，中突五洲（翠、菱、梁、樱、环），占地44公顷，约是九水一陆比例。这里过去是中国最大的皇家园林湖泊，严禁官民进入，如今辟为公园，专为人民群众休闲享受。

　　28日上午9时入得园内，尊老伴儿意愿，弃水漫步五洲。五洲形体各具，大小不一，桥连路通。上得梁洲，游人着实的多，统一旗帽围拥导游说笑行进的团队随时可见；徜徉林荫牵手扶将的鹤发长者令人羡慕；仆身拽拉父母跟跑的稚气趣童招人喜欢；健步腾挪、招式繁多的剑舞拳击引人侧目；据守林木深处木椅的青年男女亲昵相近。男女老少，丰富多彩，巧是百乐园。

　　我与老伴儿是身轻则走着瞧，欣赏竹的清影神韵，瞩目树的科属别年；体累则坐下评，品说奇花异草的色泽馨香，比论飞禽笼鸟的自由束缚。劳逸结合，心情舒畅，乐见了半园的生动鲜活。

游兴还浓，志趣有不同。午饭后，与老伴儿商定了集合时间地点，她去翠洲荷塘观鱼，我则折身梁洲，再入略带晦暗且有潮纸霉味的"黄册"展室。询知明洪武十四年（1381年），朱

玄武湖

元璋规定以户为主，分"里"（110户为里）编造户口档案，详列名姓、乡贯、丁口、地亩、事产等情，作为国家征收赋税的根据，其中送往户部的封面为黄色，故称为"黄册"。1391年到1642年200多年间的明朝"黄册"均藏于玄武湖，到明末，玄武湖库房约建960多间，"黄册"170多万本以上，这在中国乃至世界古代档案史上，都算是一个奇迹。

看着一册册用工整娟秀的小楷誊写清楚的档案，我想到了许多。蒙古铁骑东征西讨，横扫欧亚，可谓是霸气十足；纵兵华夏，亡金灭宋，应说有八面威风；曾几何时，便因横征暴敛，残酷百姓，弄得天怒人怨，人民揭竿而起，元朝速成短命。朱元璋出身寒微，戎马半生，文谋武战，艰创大明，是深知马上可以打天下、不可马上治天下的雄才大略之主。鉴于前朝兴勃亡忽的惨痛，为了朱明政权的长治久安，才定下"黄册"这一制度。人民是天，逆行便风起云涌；人民是地，践踏则无食绝穿；人民是水，沸煮就浪掀船翻，这是亘古至理。极尽地利保全"黄册"的玄武湖是功不可没的。

登临中山陵

钟山因多紫红色砂页岩，故又称紫金山。三峰逶迤，形呈笔架，气象雄伟，势如龙盘。强光亮照宇宙，巨力拉近星空，为中国天文事业建立与发展做出突出

贡献的紫金山天文台就建在钟山第三峰上。

中山陵

　　紫金山人文景观众多，历代风物荟萃。掩映在苍松翠柏之中的200多处名胜史迹和纪念馆，是长时方能领略，短日不能尽收的。时限精选，于是专去中山陵登高敬瞻。中山陵，位于紫金山中茅山的南坡，融古今中西建筑之精华，别创新格。前临平阔，后踞青葱，和谐统一，恢弘壮丽，墓地全局是"警钟形"图案，寓"使天下皆达道"之义，被誉为"中国近代建筑史上第一陵"。

　　汗流浃背，气喘吁吁，与老伴儿是间歇了三次，才至陵顶的。怀揣崇拜，轻挪脚步，前后左右，细探究竟。远望天际苍茫云海，近代史事万千萦怀，似见先生"世界潮流，浩浩荡荡，顺之则昌，逆之则亡"的振臂，犹闻先生"革命尚未成功，同志仍须努力"的呼喊。思悟警钟所鸣之道，记起了人民领袖毛泽东1949年4月写的那首《七律·人民解放军占领南京》，尾句说："天若有情天亦老，人间正道是沧桑。"是啊！宇宙之大，变化是客观常在；社会复杂，发展是永恒主题。钟山含情，新声绝胜旧音强；长江有意，后浪更比前浪高。历史车轮滚滚向前，坚持与时俱进，不断改革开放，努力加快发展，这是中国特色社会主义的正道，在以习近平同志为核心的党中央坚强领导下，伟大的中华民族正万众一心、意气风发地行进在这光辉的大道上。

俯看长江桥

南京长江大桥夜景，被冠以"天堑飞虹"，列入"金陵四十胜景"，想来一定是非常美的。

受了约束，无缘夜观，是随团昼看了的。乘那桥头电梯，速速上了观桥台。晴空近午，骄阳似火，光照辽阔，一望长江近远，竟也收获壮观。桥下江流滚滚，巨轮往返，载舟竞渡；桥中铁轨沉沉，客货双飞，百里转瞬；桥面路坚横宽，排车共进，畅行无阻。无虚言，"一桥飞架南北，天堑变通途"。

多少年了，周而复始的春夏秋冬，南京长江大桥安然高卧，质量完好。它穿越政治风雨，伴随沧桑巨变，承载民族振兴的希望，畅通国家建设的发展，输送亲人团聚的欢乐，确如雨晴之虹，光华神州，璀璨天际。

留意江桥景点介绍，上面分明写着："南京长江大桥，建于1968年，位

夜景桥

于南京市浦口区和下关区之间，是长江上第一座由我国自己设计建造的双层式铁路、公路两用桥梁。是继武汉长江大桥和重庆白沙沱长江大桥之后第三座跨越长江干流的大桥。"我特别记住了"我国自己设计建造的"这句话，回忆当年复杂的历史背景和社会环境，这是在昭示，南京长江大桥是中国人民的自主创新之桥，是中华民族的扬眉吐气之桥，是华夏儿女的聪明才智之桥，在站起来的中国人面前，没有克服不了的困难，没有不可逾越的关险。**"睡狮醒也猛，国人敏且慧；要圆强国梦，自信是为贵。"**坚守理论、制度、道路和文化自信，坚定独立自主、创新发展意志，管他别人说什么，理直气壮地创新属于我们自己的经济、政治、文化、军事和一切事业。唯创新才能超越，唯创新才能盛强。我企望着，伟大的祖国早日建成创新型国家，无敌于全天下。

瞻仰雨花台

雨花台是南京的一处风景名胜区，山丘叠绕，松柏高耸，开千树梅红，拥万竿竹翠。有高僧诵经感动天神、落花如雨点地成石的美丽传说；存英勇抗敌、慷慨赴死的"二忠祠"名传千古；曾经的金戈铁马、鼓角争鸣亦烙有印痕。最可贵，在雨花台中岗建有中国最大的革命烈士纪念陵园。

雨花台

此番雨花台，凭吊英烈来。故沿途少顾山色美景，无意曦园古风，稍瞅乾隆诗碑，一目花石十家，无享翠嫩、香醇的雨花茶文化。走进古朴典雅的烈士陵园大门，凝神烈士群雕像，仰望烈士纪念碑，泪目烈士纪念馆，心灵震撼。历史明载着：1927年以后，国共合作破裂，国民党统治者露着"宁可错杀一千，不可放过一人"的狰狞，疯狂屠杀共产党人和革命志士，一时间，神州漫野，血雨腥风，雨花台上，刑场出名。有统计，从1927年到1949年的22年中，约有10万多革命烈士殉难于此，而留下姓名的仅有1519人。惊天地，泣鬼神，多少无名英雄！共和国的新民和后人们，无论如何也不能忘啊！我们可以不知道他（她）是谁，但应该知道他（她）为了谁。为了谁？"生命诚可贵，爱情价更高。若为自由故，二者皆可抛。"这是著名革命烈士的引颈高歌。**"心忧黎民苦，志在邦国兴。甘洒一腔血，无计身后名"**，则是万千无名志士的心底默许。而不忘过去，学会珍惜，继承遗志，继续奋起，实在的该是我们。

今日雨花台，名播四海，万千人朝。静心想一想，忠骨永存盛名至，英魂长聚紫气来，这才是雨花台的精彩。

30日上午8点，坐上北返的高速动车，无感摇晃，背靠舒椅，微闭双目，动脑密接浮见的画面，用心紧连内在的因果。当思考成为习惯享受的时候，时间老人便焕发着年轻，跑得极快。一声"沧州西站就要到了，有下车的旅客，请带好自己的行李物品，准备下车"的温馨播音，催圆了眼睛，端正了坐姿。亮表一看，时针正好指向近午11点。

值得欣慰，终于下车前，哼成了篇首的八句，是名《南京》。后有友人闻知索句，精心题书此诗相赠。

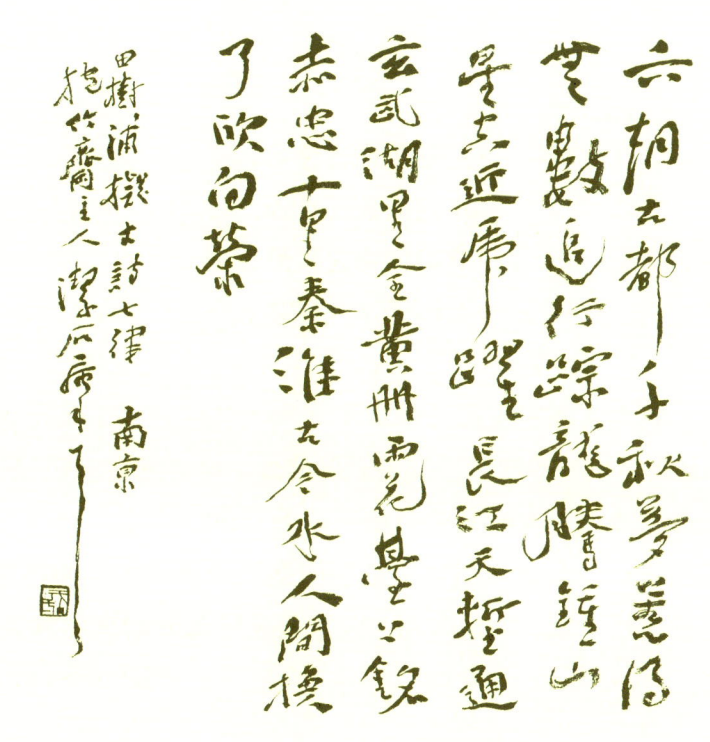

中国书法家协会会员、南皮县书法家协会原主席王清玺题篇首诗

九省通衢

——武汉归来记

（2016年9月11日）

武　汉

荆楚要地古今名，
东西南北江桥通。
宽容四海龙凤聚，
利济天下飞舞功。

　　武汉大，大武汉，确实不假。世界第三大河长江及其最大支流汉江横贯市区，将其分为武昌、汉口、汉阳三镇鼎立的格局，雄姿勃发。

　　这是一座历史悠久、身镌光荣的城市。远在5000年前，已有先民在这里繁衍生息，市郊黄陂区的盘龙城遗址，是中国迄今为止在长江流域发现的第一座且保存最完整的商代古城。明清时期，武汉是全国重要的交通枢纽和经济中心。

两湖书院

1889年8月，张之洞任湖广总督，主政18年，在汉阳创建了我国最早的钢铁、军火工业基地；在武昌建立了民族轻纺工业基地"湖北织布局"，开近代教育先河，兴办新式学堂"两湖书院"；在汉口主持修建芦汉铁路、后湖长堤，将汉口面积扩大数十倍，奠定了武汉门类齐全的近代工业体系，成为中国内地的首要经济中心而闻名中外。1911年10月10日，辛亥革命首义武昌，天下呼应，成就了中国推翻帝制，建立共和的伟大功绩，孙中山先生为此评价"民国开创，武汉实为首功。"1937年下半年一段时间，武汉成为国民政府的战时首都和全国抗战的政治、军事、经济、文化中心，叶剑英在《目前战局与保卫武汉》一文中说，这时的武汉"处天下之中，依今天的形势看来，隐然亦俨然的为中华民族精神所寄托。"1949年5月16日，武汉三镇全部解放，几天后，武汉市人民政府与武汉市委相继成立，并合武昌市、汉口市、汉阳县为武汉市，由此，在党的领导下武汉市一路发展至今。

这是一座地理优越、文贸发达的城市。武汉位于江汉平原东部，是中国内陆最大的水陆空交通枢纽，南接北转、东承西启，成为内陆地区的金融、商业、贸易、物流、文化中心，是继北京、上海之后全国第三大科教中心，被誉为世界开启中国内陆市场的"金钥匙"，经济发展的"立交桥"，在全国经济中起着"龙腰"的作用。它滨江滨湖，水域面积占全市国土面积的四分之一，是全世界水资源最丰富的特大城市及中国最大的淡水中心。市区遍布茵草绿地，公园众多，湖水广阔，景色宜人。称是"楚中第一繁华处"的汉口，依然赢得商贾如流；誉为"势连衡岳"的黄鹤楼，还是吸引如织游客。

武汉名重，令人神往。

畅快南武路

2016年8月初，孙子收到了武汉理工大学9月3日入学的正式通知，有些高兴的他迅速告知了父母。喜庆之余，祖辈张罗，父母忙活，短短时间便购买了生活、学习需要的一应物品，变成了齐整的大包小裹。

选择自驾去武汉，是全家集体的决定。也是，如今不管路途近远，父母甚或更多的家人陪送孩子入校，司空见惯的事。而这次大儿子向单位告假坚持来，看得出，既有对侄儿视同己出的真挚关爱，也有对弟弟个人驾驶长途跑车疲劳的担心，手足情互动，应当的。而年近七旬的我和老伴儿坚持同行，则出自中华民族素有的"老疼隔辈人"的传统，绝是知有劳苦、不图功高的情愿。9月1日，天空晴朗，上午7时许，一行5人同乘自家的越野吉普，出南皮古城，入京沪高速，转德州，到衡水，继上大广高速路，遵循导航仪的准确指点，谨守高速路沿途设定的车速许可，直向武汉挺进。

端坐前排正副驾驶位上的两个儿子，专注着前方，不时地提醒注意的事项。警语提精神，替驾各轻松，看着他俩凝神屏气、认真负责的态度，心里着实多了些安全感。后排座上，挤着我与老伴儿和孙子三个人，实在说，空间有限，活动不便，真的不舒坦。处在中间位置上的孙子坐姿的刻意变化给我莫大的精神安慰，我敏锐地察觉，每当我与老伴儿仰靠后倚的时候，他立马就肘膝支撑着双手托腮前倾，而我们坐姿前倾时，他顿时又换成十指交叉扶颈的后仰状，这看似不经意的互应，分明是他坚忍着自身的疲劳，极力地为二老礼让着宽松。我心里醉生着感情，小小年纪，仁心纯正，没有言表，胜却有声，还有什么比这更让老人感到幸福有望的呢？正是孙子的灵动，激起了我的谈兴。穿行中州大地，说黄河情系中原、养育古今的丰功伟绩和花园口人为决堤、涂炭生灵的不义行径；讲开封头悬天河、地掩皇宫的历史变迁和《清明上河图》明抢暗夺、几易他手的辗转行踪；议项城袁世凯小站练兵、自成一系的奸诈有心和复辟帝制、身遭骂死的天地无情。

傍晚，车抵武汉近郊，西望落日，余辉还照。一朵形变缓慢的火烧云，润泽着明亮的金黄色光，悬浮天际，似仙袖舒卷飘舞，像腾焰微风轻动，好一幅神工天成。听着我的赞美，坐在副驾驶位上的大儿子心有灵犀，快速降下侧窗玻璃，用手机拍下了这难得一见的天演美丽留作永恒。进入城区，已是天上繁星、地面街灯了，汇入似连还断的车流，蠕蠕爬行。闭目养神，心里庆幸，南武路上跑车虽多，但没有拥堵；服务区里勤检车件，不留隐患；温馨车内互感动，祖爱孙敬，兄友弟恭，其乐融融。全程无阻顺利走，一途愉快平安行，这是所有出游的人们共有的最大企盼啊！

登望黄鹤楼

9月2日上午7点半，大家洗漱完毕，呼应着吃罢早饭，步出酒店门外。武汉市区内的交通还是蛮便捷的，挥手间已有的士停靠身边，没有计程费的讨论和顾虑，5人分乘两车前去黄鹤楼公园。许是长江水润的缘故吧，高低起伏的蛇山，层木尽绿，青翠欲滴，满园的景色秀丽，仙姿妙美的黄鹤楼就雅立在蛇山首。子孙3人搀扶着我和老伴儿，踏陡阶稳上，沿坡路缓行，穿林绕树，很

蛇山江桥楼

快到得黄鹤楼下。习惯成自然，照例我是先看景点介绍的。黄鹤楼，是蜚声中外的历史名胜，与湖南岳阳楼、江西滕王阁、山东蓬莱阁并称中国四大名楼，号称"天下江山第一楼"。始建于三国时期，以后各代屡毁屡建，现楼是以清代"同治楼"为原型设计于1981年重建而成的。主楼高49米，共五层，层层飞檐，四望为一，从楼的纵向看各层排檐，形如黄鹤，展翅欲飞。二、三、四层外有四面回廊，供游人观光赏景，第五层为瞭望厅，在此可尽览大江远影近形。黄鹤楼外，四面悬挂诸多或出于名人或来自大家书写的匾额，极言黄鹤楼的远望辽阔，盛赞黄鹤楼的大气磅礴，真个是韵涵赏心，龙蛇悦目。

眼见得人们络绎不绝，经不住老伴儿"难得来一遭，上去看看好"的执拗，挤入楼梯登高的队伍，同步迈阶升，连体推拥上，有些窒息的感觉。瞭望厅里，极目长江远，思看千古流淌的日日夜夜、曲折不回的果毅东方；俯瞰长江动，真切浪涌涛起的时时刻刻、翻卷无悔的恒志勤忙。我仰羡长江龙腾虎跃的风采，讴歌长江宽广坦荡的情怀，更赞美长江勇往直前的初心不改。继之，与老伴儿降阶层楼，沿廊顺走，直面武汉三镇全貌。近瞅黄墙碧瓦，绿树红花，街路繁华，舒适百万人家；远见高厦广立，土洋竞比，非凡气势，一派兴盛景象。抚今追昔，由此及彼，我感觉到了全国城镇建设迈出的大步伐，细思量，是解放思想的力度凸显，是改革开放的能量释放，带来如今旧貌新颜的大变化。坚定道路自信走自己的路，坚持与时俱进不停顿地走，这才是中华民族傲立世界、历久不衰的真来由啊！

圆了登顶观瞻的梦，心情愉悦地走下楼，已是近午时分。也闻"崔颢题诗李

白搁笔"的佳话,而无暇近处一览"搁笔亭";知有"毛泽东词亭",却未能去细读"把酒酹滔滔,心潮逐浪高"的心情意境,皆因时限,心里不免留有少许遗憾。坐车上武汉长江大桥时,回首又见临江而立的靓景倩影,禁不住的情由心头生,轻轻地吟出了一首《也登黄鹤楼》。道是:

千载鹤飞远天外,
纷纷墨香溢楼台。
诗仙自惭弃不写,
至伟豪放高浪来。

步行汉正街

才下黄鹤楼,又踏汉正街,全仗开车师傅的轻车熟路。站在凹刻着"汉正街"三字那不失古朴还显稳重的石牌坊下,引发了我的沉思。

汉正街闪着过去的荣耀。1739年,清乾隆年间,这里就铺上了条石路面,买卖经营得很红火。1864年,一生颇有建树、多获美声的钟谦钧在此主持修建了万安巷等新码头,便利的水运条件又大大促进了它的商贸流通,四面商旅纷纷来,八方游客频频到,是其写照。由于交易兴盛,市场繁荣,直赢得晋、陕、川、湘、皖、赣、浙等省人口不断迁入。

购物汉正街

汉正街写着现实的辉煌。在中国改革开放的大潮中,它率先恢复发展个体私营经济,凭借其优越的地理位置,构建了中国中部地区最大的小商品集散地,成为全国商品批销湖北省的重要渠道。今天在此经营的商户大部分是中国小型的私营企业,经销的服装、饰品、玩具、家电、鞋类、小五金、化妆品、工艺品等28大类商品，除了部分服装是源于蔡甸、汉川等周边县市外，其余大部分商品均来自全国其他城市和地区。灵活的经营手段，先进的发展理念，造就了汉正街"全国性的商品流通中心"的非常地位。

初入9月，日正当午的汉正街室外温度是很高的，没走几步，已是衣透，就近寻得一个餐馆，一家人先打发了难耐的辘辘饥肠。怀着一探汉正街奥秘的兴趣，我们不顾天炎身热，进出商铺，径直走向汉正街深处。街路上人群熙攘，南腔北调，有肩挎手提的喜悦，也有空手欲购的焦急；商铺里顾客盈门，指东点西，亲见有人精挑细选的磨叽，直感店主不厌其烦的耐心，风光独特，确是胜过他处不一般的热闹。前设门市、后建仓库的商铺纵深活跃，真显零售、批发两不误双进行的功能。制作精巧、装卸方便的人力车满载货物里卸外拉，明说货源的充足和销路的通畅。面对汉正街如此的交易繁忙，几番思索，是质量求胜的信誉和薄利多销的精明，共铸了汉正街"物美价廉"的名声，而四海慕名也就在情理之中了。

一向生活俭朴、不讲究吃穿也没什么购物欲的老伴儿，竟像换了个人一样，领着两个儿子走在前头，拣那物美价廉的需用商品适买了个齐全。我想也对，一俟回到家中，面对一直关心、关爱孙子成长的至亲好友，这不就是很好的见面礼吗？礼尚往来，中国传统，继承发扬，益增亲情，我由心底里感佩老伴儿积极的购物选择。是近夕阳，我们乘车向还住的酒店奔去。

乐游理工大

9月2日晚上将近9点，二儿媳在参加完上级单位召集的负责人会议后，从保定坐动车赶到了武汉。极为懂事的孙子早早恭候楼下，热情迎接母亲上楼，与一直等待的我们共进晚餐。席间笑语盈耳，孙子一句"早到和晚来，对我都关心"的趣话，逗得大家纷纷乐赞其有思想的不偏不倚。

3日清晨，子、媳阻住了我和老伴儿的早起，是对我们旅途辛苦的体谅，还是对我们陪孙武汉的感激，尽在体会中。8点起床，稍打牙祭，从入住的酒店出发，20多分钟的步行，就到了武汉理工大学新校区的北门。阔大的校园展现在我的面前，远处高矗的脚手架展臂提物，似在告诉人们学校还在建设拓展；伸指不同方

武汉理工大学

向的油路割开了校园的绿地，形状各异的有趣；人造起伏、面积不等的绿地上，虽不见老校区那合抱的大树遮天蔽日，但青木翠竹仍疏密极致地构成风景的靓丽；供师生饱览的现代化图书馆胸怀宽广，藏书百万；各具功能的体育场馆恢宏气魄，设施齐全；旷地而起的教学楼，周遭围着低草矮树，更显出它的高大、明亮和通透；一排排间隔有序的学生宿舍楼黄墙绿映，采光便利；能容纳上千学生就餐的公共食堂宽畅洁净……

满眼的校园美丽，一脑的学校非凡。武汉理工大学是由武汉工业大学、武汉交通科技大学、武汉汽车工业大学于2000年5月27日合并组建而成，是教育部直属的全国重点大学，是首批列入国家"211工程"重点建设的高校。学校学科涵盖工学、理学、文学、管理学、经济学、法学、哲学、历史学、教育学、医学、艺术学等门类，现有本科专业87个，普通本科生37000余人，博士、硕士生16000多人，还有1000多名外国留学生。学校与美国、英国、法国、日本、澳大利亚、俄罗斯、荷兰等国家的100多所大学和科研机构建立了人才培养和科技合作关系，聘请了300多名国外知名学者担任学校客座和名誉教授。近10年来，学校先后与美国哈佛大学、密歇根大学，英国南安普顿大学、伯明翰大学，意大利卡拉布里亚大学等分别建立科学技术实验室，并在武汉建有"武汉理工大学科技园"。

武汉理工大学坚持"育人为本，学术至上"的办学理念，秉承"厚德博学，追求卓越"的大学精神，陶冶和造就了一代又一代的以智慧引领人生，以能力引领行业发展的卓越人才。孙子能进入这样的学校学习深造，除了高兴，我更感到了放心。天已过午，总算办完了入住手续，跟着学校爱心人士的引领，走进学生宿舍，在学校事先安排的床位上，一家人齐动手铺排。

吃罢午饭，就要坐车返程了，一家人恋恋不舍，依依话别。儿媳和孩子拉手身近，谆谆叮咛，母爱至诚；侧目老伴儿不忍直面的回首，双眼满含欲滴还住的湿润晶莹；而我和两个儿子，深知此时是十分地应当强抑感情。值得欣慰，从孙子那两手合十的高扬端立与双眸明亮、嘴角上翘的脸上表情，我似乎看出了一个男孩走向成熟应有的坚毅刚强。愿已近成年的他在武汉理工大学这个大家庭里生活愉快，学有所成。

夜灯写寄语

武汉归来情未尽，千言万语涌心头。关心孙子成长，应当沟通，有利孙子发展，必须交流，夜不能寐，披衣伏案，就有了写给孙子的一封信。

送你上学，兼游武汉，说不出的心里高兴。此行归来，颇多感慨，书写此信，相勉与商。

我在报刊发表过一些杂谈浅说，曾署名树朴，起字"高蠢"，别号"智愚"，寓意学做高明似蠢、大智若愚的人。此诚以自勉，惜无励成，回顾平生，鲜高明，少大智，倒是蠢笨、愚钝四字背负实在的。虽如此，未虚度，自知学习永远在路上。笨人百思也有解，愚者千虑亦能得，勤行苦作，安身立命，并无遭社会遗弃。

你比爷爷强，小小年纪，便步入高等学府深造，已是初见明智，若能践行勤苦，定能学有所成，以此为基，建功立业，高而不显，深而不露，和人和群和大家，利国利民利社会，想必个人安全，家庭荣光，国家弘扬。努力吧！

当你已经离开家乡、亲人而赴远求学，真正开始独立自主生活的时候，我想不是多余地提三点建议：

一要培育心志。人无志不立，有远大志向的好。我很赞赏拿破仑"不想当将军的士兵不是好士兵"这句话，每个士兵不可能最终都成为将军，可将军总是从士兵始，似在提醒，世间人与事，只有想不到，没有做不到，有志者事竟成。诸葛亮是中国历史上出了名的明白人，他严格教育子、甥"志当存高远"，并且指明了实现远志的途径，"非淡泊无以明志，非宁静无以致远"。说到这里，我记起了过去读到的一个故事：面对小学老师"读书为了什么"的提问，多数同学回答的不是当官发财，就是光宗耀祖之类，而12岁的周恩来不同凡响作答"为中华之崛起"，日后他始终践行着少年时代的这句诺言，一生光辉灿烂，终是伟人。中央一台《新闻联播》过后黄金时间曾播出电视连续剧《海棠依旧》，此剧活现了周恩来总理为中华民族的伟大复兴，殚精竭虑、勤苦操劳、无怨无悔、砥柱中流的高大形象，希你有空也看看，会有感悟的。所以我想，志向不是坐而论道、不着边际的好高骛远，而是胸怀理想、脚踏实地的一路前行。

二要养成定力。人无力不强，用勤苦功夫的好。人生是过程，过程分阶段，阶段有目标，目标都是好，大抵这样。幼时想送好幼儿园，入小学念升好中学，在中学盼进好大学，上大学愿读好专业，及学成期有好工作，工作了冀出好政绩，终老矣欲留好名声，一生想、念、盼、愿、期、冀、欲。目标虽好，无力难至，成功之路不可侥幸坦途，只有倾注心血，流淌汗水，坚持不懈地拼搏进取，坚韧不拔地刻苦钻研，方能攻坚克难，展志达标，伫立光辉的顶点。屈原做得对，"路漫漫其修远兮，吾将上下而求索"，要记住，今天的武汉大城正是历史上的荆楚古地，屈子的家乡啊！

三要学会包容。人无容不大，具宽广胸怀的好。世界是复杂多变的矛盾集合体，用毛泽东《矛盾论》中话说，矛盾无时不有，无处不在。人是活在矛盾中的，深刻认识矛盾，理性处理矛盾，是人生至要。

比如处理人皆有志、各有长短的矛盾。与同学相处，宜先摆正自我，多看别人长处，自觉发扬鲁迅先生的"拿来主义"，虚心学习，照着去做，把他人身上的优点变成自己的。人需要有傲骨，但绝不可有傲气，若能主动做到取长补短，扬长避短，从不自满，永不固步，你的本领就大了。

再如处理学识纷争、意见分歧的矛盾。大学校园是思想最活跃、思维最多元、思辨最激烈的地方，"恰同学少年，风华正茂，书生意气，挥斥方遒"，热情洋溢的江山指点、感情奔放的文字激扬、深情投入的学业追求，构成了大学生活的精彩。观点不一致，认识不统一，在所难免；论争中的盛气、霸气、不服气时有多见，参与其中，未可逃避。但望你切记：无理搅三分极讨人嫌，得理不饶人易遭反感，有理也让人最受待见。和颜悦色，平心讲理，不急不躁，静气论知，争理不争锋，是人生应有的好品格，人恒敬之。

还如处理脾气不同、习惯各异的矛盾。人海茫茫，百态万象，有的外露，健谈好说，有的则内敛，寡言多思；有的放荡，不拘小节，有的则严谨，善修其身；有的粗野，滋事寻衅，有的则文静，忍辱避争；有的邋遢，不修边幅，有的则洁净，勤持卫生，如此等等。脾气禀性，与生俱来，不易改变；习惯爱好，长年积余，难强同一。和谐相处的最好办法，是范围集体都能接受的求同存异，需要的是每个人既有尊重他人取舍的真情善意，又有规谏一齐向好的良心功力，还要有遇事不斤斤计较的荡胸宽怀。

校友共聚，室友同宿，这都是缘分。既有缘，就不要孤僻，不要偏激，不要嫌弃，敬重礼让，和乐帮助，一路牵手快活度过大学年，说不定好多同学还会成为一生能够相托的知己。

宽人严己，团结大家，是聪明；
多做少说，利于他人，为睿智。

明智二字终生受用，愿你做一个明智的人笑对每一天，挣得人生灿烂，笑慰夕阳红。

2016年9月5日夜

避暑胜地

——北戴河散记

（2021年6月29日）

北戴河海滨

　　北戴河，是我外出到过次数最多、合计时间最长的地方。细赏美景，深感亲情，学用五言短句一百字记五十年过程。

爽爽清风地，

朗朗明月天。

青山舞绿秀，

碧海飞白欢。

翔鸽睡石隙，

冠鸡鸣占山。

蜃楼谢金嘴，

石虎闹沙滩。

新墅灰瓦暗，

古城青砖坚。

恬恬伴日久，
念念随时牵。
勤邀写厚深，
频聚著无间。
纵情无妄语，
守义有箴言。
容心天地阔，
撑胸舟船远。
担当少贪欲，
一生福平安。

一

1970年9月，我刚从南皮一中参加工作，在北戴河281医院工作的堂兄要我去他那里检查视力并配制眼镜。晨起从泊头坐火车，抵达已是下午。一踏进医院大门，我几乎是被惊呆了，坡山林海，弯路松涛，不知路向何方。那时的通讯联系不似现在，是几步一询问，见人就打听，方在隐身林间、蜿蜒千米的长廊里找到他的办公地点，好在事先他已联系安排了眼科医生，人到即检查，很快就达到了此行的目的。兄弟相见，格外高兴，自然是问答频繁，话语万千，竟忘记了吃晚饭的时间。

感激堂兄的热情周到，次日上午随他一同游观了北戴河。出281医院南正门，沿海滨大道东行1000多米，就到了联峰山脚下，我们行走在山海间，左边围墙透绿，层林密遮，难窥其里；右边大海掀波，涌浪不停，一望无边。滨海路上，静下心来一站，立马就有美的感受，南面浩淼入眼，微风拂面，顿觉周身固爽；北望岸山秀目，海风袭绿扰青，便见得细枝摇动，茂叶叠翻，间或露出的楼脸馆面，黄光红闪，恰是点缀，俨然玉宇琼楼隐仙山。静山起舞，动海鼓乐，人适其中，恍若神仙，真真是妙不可言。

继续前行，便是联峰山公园入口。入得园内，登高于松林稀处的一块坦石，耳听波涛轰鸣，目收飞雪明灭，确是好去处。及至联峰山顶望海亭，再看昌黎群山蜿蜒起伏，海滨全景尽收眼底，心境大展。

山中深处，便有民舍村寨。寻寻觅觅，竟不见几家店铺敞开，更无遇繁华商市。我想，这里生产经营性质单一，难免经济发展活力不足。但从错身而过、操着南北口音的游人，我还是看到了这里的人们，确有碧水、青山、蓝天的优越，依然尽享着大自然恩赐的"风景这边独好"。也许，我忽地想起了唐代诗人刘禹锡写的"司空见惯浑闲事，断尽江南刺史肠"的诗句，是耶，非耶？竟未可知。

不走回头路，堂兄领着我抄近道，最后穿过一个叫陆庄的山村，从281医院的侧便门回到了上午出发的地方。早出晚归，胃肠叫屈空虚，心里热乎充实，终生难忘。

谢绝堂兄的执意挽留，第三天上午，坐上了直通沧州的列车。

二

大约是在1974年的6月，一篇反映抚宁县牛头崖小学体育教学经验的报道，引起了南皮一中校领导的重视，委派副校长和我到该校参观学习。此处距北戴河281医院不远，堂兄真诚邀请我们去做客。工作不能脱身的他，给我们借来"飞鸽""永久"牌自行车，有了我俩自由驾驶北戴河的快活，借着景点的知名度，"飞鸽"在前，"永久"随后，轻松愉快地首先飞向"鸽子窝"。

鸽子窝

鸽子窝的冠名，是名副其实的。地层断裂形成的临海悬崖前，独站着一柱峻峭挺拔、形似雄鹰屹立的巨石，称"鹰角石"。多少年的风刀雨剑，在它饱经沧桑的身上留下了数不清的深纹裂缝。成群的鸽子，昼飞附近，扑腾其上，暮归相亲，栖睡沟隙，是常年可见的真实有趣。游客慕名来鸽子窝多是为三看：一看日出，这里是北戴河观赏海上日出的首选地，常可见到红日跃出海面的那一霎间带来的"浴日奇景"，这须晴空晨早，我们来得不是时候；二看候鸟，鸽子窝旁的大浅滩，每年春秋季节，有数以万计的珍稀候鸟，在这里觅食、停留，是一大新景观，已被设定为国家级候鸟自然保护区，观此，应在春秋佳日，我们到得不是季节；唯有第三，看海潮，我们赶上了一半，正是落潮时，站在崖头

作者于鹰角亭

高处，俯看无数游客，捋着胳臂挽着腿，在那似黄还灰的湿滩上兴高喜叫地追着退水，抢捡新鲜的贝壳、卵石，虽未亲自下水活动，感觉也是人生乐事。20世纪70年代的鸽子窝，还未建成公园，没有眼下182米长廊望海的舒心惬意，也不见今天这么多红浓绿盛的馨香照人，固有的淡淡妆，天然样，自有其感人的力量。鹰角亭上，默读着伟人"萧瑟秋风今又是，换了人间"的壮怀激烈，心里十分地坚信，人民真正当家作主的伟大中华民族，一定会把自己的国家处处建设得越来越美丽。

三

山海关

遥空巡看环球小，
依稀还见长城山。
西连大漠垒要塞，
东临浩淼筑雄关。
红泪和泥千手破，
白骨烧砖万身冤。
修得巍峨夸坚固，
不挡清风入明天。

作者（左）于山海关

1975年秋、2008年春两次登"天下第一关"城楼，眺山望水，浮想联翩。

万里长城，东起山海关，西至嘉峪关，全长6000多公里，就像一条巨龙，以它浩大的工程、雄伟的气魄和悠久的历史著称于世。这是凝聚着中国古代劳动人民聪明智慧的杰作。有人说坐绕地飞船探看地球，能够看到中国长城的影像，这实在是令人惊叹的。提起长城，说辉煌，讲心酸，人们多会自然地想到秦始皇，"万里长城今犹在，不见当年秦始皇""秦皇安在哉万里长城筑怨；姜女未亡也千秋片石铭贞"，即是诗、联证。认真讲起来，历经2000多年，如今的长城，秦砖虽有，大部分还是明代在前人的基础上修筑的，山海关尤是。

位于河北和辽宁两省交界处的山海关，古称榆关，被视为"长城第一关"。公元1381年，明朝开国大将徐达，奉洪武皇帝朱元璋之命，在此筑城，因其北依燕山，南临渤海，故得名山海关，素有"京师屏翰、辽左咽喉"之称。平时这里是关内外经济、文化交流的要隘，战时则是兵家看重的必争之地，有人曾以"两京锁钥无双地，万里长城第一关"的诗句，形容其地势险要、修筑牢固和作用之大。今天看来，其军事价值已经没有多少，只是一种供人观赏的建筑文化象征，但在弓马刀剑为主的冷兵器时代，还真是一夫当关、万夫莫开的。

驱车近前，踏阶直上，顿觉城高墙厚筑坚。秋风飒飒，古旗猎猎，北步长城，蜿蜒起伏，再升关楼，凭栏生感慨。

往事回追几百年，这里就是明清之际两国交兵、生死存亡的古战场，眼前晃动着三个挥之难去、抹也不掉的人影。最可悲的要数朱由检，"生于末世运偏消"，父、祖给他留下的是腐朽破败的烂摊子，尽管想有振作也有举措，怎奈杯水车薪，积重难返。刚愎自用、猜忌心重的他，外战偏听，误中反间，自毁长城，错杀袁崇焕，几度杀伐，竟弄得国土日缩国门近，山海关成了明朝的最前线；内政失德，横征暴敛，农民揭竿起，星火燎中原，无计可施的他真成了孤家寡人，急匆匆慌乱乱地杀妻灭子、自缢身死在煤山。最可惜的还说李自成，虽有雄才，但少大略，看他起兵微末，聚义艰难，商洛隐忍，数年惨淡，待赢得人民百姓"闯王来了不纳粮"的拥护，雄兵百万地攻占北京以后，忽略山海关外强邻的虎视眈眈，忘根本，自迷沉，骄兵纵将，贪求安逸，悲演了一出功败垂成、昙花一现的帝王戏，竟至于兵败身死无处寻。最可耻的当是吴三桂，一个"两姓家奴、两叛主人"的无常之徒，先是忘知民族大义的"冲冠一怒为红颜"，对阵义军，叛国降敌；继则出谋划策，甘当鹰犬，疯狂追杀农民起义军；至后来，待在"云南王"的宝座上还是不安稳，悖时逆势，又树叛旗，终究是千夫所指、万人唾骂的遗臭历史。

山海关见证了在它身边周围出现的人和发生的事，时间老人更是明白清楚地把它条理成了历史。"以史为镜，可知兴替"，历史是不可以忘记的。农民起义军曾经的所向披靡，怎么短时间就变得兵无斗志、将无战心了呢？清军拥兵长入，铜墙铁壁的山海关那御敌于国门外的作用哪里去了呢？带着还有的一些思考，缓缓踱出了悬挂着"天下第一关"巨匾的镇东城门。

四

2011年盛夏，应堂兄邀，与老伴儿在北戴河心情愉快地住了10天。此间，有亲人陪同，游燕塞湖，逛金山嘴，下老虎滩，上鸡冠山，是多获乐趣的。

燕塞湖

刚撂早餐碗筷，侄女开车接我游燕塞湖。从戴河口出发，百里路程，半个时辰，顺利到达景区。先乘索道上山俯瞰燕塞风光，又坐滑车降临湖边水上漫游，后沿景区公路到鸟语林、松鼠园，一程满满。

燕塞湖，地处燕山脚下，位于秦皇岛市山海关城西北7华里的峡谷间，原名石河水库。石河本是一条害河，每年夏秋两季，群山峡谷间的洪水在弯曲的河床

作者夫妇与侄女、婿于燕塞湖

里奔出山口，泛滥成灾，冲毁庄田，断阻行人。1975年，当地人民劈山筑坝，蓄水为湖，把往昔横流无羁的石河水锁在山谷之中，化害为利。1979年辟为旅游区，更名燕塞湖，成为北国燕地的一颗明珠。

燕塞湖水域狭长曲折，30华里延伸，15平方公里宽阔，佳山丽水，奇石异景，宛如画境。泛舟往来，穿狭窄处，两岸悬崖峭壁，对峙如切，人称北方小三峡；入开阔地，四围群峰苍翠葱郁，中心一片湖光晶莹，有说桂林山水来。更有"神女浴日""金蟾戏水""仙人竖指""灵龟探海"等象形石多多，促升游兴。

位于燕塞湖景区的鸟语林，始建于1998年，占地1.5万平方米，放养黑天鹅、丹顶鹤、白鹭等珍稀鸟类百余种3000多只，人们面前或展翅翔舞，或高枝静立，妙音不绝于耳。新成的松鼠园里，难以计数的小松鼠欢蹦乐跳，爬树敏捷，钻洞利索，似作表演，有拖尾近人的吃态可爱，有闻声而跑的警觉机灵，俏容逗人开怀。

稳坐车上，闭目一天所见，天地凝聚，非同一般，顺应改造，遗福人间。耳边响起了"世间一切事物中，人是第一个可宝贵的。在共产党领导下，只要有了人，什么人间奇迹也可以造出来"这句名言。

归来天色晚，余身累不闲。为答兄嫂问，勤笔写游感。

一湖清澈赛明镜，
光耀北国燕山红。
险峻似游三峡水，
秀美如登桂林峰。
岸边刚见千鼠跃，
林中又闻百鸟鸣。

莫道天公气魄大，
多少壮丽人工成。

金山嘴

北戴河海滨最东端的金山嘴，是横亘五公里联峰山的东向余脉，突出海里的一个小半岛，因其直插入海，形似鸟嘴，由是得名。民国时期的《北戴河海滨志略》写其形状，"一峰压水，三面晴波"。这里曾开辟海神庙、南天门、钓鱼

幽林别墅

台等旅游景点，近年来，又陆续修建了休疗院所、旅游别墅和宾馆，是着实有些风光又能留人愿住的。天公造物，是千姿百态的形象，好比桂林市区的象鼻山，金山嘴也是"三分像七分想，越想越像，越像越想"的，故而慕名来的人多。

金山嘴，历史悠久。这里是北戴河观看"海市蜃楼"的最佳处，很早就有关于"金山海市"的记载，历史上多次出现蜃楼奇观，传说得沸沸扬扬。这里有秦始皇东临碣石、停歇驻跸的行宫遗址，已经发掘的小部分，足显当年建筑非凡的气魄，由不得人们不去想"秦王扫六合，虎视何雄哉"的曾经辉煌。

川流不息的人群，熙熙攘攘的游客，火了金山嘴。多少人翘首欲见车水马龙的海上仙市、巍峨参差的空中楼阁？多少人低头省思千古一帝是否到此、又有何干的来龙去脉？无从统计，但自知是属于后者的。有关"海市蜃楼"的见闻，不独北戴河金山嘴，山东蓬莱阁更是有专门的录像提供给游客观看，我想，是起"招徕"作用的。科学研究表明，"海市蜃楼"是光线经过不同密度的空气层后发生显著折射，使远处景物显示在半空中的奇异幻影，说白了，是一种难期可遇的大气光学现象，对此，应是信其有而又不必苦苦久等的。站在还待全面发掘的秦

行宫遗址，仔细琢磨，是秦始皇统一天下后自我陶醉的威察至此，还是他找仙山、寻神药，欲得长生的奢望使然？专家学者可以继续深入地研究考证，但对普通的游人至少对我则是无关紧要的。我所关注的是秦始皇到过这里，1370多年前，唐太宗亲征高丽，班师还朝登临联峰山，也学前人刻石记功，有感而作《春日观海》诗中云："之罘思汉帝，碣石想秦皇"，看来他是相信始皇帝来过的。金山嘴行宫遗址出土的菱纹、饕餮纹、卷云纹、双云纹等瓦当以及菱纹格空心砖、麻面大板瓦、陶盆、陶文，经考古专家鉴定，确系秦时文物，更是秦始皇来此的物证。

神州大地千百座城市，唯有秦皇岛与古代帝王名号相连，名不虚传，是沾了金山嘴风水的光。**"诚哉金山嘴，虚实写精妙；能留嬴政住，无疑秦皇岛。"**就以此小诗作为我对金山嘴的真情赞美吧。

老虎滩

位处北戴河海滨风景区中心，盛名24景之一的老虎石公园，最具人气，每天来这里的游客难以计数。

久远得不知是何年，神工鬼斧，竟把这里堆积的几块石头砍削得惟妙惟肖，活灵灵一群老虎聚散在大海边：眈眼稳踞，跃跃欲跳，懒卧如睡，昂首似啸，是各具形状的。这里滩宽海阔，入海坡度平缓，水质良好，是北戴河众多浴场中暑期海浴人数最多的地方。暑夏炎天，四面八方的来客麋集此地，或置身波涛汹涌、一望无垠的大海之中畅游健身；或仰卧于黄灿无杂、细柔如绵的沙滩上体受光浴，欢乐其间。

石虎金滩，诱人入园。闻虎则喜的人们，蜂拥上前，欢呼雀跃于群虎中间，或骑虎背拍照，或搂虎头近脸，是并无恐惧的互相亲热。我挤站在老虎石上，不顾喧嚣热闹的周围，独守静心，全神贯注地看着一个画面：涛浪撞石，激水

石虎静卧

翻卷，白花飘舞，晶珠飞溅，如此壮美的一个景观，无休止地重复出现。首先想到了豪放的子瞻先生那"乱石穿空，惊涛拍岸，卷起千堆雪"的神笔描写，五体投地地佩服苏东坡，形象思维是多么丰富、新鲜和自然。忍得住湿透衣衫，更赞叹粉身碎骨自甘愿，从头再来还向前的海浪花精神，牺牲的是自己，留下的是灿烂。

也许是为了躲避强光紫外线吧，海滩上插有红、黄、绿、白诸色遮阳伞，有刚出海的青壮年在内喝着冷饮，也有不敢下水的老小偎依着说笑。多数人是身着泳衣游戏大海中，父母旁护的稚男幼女一次次追着返水嬉戏，几回回迎着叠浪回跑。童笑之声，清脆悦耳，跌翻之状，令人捧腹；跃身大海的乾男坤女，各逞英豪，红顶白帽，沉浮波涛。极端的羡慕助添了我试游的勇气，不比静塘池水，初下海，十分谨慎小心，是慢慢地探水深进的，及至没腰，渐渐适应了海水温度，才浮水飘动起来。开始的几口呛水，无阻我寻得规律，几番搏击，便觉有了些伴涛起伏、随浪踊跃的自由，自是无费大气力地游了很长时间。出水上岸，在烈日久照的沙滩上仰卧，热浸肌里，再有堆沙捂腹、四肢舒展，有一种用语言文字难表述的美感满溢心头。虎迷秀水好此住，人恋温沙忘知返。好美啊，老虎石公园！

鸡冠山

有山有水的北戴河，到处是景，无景不臻；是地有说，无说不善。坐踞北戴河海滨宝地的鸡冠山，就是一座把风景与故事完美结合的名山，慕名登山除了看景，这里孕育的故事传说深深地吸引着我。驻足山顶，沐浴清风，笑听传说，品味故事，是一件慰心娱情的事。

很显眼的一块突出山体的巨石，天生地有口腹中空，被叫做"瓮石"，成了给食宿在金山嘴行宫的秦始皇储存仙水的神罐，讲者津津乐道、活灵活现，听者默默认同、精神集中，虽属臆造，却颇含韵趣，凝结着鸡冠山旅游文化的精髓。

非常佩服长眠于此地的文化使者、英国传教士甘林先生。他1878年25岁时开始来中国传教，在天津、乐陵、唐山、古冶等地传教布道的迁移中，独具慧眼，选择了定居北戴河，晚年还在联峰山潜心研究植物，直至1924年71岁去世。早在1893年，他便在鸡冠山购置土地、修建别墅。各国传教士纷纷涌至北戴河效仿，导致了晚清政府1898年宣布"北戴河为允中外人士杂居的避暑地"。他的

乐在山水

举动，也促成了中国第一张旅游招贴广告《仕女骑驴图》的诞生，意义深远，是故这里一度也称"甘林山"。中华人民共和国成立后，北戴河人民政府正式将"甘林山"恢复原名"鸡冠山"。

在鸡冠山诸多故事中，最爱听的当属它那"观世音菩萨派昴宿星下凡，帮助百姓降魔除妖，化形鸡冠，镇山保平安"的得名趣谈。虚实真假，一闻便知，但寓意是十分深刻的。它展示了古时劳动人民对美好生活的追求与向往，是歌颂除暴安良的成功，是赞美邪不压正的胜利，更是盼求人间大善的永恒。我想，正是时时处处存在的"真、善、美"，才绘成了世界闪光亮辉的隽永，追求真、善、美，永远属人性。

海拔130米的鸡冠山顶，当年甘林所建的"砦岩式"别墅已不复存在，1989年山海关桥梁厂在其故址竖起了35米高的观光铁塔，是为游人再登高望远而建的。看着高耸的钢铁骨架，与生俱来的恐高症抵消了我登攀上望之勇，心有余力不足激情还在，于是脚踏实地，调动思维灵性，吟成一首：

满江红·鸡冠山

风光顶上，
抬眼望古山远年。
也曾是，
鬼蜮成灾，
妖生涂炭。
男女千户吊心胆，
老少万家惊不安。
消此苦还须奋帚扫，

物极反。

齐心力,

大无边;

除恶尽,

是人寰。

有天公神遣,

还辨笑谈。

壮士勇逐阴蚰去,

英雄敢杀毒蝎迁。

更新看平安锦绣地,

鸡冠山。

五

不是亲兄弟,胜似同胞生,我与堂兄思想共鸣,识见近同,感情深厚。40多年了,他有难解的疙瘩对我剖说,我有无奈的烦恼向他倾诉,平常的问候,节日的祝福,过去是邮寄频书,现在是手机互动,远隔千里的热线,一直保持着贯通。

每年夏天,定会收到堂兄、嫂发来的邀请,愿我和老伴儿去北戴河住些时日,疗养避暑。在职时的担当责任,使我只能感谢他们的诚心盛情;退休后的轻松无事,避暑北戴河就成了我和老伴儿的积极主动。兄弟的每次面聚,念家乡父老,忆过去人生,公议国家发展,正评社会问题,有对家庭近况的互问,也有对未来生活的共想,均是敞开心扉地直抒胸臆。交谈过后,每每感到思想的收获和认识的提高,心里高兴。

得失澹泰

堂兄年长我10岁,值得我一生敬重。回忆少时,他常给我讲一些有趣的小故

相聚同怀

事，像刘备、关羽、张飞三人在桃园里拜盟兄弟，孙猴子钻进牛魔王媳妇肚子里讨要芭蕉扇，武松喝醉了酒上山打老虎等，最初都是从他那里听到的，逗得我痴迷地尾随其身后。1960年他参军到了北京顺义，新兵训练结束，被分配到连队任卫生员，要强的他勤学苦练，责任担得起，1965年提干成为军医并于同年调入北京军区北戴河281医院。先是业务修学精湛于科室，继是医务经管效果明显于全院，素质能力受到院党委的重视，一直是培养发展的重点。但命运似乎在和他开着玩笑，在以阶级斗争为纲、特别强调家庭出身的年代，一次次的研究提拔，都因堂嫂那富农家庭成分成为障碍；十年"文革"结束了，提拔重用干部的"四化标准"中，"知识化"一度出现简单地看学历，这是硬杠，他只上过小学三年级，无话可说地被拒之门外；待组织部门有了"学历并不一定等于水平"的认知后，担任医务处主任的他也终因尽心竭力工作积劳成疾，1990年检查身体，发现股骨头有了坏死的病变。他生性达观，坚持保守治疗，主动提出辞职让贤的请求，坚定地谢绝组织挽留，于51岁那年办理了离职退休的手续，愉快地开始了新的生活。伟大的党厚爱着军人，院党委给他办了因公致残证，随工资每月发放抚恤金。他一生没有显赫的地位，但他不计名利的奉献精神和担得起、放得下的高尚品德，使其在单位和社会享有德高望重的声誉。记得是1991年的春天，我进县委领导班子的第二年，乘车去北戴河看望离开工作岗位的他，他除了祝贺我的政治进步，还语重心长地对我讲了以下几句话，"仕途有顺也有逆，要具凡人平常心，担起责任多干事，莫为贪欲误终身"。如醍醐灌顶，我永远忘不了他的引导。白驹过隙，

得失詹泰

转眼又是20载，当我花甲退休后，特意请河北省书法家协会会员、著名爨体书家王书通先生写"得失澹泰"四字，作为礼品送给了他。

相濡以沫

2006年，堂兄、嫂乔迁新居，室内装修简单明亮，旧有新置的家具摆放得恰到好处，如同他俩的为人，规矩实在。细心的我观察到新添的一件，是挂在卧室床头墙上的二人合影照：堂兄福耳短发，一身唐装，还显当年豪气；堂嫂头戴婚纱，新

兄弟妯娌

服乔装，微齿含笑，远远望去，年轻了不少。我和老伴儿笑问后知道，这是为庆祝金婚纪念日专门去婚庆馆照的。应该的，从父母之命、媒妁之言的青春结合，经聚少离多的两地分居，到朝夕相伴的老来互助，一路走来，饱经风雨，甘苦自知，十分应该有一张甜美的画图，起居能见。我发自内心地赞同堂兄、嫂的做法。

堂嫂虽出身富农，但没有上过一天学，是不识字的，一直在家务农。在男人入伍不在身边的十几年里，以柔弱女身，奉老养小，可以说孝敬公婆心细无漏，抚育孩子爱深有严，白天在生产队为多挣点工分勤苦，夜晚在油灯下还要为老小缝连，任劳任怨、默默无闻地支持丈夫安心部队工作。随军后，生活环境变了，她依然保持勤俭持家的习惯，开房前屋后的方寸土地种植蔬菜，节俭安排每天的上餐下顿，以自己的全心全意，分担丈夫对家庭的后顾之忧，增添孩子在家中生活的温暖。我要说，在堂兄进步发展的军功章里，自应有堂嫂的一半。

堂兄尽力弥补对堂嫂的亏欠，引导孩子不仅要常回家看看，更要来到家里勤苦多干。近些年，他腿脚行动不方便，多次拿出积蓄，令四个女儿轮流陪伴母亲

进北京、逛天津，乘飞机到海南岛看天涯海角，坐游轮去大连城赏壮丽广场，一片真心可对天。

福享天伦

2016年除夕夜，正当酒满菜齐、全家待饮之时，北戴河堂兄打通了我的手机，高兴地告诉我：四个女儿、女婿连同四个外孙、两个外孙媳，还有第四代，一个不少地团聚在他家里，满满的两桌，轮番向他敬酒，接茬为他拜年。循着话音，听出了他心底深处的知足，我猜想着，有翁婿对举、连襟互碰、甥男敬饮的开心，也有母女亲昵、婆媳说笑、隔辈哄引的快乐，多么令人羡慕的一家人啊！祝福他们。

忆往事，时间退回41年。1975年堂嫂接到可以随军的通知，第一时间到我家中告讯，正休假在家的我听母亲高兴地连说着"熬出来了！熬出来了！"宽慰的话语引起了堂嫂的抽泣，泪水里有内心高兴，有艰辛含蓄，也有伤感别离，领着孩子与丈夫团聚毕竟是件大喜事，我说了很多祝贺逗乐的话。

护送堂嫂和孩子前往北戴河的任务，很自然地落在了我肩上，好在没有多少东西，轻便顺利地到了堂兄工作单位所在地。堂嫂随军初到北戴河，年长的两个侄女待找工作，老三正处髫年，老四尚在襁褓，一家六口，全凭堂兄一人工资供养，生活的艰难程度，别人想都想不到的，靠着全家坚强团结，吃得苦，受得累，加有单位一些战友的帮助，总算度过了最为困难的时期。苦尽甘来，如今，堂兄领着师级军人的薪水，堂嫂也有社会发放的养老金，虽无大款巨星的富有，自养还是绰绰有余的。女、婿八人，三个在地方工作，五个归军队管理，生活无

后继有望

虞，事业有成。四个家庭各有一个男孩，老大河北大学毕业，已是秦皇岛市交通部门一个单位的主管。老二上海第四军医大学毕业分配到北京。老三现在南京一所海军院校读大三。最小的也在备战高考，充满希望。大部分家庭成员都在北戴河281医院工作，围绕身边，随侍在侧。懂事听话的四个女儿，按自己的条件，以特有的方式，诚尽孝心；争先创优的四个女婿，怀揣敬重，一贯殷勤；更有立志争气的第三代，时不时地向老人汇报各自的成果和喜讯。真是的，满目青山，遂心如愿，无忧无虑，乐享天年，如此之福，谁人不盼？！

情浓家乡篇

心碑高矗 履职汤庄

励勉寄意 通达造福

碧水涌浪 善行长远

为人风范 乡土英雄

古城骄傲 救扶至上

庭院蕴涵 情系桑梓

乐在生活 青春点赞

心碑高矗

（1988年1月19日）

　　父亲病逝于1987年1月19日，享年72岁。那时我还在石家庄省委党校学习，惊闻父亲病危的消息心急如焚，连夜回奔，竟未能与老人家最后话别，是抱憾终生的。思殷念甚几回梦里见，终是音容笑貌在，难能听到嘱托言。

　　父亲读过几年书，年轻时在天津上班，20世纪60年代三年困难时期回家，1979年落实政策本可以得到安排，心胸坦荡的他安于农村生活，选择了不给组织添麻烦。后来担起村民事务调解委员会主任的职责，村民们敬佩父亲的知识水平，信服父亲的调解能力，家长里短、大事小情愿意和他说，使之有效化解了许许多多的村民纠纷和家庭矛盾，是深受村党支部信赖和村民爱戴的（一些受到他严厉批评的人也多怀敬畏而少忌恨）。

　　在儿女心目中，父亲的形象近似完美，光明磊落，公道正派，清高不傲，待人善诚，言传身教，端行家风。

　　父亲仁慈有名。在能够思忆到的时空里，没见怒容，无听骂声，我是伴着他的循循善诱健康成长的。少小时，讲"黄香温席""孔融让梨"教我知孝悌；成长中，说"囊萤照读""悬梁刺股"励我懂学习；长大后，引"不欺暗室""精卫填海"劝我立德志；直到而立多年，还不时示我工作服从组织，尊重领导，团结同志，体恤下层，千万不要有傲气。天下父爱知多少，有谁胜我父亲心！

　　谁言寸草心，报得三春晖。

　　对不住父亲，有一件永远不能原谅自己的事像巨石沉重地压在心里。1986年11月初，信报父亲突发中风偏瘫病，告假回家待了近半个月。由于救治及时，父亲能够由人搀扶拄杖移步了，就和母亲商量返校学习。请示父亲的时候，他坚忍疾病折磨痛苦，用点头微笑支持了我离开。看着他那令人心酸的强颜，我知道他多么希望自己的儿子再多陪些时日啊！迎着父亲原本有神、现在呆滞的目光，我倒步退出了院门。天地绝情，想不到这是和父亲的永诀。多年佑爱，没有回报，

作者夫妇与母亲（摄于1990年）

捶胸顿足，难言己悔。

1988年1月19日，父亲去世一周年的日子。上午，从单位乘车赶回原籍参加父亲逝世周年祭。看着母亲严肃认真、周到细致地指点儿女及其他众多晚辈的祭奠，深深怀念父亲的同时，更增添了对母亲一生大义贤助善人的敬重。

夜深难寐，思父母生儿育女，夫何以求？心疚愧对，唯有工作上进和尽孝生母才能报父亲深恩于万一。泪眼模糊，颤手握笔，写出心存已久的话铭戒自己，也为继世的后代子孙。

悼父亲

慈颜遽逝终身憾，
梦里依稀醒呼喊。
秉公赢得街邻睦，
端平促成阖家欢。
面命为人循正道，
耳提处事遵方圆。
赤诚儿女铭教诲，
当求两全慰考安。

履职汤庄

（1990年2月6日）

才离省城学期满，
又衔使命治桑田。
昼察细微每多问，
夜思反复几无闲。
长晴共盼夏时雨，
连阴同愁秋日棉。
禄食父母心头重，
勤事无悔衣带宽。

1985年6月，组织推荐并经严格考试，脱职两年到省委党校就读于河北省党政领导干部培训班。1987年6月16日毕业离开省城石家庄。6月20日，县委领导找我谈话，大意是讲我通过两年的脱职学习，有了必要的理论准备，还要经过基层领导岗位锻炼。经组织研究决定，调任汤庄乡党委书记。同时指出汤庄乡工作基础不错，离县城又近，与县委联系比较方便。听得出，既有关爱，又有期望，还能说什么呢？愉快地接受了工作。

由县委宣传部走马上任汤庄乡，工作性质变了，面临的是新问题、新情况。要胜任工作，需要重新开始，放下架子，甘当学生。

白天乡大院里很少呆。初到，我遍访全乡12个村的班子成员，先认识人。当时乡政府没有别的交通工具，只有一辆二人摩托车，是大我好多岁的老乡长骑摩托车带我转的。每天一身尘土，心里多了村干部的面孔，后来比较熟悉了，我便经常骑自行车下村检查指导工作。与基层干部沟通思想，入村民户家征询意见，到田间地头观察需求，进林果园里引导管理，很短时间掌握了一些基本情况，同时增强了与农民群众的感情。有两件小事至今记忆犹新。一件是初到村干

187

部家沟通工作，在个别邋遢户，自己不愿坐，又不好明讲，总是站着谈话。时间久了就有风声传到耳朵里，"新来的田书记人很和气，摸不准是嫌咱农家脏，一次也没坐下来"。事情不大，显有心隔，后来我专门到该干部家中，盘腿坐在土炕上交换思想、交流工作，还诚心在其家吃了饭。果然不一样，我们之间多了同心，少了忌讳。另一件事情发生在1988年6月上旬，一个梨果专业村的6户果农，揣着一张并非规范也不到期的果树承包合同到我办公室，强烈要求村委会中止合同，按现在果树长势产量重新签订承包协议。仔细询问后明确答复了处理时限。送走他们，总觉事有蹊跷，100多户果农都信守合同，这6户为啥这么不依不饶呢？我即叫来该村党支部书记了解情况，然后带上乡政府司法工作人员同去果园。眼前一亮，一边是其他果农的园林，枝繁叶茂，果实丰硕，土肥地平，绿草如茵；一边是上访户承包的果树，弱枝黄叶，梨影稀少，树间隔地盗土严重，树根暴露

作者于汤庄乡（摄于1988年）

干枯。心中有底，马上召开村干部和承包果农现场会。明确：合同没有到期，应当维护其合法的严肃性；土地和果树是村集体所有，承包者使用，用户不能人为毁坏；上访户果树生长不良是地表受到严重破坏和管理不善所致，必须批评；盗土是卖人获利还是自垫房基暂不深究，要保证恢复地况和增强管理，并视情赔偿；如存异议，乡政府支持上访户走法律程序，反对无理闹访和越级访。理喻启发理智，很快平息了纠纷，带头上访果农还和我交了朋友。

夜间办公室内灯火明。在汤庄乡工作的两年半时间，所有工作人员非特殊情况，大都吃住在乡，10天半月，回不了一次家是常有的事。白天督促工作紧，晚上开会议事忙，汤庄乡的党委会、党政班子联席会和其他一些部门零碎会大都在晚上开。正是建立在调查研究、集思广益基础上，形成了汤庄乡"粮棉上位，林果发展，企业突破"的总体工作思路，并与时俱进地贯彻执行到我离开汤庄乡。

晚上，我喜欢与人们聊天。探讨理论，面红耳赤，不伤感情；研究问题，敢

抒己见，虚心听讲；唠叨家常，推心置腹，不饰不装，我的办公室里确是有点人气旺。记得有位汤庄乡籍、外地工作的朋友回家休假，一次晚饭后到我办公室里不知疲倦地长谈了一整宿，是同吃了早餐送他走的。乡里的同事们都知道我晚上爱读书，夜深人静，万籁俱寂，正是学习好时候，我一直保持着这个习惯。

我是农民的儿子，从小生长在农村，身上流淌着农民的血液。儿时家里少粮、缺钱的光景烙印在脑海里，懂得农民对衣食花销的忧虑和盼望富裕起来的心情。在与汤庄乡农民朋友朝夕相处的岁月里，久旱不雨的夏日，烦情焦心，有过夜起屋外、昂首空天无云恨繁星；阴雨连绵的秋月，愁绪结肠，也曾踏水棉田、弯腰霉叶腐桃祈骄阳。不能忘本，是人民供养了我们，让农民群众尽快过上好日子，是一个乡党委书记天大的事和肩负的第一责任。没有辜负使命，尽己所能，发挥了作用，受到县委、县政府的立功奖励。

1989年底，从汤庄乡调回县委工作。在另一个乡镇担任党委书记的朋友来看我，有些幽默又不无关心地说：年轻老眼镜，比以前又有些瘦了啊！

离开汤庄乡40多天后的1990年2月6日，我写出了既是深情回忆、又是务实总结的篇首诗《履职汤庄》。同时作了如下笔记：

总结汤庄工作，我想到了如果。如果当初县委把自己分派到一个县境边远，政治、经济条件相对薄弱和落后的乡镇；如果经验丰富的老乡长不发扬风格，甘为配角，倾力维护；如果没有乡党委、乡政府领导班子的精诚团结，恪尽职守，创新自我；如果没有乡村干部的思想统一和带头苦干；如果全乡农民群众缺乏积极性、主动性和凝聚力，你还能行吗？

我由衷地感到，是组织、是领导、是同事、是农民朋友成就了我在汤庄乡的工作，成全了我。要饮水思源，心里永存感激。

189

励勉寄意

（2013年6月12日）

应训农电进一中，
还记当年留校厂。
四十四年前后继，
阳光学子亮八方。

　　南皮一中，是我真正走向社会的起步场。1970年，农村办电培训机电工，我到南皮一中受训，3个月期满后留校办工厂参加工作，先当工人，继任教员，再领衔共青团，1978年调离学校。整整8年，工友团结协作，学子专心刻苦，师长细解精释，领导信任支持，都给我留下了美好的印象。每每想起，历历在目，难以忘怀。

　　2007年，南皮一中百年庆典，校友云集，人才荟萃，教授点赞，将军唱颂，规模宏阔，我看到了南皮一中的精气神。身在其中，油然而生无上光荣。

南皮第一中学

百年世纪路，留得万千学子通讯录，联系南北西东。要齐心协力，促家乡振兴发展，帮父老生产经营，前进路上立新功。

创刊于2006年的南皮一中月报《香涛文化》，是南皮一中教书育人的扬声器。报纸版面不大，形式活泼，内容丰富，集思想、政治、知识、趣味、针对性于一体，很有特色。我是把它作为自己的报纸来看的，每期近乎只字不漏，自觉受益匪浅。

作为南皮一中的一名老校友，关心爱护支持这张报纸，自在情理之中。前些日

学子晨练

子送上的《读史六首》，是我走上工作岗位后断断续续的读书感悟。真不懂诗，自知味同嚼蜡，贻笑方家。之所以把过去有感而发、直白多写的一些粗糙文字，不怕露丑地寄给自己的校报，既有一种情感，也是一个表现，还加一点勇敢。一切皆缘于：

魂牵梦绕古城一中学府第，
心驰神往名人香涛文化园。

盼南皮一中年有精进，《香涛文化》月开奇葩。让所有入学者受到良好教育，获得全面发展，是我衷心的祝愿。

谨此寄语。

通达造福

（2014年4月9日）

敢有豪情开新路，
更聚壮心筑坦途。
最是烈日挥汗雨，
一留通达贡献殊。

一位从领导岗位退下来受聘《交通报》编辑的老同志要我为该报写篇评论。说句实话，刚入中学，便遭逢"文化大革命"，随即中断了在学校接受系统教育，回村务农。虽有后来的岗位锻炼学习，也难补文化素质先天不足，腹内空空，难写成文，实恐误了朋友好意，贻笑大方。

历来信奉受人之托，忠人之事，于是硬着头皮，搜肠刮肚，强说几句与交通工作相关联的"路"。

鲁迅有言："世上本没有路，走的人多了，也便成了路"。先生的话，言简意赅，说明了路的由来，指出路就在脚下。再深一些想，其言或许更重要的还是在盛赞第一个敢吃螃蟹的人的精神。南皮的柏油公路，从无到有，自少渐多，由短变长，可谓是几代交通人披荆斩棘辟路，脚踏实地铺石，传承精神接力，历经长期的艰苦奋斗，始成今日的四通八达。

南皮交通一角

2004年9月15日，南

皮县在全市率先实现村村通公路。2005年，南皮县在全市第一个实现了村村通客车，老百姓在村口、家门口就能乘车远行。

"十一五"时期，南皮交通重点解决和完善了干线框架公路的对接和改造，集中精力打通了通往周边县市的干线，与此同时，县乡村公路建设也始终保持了良好的发展势头，公路密度、通油路村庄一直保持全市领先水平。

"十二五"期间，县委、县政府紧紧抓住国家重视发展交通事业的有利时机，投资近4亿元，相继完成二级公路改造23.53公里，建成和改造了三级公路70余公里、农村公路156.83公里，区域内路网密度达92.8%。2011年，南皮县代表沧州市接受五年一次的全国公路大检查。

南皮的公路建设快速发展是不争的事实。伴随着经济发展和社会进步需求，现有的路况还会逐步显现诸多不适应，路要管护，路须拓宽，路应纵深横远，这就是任务。

《交通报》是单位文化建设的一个载体，理应为完成任务鼓与呼。高扬导向旗，增强凝聚力；激发正能量，创造新生机；宣传真典型，形成好风气，该是办报题中应有之义。

愿南皮路网皆成康庄大道，
盼交通报容充满生动活泼。

权以此寥寥数语，写给《交通报》和辛勤工作在交通战线上的同志们。

碧水涌浪

（2015年11月12日）

三江源水两条河，
注流大淀扬清波。
已脱氟苦庆功日，
沧民同声放高歌。

大浪淀

坐落于南皮县境内的大浪淀水库，是一座集供水、灌溉、缓洪蓄水兼养殖等综合利用的国家大Ⅱ型水库。1997年1月竣工剪彩，国家相关部委和省、市、县领导到场庆功祝贺，新华社、《人民日报》、中央电视台等20多家新闻单位莅临报道，十分隆重。

史页翻回到20世纪90年代中期，全国人大常委会副委员长、著名社会科学家费孝通到沧州调研，针对沧州地区超采水出现的地下大漏斗、地表面积下沉、水质急剧恶化等问题，指出："沧州水的问题不解决，不是经济发展不发展，而是关系到一方人的生存问题。"面对严酷现状，沧州市委、市政府采取多种措施积极争取上级支持修建水库。时任河北省省长叶连松拍板："要把解决沧州因缺水而限制经济发展和几百万人长期饮用高氟水的问题，作为本届政府的一件大事来抓。"

1995年2月13日，大年正月十四。河北省委副书记李炳良、副省长顾二熊带领省水利厅、计委、财政厅、交通厅、电力、金融、土地、邮电、农业开发办、林业厅等省直有关单位的负责人来到沧州，召开水库工程现场办公会，立项在南皮县域内开工建设大浪淀水库。当日，沧州市委连夜召开四套班子领导成员会议，专题研究大浪淀水库立即上马的问题，成立大浪淀水库工程总指挥部，提出了"拼命干、抢时间，五年工程两年完"的口号。5月，大浪淀水库破土动工，16平方公里的工地上，千军万马战犹酣，百日结束围堤土方工程。1996年12月进水枢纽、泄水枢纽、供水枢纽三大建筑工程相继竣工。1997年1月中旬，为大浪淀水库配套的18.5公里代庄引水渠以及防渗、截渗、护坡、供电工程全部完成。1月19日，国家部委和省领导在大浪淀水库启动开关，提闸放水，甘甜的黄河水翻着浪花，轰鸣入淀。2015年11月12日，长江水进入大浪淀水库。

大浪淀水库建成，缓解了沧州市水资源紧缺情况，终结了沧州市人民长期饮用高氟水的历史。大浪淀水库持续不断的绿化和保护，使生态环境越来越好，20多种鸟类活跃栖息在水库周边的湿地、丛林里。大浪淀水库工程，仅动土方就达1137万立方米，每立方米连接起来其长度当是万里长城的2.5倍。原定五年工期，不到两年就建成蓄水，靠的是全市人民尤其水库建设者们铸就的"想民为民，敬业奉献，自力更生，团结协作"的大浪淀精神。南皮县为修建大浪淀水库做出了牺牲和贡献。总面积31225亩的大浪淀水库，用去南皮大浪淀乡6个村的土地22597亩，占水库总面积的72%，为全乡可耕地面积的43.45%。失地于水库，得益于创新，勤劳智慧的大浪淀农民开始了"一亩园顶十亩田"的实践，创出了闻名遐迩的"大浪淀"无公害蔬菜名牌，供销各地。

善行长远

（2016年3月18日）

应邀参加县国学研修会第二届年会，友人相见，心里高兴，几句坦言。

研修会是自发组建自觉活动的一个社会团体。退休下来的一些老同志仁聚贤集，奋发有为的一批年轻人踊跃参加，所有会员不计报酬，甘愿奉献，各展其能，主动作为，难能可贵啊！

研修会创立到现在成绩显著。研修方式生动活泼，电视台有专题栏目演播，机关、学校、企业、社区有讲堂授课，会员积极动笔写论文汇集成册；研修内容健康向上，古人讲世事"三不朽"，研修会的所有活动，演讲"立德、立功、立言"的故事，传授"立德、立功、立言"的道理，鼓舞"立德、立功、立言"的精神，括而言之，输出的是正能量；研修效果反响强烈，讲座过后的群体反映和电视节目播出后的受众评价是积极的、正面的，有好多人找到授课人和讲演者，谈感想、讲收获、提希望。

担任研修会顾问，参加活动是要发挥一些作用的，尤应知言言尽。当我们为取得一些成绩而欢欣鼓舞的时候，特别想提醒，当年黄炎培先生到访延安与毛泽东同志谈到的社会发展周期率问题，在一些具体工作中也能反映出来，要防止"兴勃亡忽"的现象。研修会既然经过大家的慎重思考创建起来了，就一定要精心谋划长远发展，毫不懈怠地坚持越来越好。前几天看电视，中央三台正播出冠名《一路芬芳》的节目，内容是展示全国各条战线的精英模范心系国家、服务人民、无私奉献的奋斗历程，看后印象很深。今天正好巧联成**"践行初衷，一路芬芳"**，算是写给研修会第二届年会的祝词。又感于时事，心有四句赞：

也效兰亭少长集，
各展胸怀动纸笔。
高啼杜鹃血喉破，
只为众生爱心齐。

为人风范

（2016年6月1日）

> 平易近人孚众望，
> 杖朝思为不轻闲。
> 身影街巷公心热，
> 夕灿红霞照青山。

2016年5月26日上午，79岁的邢家训先生骑着三轮车给我送来一本题名《足迹》的回忆文稿，嘱请仔细看看。

看，我是怀着十分钦敬的心情，认真拜读的。一部光彩的回忆录，光明磊落向无欺，为民身累终不悔，德高望重，诚哉斯人。

写，则有些怵头，自知学浅笔拙，难描形象，恐失敬仰。于难违中记起了与邢家训先生结识交往中的几件事，实记于下。

与邢家训先生相识于20世纪80年代初。1982年，县委组织机关干部下乡，我随原卫生局局长吴瑞峰、原广播局

邢家训先生

局长陈择忠两位领导先后、分别到寨子公社小杨村、西街村驻村支农，那时邢家训先生任职寨子公社党委书记。记得是一个略带寒意的春日下午，我和小杨村的一些男女社员正在野外打浅机井，他从公社驻地骑着一辆破旧的自行车来看我们，从脸上沁冒出来的微汗便知是用力加速而来的。见面没有多少客套，除了表

示迟来看望的歉意，还询问了驻村工作队的工作情况和生活需要，时间不长，就又骑车到王国针村检查植棉工作去了。风尘仆仆，平易近人，深入一线，抓铁有痕，这初见的印象，在我至今挥之不去。后来，完成任务回机关，西街村班子集体为我送行，没有隔避，畅所欲言。他们谈到邢家训先生，"我们的邢书记是一个在办公室里待不住的人，烈日曝晒的田间地头，鳏寡孤独的贫困户家，你能经常见到他"。口碑出形象，这对我震动很大。工作沉底方能知盼愿，勤政恤民才可得人心，这是共产党长久执政最最需要的啊！

　　1983年春天，我担任县委宣传部副部长，分管全县党员思想教育和干部理论学习，工作职责使我与政府部门的单位领导接触多了起来。1984年邢家训先生从寨子公社调任县农业局局长，由此开始了长达七年的局长生涯，精诚所至，业绩自不待说。一个偶然的机会，我俩同车赴会，在车上顺便问他："您当农业局局长，全县312个自然村都到过吗？"话题一出，引发了他的谈兴，告诉我能说出当时全县每个村的书记名字、人口多少、耕地面积、粮棉亩数，甚至能认出一些村与村的地界等等。看着他如数家珍般的一脸喜悦，心里想，为官一任，造福一方，足迹到处，情详在心，这不就是共产党的干部实在该有的基本功吗？

　　邢家训先生是因工作实绩突出进入县级领导班子的，先是被选为县人大常委会副主任，1994年换届，又满票当选人大常委会主任，期间班子团结，工作创新。我当时已是县委领导班子成员之一，有一件事印象很深。1996年11月底，他针对反映强烈的农民负担问题，征得县委支持，亲自组织有县委农工部和部分省、市、县三级人大代表参加的农民负担联合调查。调查组不辞辛苦，走遍9个乡镇，进村入户问到人，真实可靠地核实该年农民人均纯收入水平，然后以人大党组名义向县委提出五条建议，督导政府严格落实国务院《条例》和《规定》，切实把农民负担控制在可行水平线上。自觉接受党的领导，正确履行人大职责，监督保障有作为，建言献策敢担当，是他在人大工作的亮点，他能得到领导信任和群众尊重是必然的。

　　香涛公园的建成，为南皮城乡居民提供了休闲锻炼的好去处，是南皮城建史上的一件大事，人们赞誉时任领导。我想说的是在推崇这件功成事上，千万不要忘了邢家训先生。1998年退休的邢家训先生心向组织，先是在2004年组建张之洞研究会，定期出版研究文集，大造声势，广泛外联；继则千方百计、苦苦寻觅到张之洞遗骨，得到县政府支持重建了张公墓园；现在的香涛公园，当年的选址、定址也凝聚着邢家训先生的心血和勤劳。乘凉常思栽树者，喝水不忘打井人，是中华民族的美德，对为南皮社会事业发展做出贡献的每一个人，我们都应当常怀不忘。

2003年，我从县委领导岗位转到县人大工作，直至2011年3月退休。在这段时间里，邢家训先生多次到我的办公室长谈，内容丰富，不离正题，有人大工作见解，有书画艺术探讨，也有文化兴县建议，但谈论最多的还是如何关心教育好下一代问题。平心而论，他领导下的南皮关工委工作，生动活泼，为功扎实，受到省、市关工委多次表彰。为了继续推进工作，年近80岁的他组织撰写《一切为了下一代》的教材，情真意切。

被誉为民族脊梁的鲁迅先生因为看到了新兴力量的未来，所以坚定地表示"俯首甘为孺子牛"。邢家训先生懂得青少年健康成长的重要，因而"壮心未与年俱老"。如今，他依然胸怀豪迈，踏实前行，在其身后，我们分明看到的是闪闪发光的足迹。想到了人民领袖毛泽东为庆祝吴玉章先生六十寿辰讲的一段话："一个人做点好事并不难，难的是一辈子做好事，不做坏事，一贯地有益于广大群众，一贯地有益于青年，一贯地有益于革命，艰苦奋斗几十年如一日，这才是最难最难的！"

乡土英雄

（2016年6月6日）

大美老区写英雄，
闪亮南皮交口颂。
拼将热血染乡土，
敢教山河一片红。

2016年，为编著《大美老区》一书的下篇《闪亮南皮》，搜集革命战争年代南皮县涌现出的英雄人物事迹。英雄众多，可歌可泣，从可查的一些资料和知情乡亲们的口中，特别认识了赵昆仑。

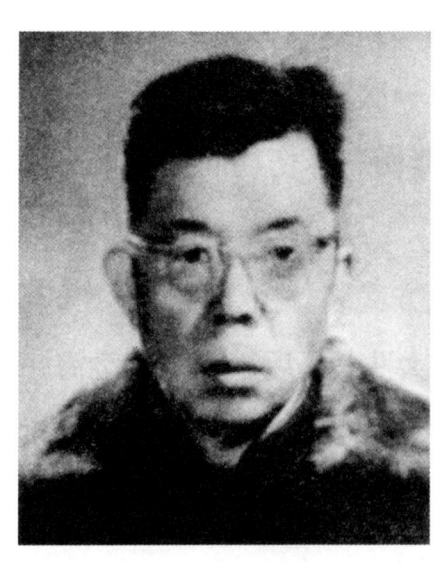

赵昆仑像

赵昆仑（1912～1984年），南皮县芦庄子村人。在抗日战场上，机智勇敢，锄奸反特破敌胆，是南皮县家喻户晓的英雄。

一个真实的故事。1939年早秋的一天，赵昆仑奉组织之命，只身一人到圣佛镇据点，铲除卖身投敌、为害一方的铁杆汉奸李坏水。早饭后，赵昆仑一身农民打扮，背筐挂叉从李庄出发，这天，正是圣佛大集，赵昆仑随着三三两两的赶集人群进了圣佛镇。赵昆仑在街上不紧不慢地走着，帽檐下双眼搜寻着目标，不一会就来到据点对面的一个饭馆前，李坏水一伙汉奸经常在这里白吃白拿。赵昆仑进屋不见李坏水的踪影，正在犹豫，这时从店外传来蛮横叫骂声。原来李坏水从据点出来，没有直接来饭馆，他走到一个卖桃的老头面前，伸手拿起一个桃子，身上擦了擦就往嘴里塞，且边吃边往口袋装，卖桃的老头哀求着："老总，给几个钱吧！""什么，你眼瞎了，不认得老子是谁吗？吃你几个烂桃是赏你的脸，真他妈的不知好歹！"说着一抖手，将半个桃子向老人的脸上甩去。这时赵昆仑已来到李坏水跟前，说时迟，那时快，赵昆仑从腰间拔出手枪，对准李坏水的脑袋，一扣扳机，这小子还没明白发生了什么事，就倒地死了。赵昆仑朝空中开了几枪，集市人群像炸了窝，四处奔走，赵昆仑趁乱离开了圣佛镇。

1940年6月底的一个雨后清晨，赵昆仑俨然一个庄稼人，朝董村街村长王汉平家里走去。赵昆仑进院便喊："东家，雇人不？"村长妻子仔细一瞅，咦的一声笑了："哎哟，他大叔啊！什么时候回来的？"这时村长也进了门，见是赵昆仑便说："真像个下乡找零活的。"赵昆仑机警地问："这两天来找零活的人多吗？"村长说："天天来，有扛锄的，有扛铁锨的，还有扛铡刀的，尽是些生人。"赵昆仑要村长留神这些人，不要麻痹大意。说着，和村长扛起锄头，到谷子地榜起草来。突然，一群麻雀从路边飞起，赵昆仑立刻提醒村长："来人了。"果然，从高粱地里走出一个扛锄头的人。村长告诉赵昆仑这个人前天来过，是个找零活干的。赵昆仑感觉他动作不像庄稼汉，便拿着小烟袋迎上去，装着借火点烟进一步观察。那人掏出一盒火柴，递到赵昆仑手里，赵昆仑见那人的手白白净净，老百姓不容易得到的火柴他却有，心中更加起疑。那人也趁着赵昆仑点烟搭讪问："你们村平静不？"赵昆仑摆出一副胆小怕事的样子说：白天来的是这个（用手摆个"O型"表示日本鬼子），晚上来的是这个（用手指构成"八字"，表示八路军）。那人又探问起八路军的行踪，赵昆仑已经明白了这是个什么人，便故作惊慌地说："这事可不敢乱说，要叫日本鬼子和汉奸知道了，还不得惹大祸呀？"那人似乎上了套："你见过赵昆仑吗？听说这个人能耐不小，他也常到你村里来吗？"赵昆仑吞吞吐吐，支支吾吾。那人见状便进一步用钱来引诱："你没听说？谁帮日本人抓住赵昆仑，赏大洋5万！"赵昆仑假装见钱眼开地说："那可真发财了，可咱不认识一个日本人，知道赵昆仑的去处也没那个福！"那人一听有门道，便从怀里掏出一沓钞票，冲赵昆仑一抖："你告诉我就行，先给你这5000元。"赵昆仑似乎像动了心，追问道："真的？那5万大洋还给不？"那人急忙点头说："给，当然给。"赵昆仑欲言又止，往正在锄地的村长那边瞅了瞅，那人马上体会到赵昆仑的意思是怕被别人听到。他向四周环视了一下，见东边有一个小瓜屋（看瓜人住的小屋），小声道："怕别人听见，走，咱俩到小屋里说。"赵昆仑掏出烟袋，像没事一样装起烟来，那人急不可耐地催促："说吧！"赵昆仑慢吞吞地说："我越想越觉得这买卖不实乎。我说出来，那5万大洋你要不给了，我找谁去要？"那人见赵昆仑这样憨直，干脆亮出身份，"我是寨子据点的，绝不骗你。"赵昆仑一个劲地直摇头："只你说我不信，有什么凭证？"那人从怀里掏出一支手枪托在手上："看看这个你就信了。"赵昆仑看了一眼，不解地问："这是什么？它能做证明？"那人得意地说："这是手枪，能打死人，只有当官的才能带手枪。"赵昆仑仍旧摇头："你别唬人了，你手里这么个小玩艺，还能打死人？"那人见赵昆仑连枪都不认得，更放了心。为了在这个老实人面前显显威风，他"咔嚓"一下抽出弹梭，拿给赵昆仑看："打不死人？这不是子弹吗！"就在这时，赵昆仑借向腰间插烟袋，飞快地抽出腰里的驳壳枪，大喝一声："别动！举起手来！"那人猛地一愣，继则吓得哆哆嗦嗦，一手举着手枪，一手托着弹梭，结结巴巴地问："你、你、你是……"赵昆仑铿锵有力地说，"我就是赵昆仑，值5万大洋。你发财了！"那人一听名字，"扑通"一声，双膝跪在地上连声央求着："赵、赵、赵队长，小的有眼不识泰山，你饶了我吧，饶了我吧！"

经审问，这个汉奸叫王平根，张大庄人，是寨子据点的小队长。他供出了寨子据点特务队名单和他们的活动特点。

听闻故事，不胜敬佩，慨然命笔：**锄奸丧敌魄，擒贼失倭魂。南皮有肝胆，立卧一昆仑。**

古城骄傲

（2016年6月26日）

南皮是生我养我、长大为之服务的地方，炽热的土地，美丽的家乡，我深爱着它。

> 代出才人帝师久，
> 文服武威说有周。
> 光前裕后多少事，
> 浪涌今潮竞风流。

南皮在自身发展的漫长岁月里，在地域形貌多有变化的大地上，发生过一些颇具影响的历史事件，遗存了许多异常珍贵的文物胜迹，涌现出不少叱咤风云的杰出人物。作家王蒙先生说："南皮确实是一个令人自豪和骄傲的古县。"

南皮历史悠久。炎黄时，南皮就有人类繁衍生息，据说黄帝之师封钜所居封台在县内丈二桥村东。相传县内寒冰井即为黄帝时所穿，伯益所修。南皮邑西5公里有姜太公钓鱼台，《人民日报》海外版曾将此列为全国十大钓鱼台之首。春秋时期，南皮先祖就已在聚落的基础上建城邑。清光绪年间《南皮县志》明确记载："皮之为邑三千余年矣。"春秋五霸之首齐桓公助燕北伐山戎时，在南城缮修皮革，

古城遗址

203

南城遂名南皮。

南皮文蕴深厚。古南皮近燕赵连齐鲁，受燕赵奇士侠风影响，民风淳朴、刚毅，人们崇尚气力，习武之人众多。受齐鲁儒家思想熏陶，雅重文化，以耕读为业，以修身、齐家、治国、平天下为荣。隋朝以后，大运河又为南皮文化注入新鲜血液。从西周至民国的著述者，有文字资料记载的100余人，著述180多种，计2600卷。国宝级文物刁遵墓碑，被张之洞赞为"北魏第一"，另有国家级文物张之洞墓志铭、一级文物青花龙喜戏珠纹食盒、省级保护文物石金刚以及县博物馆登记造册的陶器、玉器、瓷器、铜器、骨器等馆藏文物146件。据民国版《南皮县志》记载，南皮有古墓66座，古寺庙39座，古遗址15处，古坊表16处。县内现存明以来古树10株，革命遗址20多处。境内文武落子、大秧歌、高跷、花狸虎、龙灯、狮子舞、打击乐、吹歌、劳动号子及游戏歌谣品种繁多。与南皮有关的30余条成语故事，如"明哲保身""浮瓜沉李""著作等身""居安思危"等，人们竞相传诵。

张之洞像

南皮人才辈出。周宣王内史大臣、大将军尹吉甫，不仅武以威敌，而且文以服众，作为《诗经》的主要采集人，被誉为"中华诗祖"。西晋著名哲学家欧阳建著《言尽意论》，推动了中国哲学理论的发展。唐代著名地理学家、政治家贾耽，绘制的《海内华夷图》，时为中国地图之最。宋代廉吏贾黄中，从政廉洁恭谨，不隐遗财；掌管科考，选拔德才，被人称道。近代以来，清道光年间状元张之万官至军机大臣，政声留名。张之洞以清流健将、两朝重臣影响晚清30年，办新学、举新政，引进西方先进科学技术，建铁厂、修铁路、练新军，成为洋务派集大成人物。孙中山称为"以南皮造楚材，颠覆满祚，可谓不言革命之大革命家"。毛泽东讲发展中国重工业"不能忘记张之洞"。习近平总书记也在一次会议讲话时提到"清代洋务派代表人物之一张之洞，是有改革观念的一个人"。清逊帝溥仪武师霍殿阁在天津力挫日本柔道高手，长中华民族志气。著名河北梆子、京剧表演艺术家刘喜奎，被周恩来总理称为"中国戏剧界明珠"。北方早期共产党员、革命烈士张隐韬1925年创建津南农民自卫军，震惊军阀，影响北方。现代在政界、军界、文化界、教育界更是涌现出不少才华横溢、能领风骚的人物，为国家为社会为人民做贡献。

自共产党在南皮活动始，勤劳勇敢、朴实善良的南皮人民就认准了一个道理，跟着共产党，百姓有希望。今天，翻身当家成了主人的南皮人民更听党的话，正以崭新的风貌，积极投入中国特色社会主义改革开放的大潮中。沐浴改革开放的春风，统一改革开放的思想，坚定改革开放的步伐，创造改革开放的成果，誓把南皮建成一个好地方。

来吧，远方的朋友！

救扶至上

（2019年1月19日）

天使白衣精人道，
患至如归去愁心。
轮回四季无歇日，
人民医院为人民。

南皮县人民医院

2019年1月18日下午，县人民医院宣传科的两名同志来我家里，除转达县医院领导班子的问候，还送来三期《新南医报》。告诉我院报从1999年1月创刊至2018年底，已办了240期，走过了整整20个年头。明白了，是为纪念院报创刊20周年，邀我在第241期《新南医报》上写点什么。

我是《新南医报》的热心读者，又是县人民医院聘任的社会监督员，为其建言献策是分内事，没有犹豫，爽快答应了请求。

《新南医报》，红色报头下面标着"南皮县人民医院主办，全国优秀医院报"

的字样。优秀的医院，依靠自己的努力办出了一张优秀的报纸，而这张优秀的院报又如实地反映着医院继往开来创造的优秀，良性循环，勇往直前，这就是南皮县人民医院和《新南医报》。

一份院报，四版开张。头版，大事、要事、荣光事，月月推陈出新；二版"科室瞭望"，晃动"精医敬业、诚信博爱"的身影；三版"南医文化"，光耀"团结奉献、求实创新"的精神；四版"文化长廊"，体现"厚德尚道、至善幸福"的追求。丰富的内容，让我们看到了县人民医院多彩的生活；满满的信息，使大家感知了南医人创造的业绩。

《新南医报》作用很大。它是一面旗子，引路导向讲原则；它是一块阵地，凝心聚力定风波；它是一个窗口，透光闪亮彰善美；它是一方平台，鼓先呼优风采多。

20年，是人类历史长河中的一瞬。20年，是《新南医报》艰苦奋斗、顽强拼搏的厚积不薄。伴随县人民医院的成长进步和发展壮大，《新南医报》一定会越办越好。朝霞日出，星空亮晶，每天都是新的。

新年伊始，春节又到，光明照前程。非常高兴地用《新南医》报提供的版面写下：

救死扶伤，术湛情浓，一片丹心铸大爱；
求真务实，日新月异，直挂云帆济沧海。

上句是我对县人民医院2018年的实意点赞，下句是我对县人民医院2019年的真情祝福。

庭院蕴涵

（2019年10月9日）

一日，拜读唐人刘禹锡《陋室铭》，诱发情思，写了一首《庭院颂》。

蕊笑枝头哄细雨，
竹拍纱窗逗暖风。
一树红红展怀抱，
半院青青傲雪中。

我与老伴儿不扰子女，别住一个庭院。三间平房，光明洁净，院围长宽，巧成方正。

春推院门时节，亭亭玉立的玉兰树上早有秋孕春萌的花骨朵傲立枝头，沐春风，暖春阳，润春雨，继日多绽放。粉白如玉的花瓣，条理着浅红色的筋，开颜昂笑，馨香四溢。二十多天的花期，淡、洁、雅、美随身隐，又见玉兰树茂，叶肥满枝绿。

携春入夏，五月石榴花开红似火，伴着风摇，迎着雨浇，日夜落无数。晨暮不畏辛苦，勤帚收洁净，回归池花根下培土。口中轻唱着"落红不是无情物，化作春泥更护花"的诗句，心里又多了些与古人的气息相通。及至秋来，喜见树满硕果，开嘴石榴笑弯腰。重阳节，登高摘收熟果，分送左邻右舍品尝共享，多闻笑谢声。

仰慕竹未出土时便有节，及凌云处仍虚心，坚守宁可食无肉，也要居有竹。窗前两丛凤尾竹，对称呼应，随伐旧竿，时迎新生，年年葱郁，格外茂盛。阴雨风雪天气，艳阳明月光下，不时地观赏竹的干形变化与枝叶灵动，也学花匠精细，执剪补天工。由是，风来姿更美，雪后色愈浓，益发地清影入画图。

敬重石戒浮去躁、朴实厚重，想方设法寻购大小适中的景石以弥院中。兴许是功夫不负有心人，抑或是"踏破铁鞋无觅处，得来全不费工夫"，十年前，应朋友邀参观某石雕厂，竟在废弃的乱堆石中发现状貌奇特的几块石头，院内树下、竹旁点缀，妙趣横生，即成愿景。真如画，惟妙惟肖，又非画，自然天成，兼之，风动树叶移荫，雨濛竹枝滴翠，更助得小巧玲珑的石头，静也活生生。

院内有一棵旺盛的香椿树，春芽可食，人来随意摘取。夏叶遮阳，自己多乘阴凉，藤椅树下，有读书看报的专注，也有闭目养神的舒松。

北风吹寒冷，修剪齐整、低方高圆的冬青树群，不畏冰冻，依然焕发生机本性。

庭院情深

摆放适宜的白色大理石圆桌、墩，站在刻有圆形图案的方砖上，犹显稳重。方圆青白，寓意分明。

"……走遍了南北西东，也到过了许多名城，静静地想一想，我还是最爱我的北京"，院内不时地飞出这优美动听的歌声。

情系桑梓

（2020年3月16日）

同怀日久心路近，
以文会友石家庄。
游子乡愁天可鉴，
赋扬古城酒飘香。

《南皮赋》碑刻

矗立在南皮县城文化展览中心广场中央的一方大石上，刻有河北省著名诗人刘小放先生撰文、著名书法家潘学聪先生丹书的《南皮赋》：

茫茫钓鱼台，幽幽寒冰井。五百年渤海郡，三千载古皮城。黄河古道，天苍地朴；沧瀛一隅，俊杰代兴。华夏之诗祖，《诗经》集大成。燕友筑台，南皮高韵，金谷结社魏晋风。

大运河开，气畅脉通。名相贾耽，涵泳万顷；绘海内华夷地图，创天下第一盛腾。更有张文襄公，革故鼎新，清流抱冰，慈恩学堂，举世称颂。燕地英侠，宝驹隐韬；坤伶喜奎，名动九城。文学巨擘，大家王蒙，青春万岁，时代豪情。南皮骄子闻天下，星光灿烂，岁月峥嵘。

大浪淀，涌清波；莲花池，荡荷风。万亩盐碱变粮仓，武术之乡开新境。英彦如林，世代传承，勤劳仗义，淳厚民风。南皮落子大秧歌，茉莉花香放风筝。擂大鼓，吹唢呐，地音动，天籁生；风雅渤海郡，新美古皮城！

赋辞大气简约实在，书承黄绮铁戟磨沙。双强联袂，相得益彰，引得人们驻足瞩目细端详、轻吟唱。

潘学聪先生是南皮人，和我是同乡，村距不过10华里。我两第一次见面是在20世纪80年代初的石家庄。那时，他任职省委宣传部干部处，我在省委党校理论宣传干部培训班学习。同在宣传战线的缘故吧，识见同一，一晃40年，成了推心置腹的朋友。每到石家庄，我必去看他，凡回家乡来，他首先告诉我。

学聪先生现为河北省文艺评论家协会主席、中国书法家协会会员、河北省书法家协会副主席，是深得中国书法大师黄绮真传并有创新的书法家。其书法特点，注重个性的自然流露，通过碑和帖的相互融合、笔墨虚实变化使作品产生神采，用笔灵活且交错并用，收放自如中呈现一种磅礴大气，充分体现了"正""大"气象和时代精神的艺术特征。书法作品为家乡南皮增光不少。

学聪先生人品好，富有亲和力，在他身边聚集了一大批业内不同领域里的"家"。刘小放先生便是其中的一个。人以群分，惺惺相惜。刘赞赏潘的字，"从渤海滩盐碱地的宣纸上走来，那红荆的线条犹如铜干铁枝"。"草书恣肆，可觅熊公任望的盘根错节；行楷劲健，方现黄绮恩师的磨沙铁戟"。潘叹服刘的诗，写太行"莽苍苍，绵延八百里纵天下之脊；浩荡荡，沧桑千万载谱岁月华章"。唱南皮

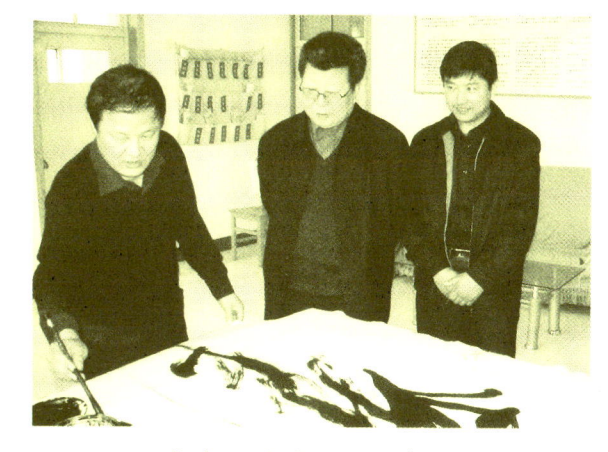

家乡泼墨（左一潘学聪）

"风雅渤海郡，新美古皮城"！二人珠联璧合，留下许多名篇佳作。

我认识小放先生是在学聪先生斋室。2019年2月，有事到石家庄，顺便把县政协出版的一套《南皮·千年文化古县》系列丛书给学聪先生，小放先生正在场，索去先读了。不愧是诗词歌赋大家，捧读双周，下笔有神，于2019年2月23日夜一气呵成了《南皮赋》。在南皮县我是最先拜读者，后转呈南皮县人民政府县长徐志连同志，终成巨石碑刻。

事情在继续。2019年10月份，在学聪先生的书作间与几位南皮籍朋友喝茶聊天，谈及如何为家乡做贡献。一句"《南皮赋》书艺高、辞章好，若是酿

赋扬酒香

酒制成外包装，也是宣传南皮的法"，引发了共鸣。在商界颇有成就的河北省沧州商会副秘书长满芳女士（南皮潞灌镇人）当场表态，担起运作此事的责任。事在人为，2020年，由贵州华樽杯酒业（集团）有限公司委托，贵州省仁怀市九重天酒业有限公司生产的"酱香突出、幽雅细致，酒体醇厚、回味悠长"的53度"南皮赋酒"问世，首先出现在黔、冀两省市场上。

饮酒歌赋真幸事，由是有了篇首的四句唱。

乐在生活

（2020年5月3日）

卸却花甲物身外，
年逾古稀更明白。
读走日月自寻乐，
知趣童心照旧来。

退休在家，自由轻松，便选择热爱的生活。时下，科学发展突飞猛进，信息技术日新月异。人们寻求知识，电脑涉猎、手机阅览是极其地快捷方便，俯首书卷、翻掀纸页的是日渐稀少了。可是我不行，说来惭愧，现代化的传媒工具是一概不会用。不是玄虚，没有故弄，现用手机也还是只有通话功能的那种老掉牙的，脚步赶不上，也既不羡慕也不嫉妒地走着自己的路。

修养怡乐

中国书法家协会会员、南皮县书法家协会主席李洪斗先生书

以书为友，神游古今。我的居处，有两间属于自己的书屋，摆满了长年累购的书籍刊物，这里是我退休后思想充实的场所，精神富有的源地。上午九点，我准时走进书屋，雷打不动、确保既定两小时的阅读。照例是先看报纸的，时政要闻，每记在心，不是"壮心不已"，无存"志在千里"，图的是会讲正理于街谈巷议，能持己见而不人云亦云。然后心无旁骛地捧读那些早有排序的书：爱看小说，古今中外，凡有购得，必不漏读，无论长部短篇，均是速览，多是一目十行的快，

没有探究风格流派的劳心，也少求索背景意义的费神，略记故事梗概，粗知人物情节，乐得与人谈及，简要复述，不离大格，能成妙趣。好读诗词，购得不少版本，痴情于名篇，陶醉于佳作，则是半日一页的慢，细品味、精赏析，于赞叹中乘兴爬格，更有掩卷吟诵，还学抑扬顿挫，真个是美滋滋，乐呵呵。尤喜史书，一部中华民族史，记载治乱，刻印成败，褒贬忠奸，扬惩善恶。说到底，读史是读人，千古流芳的仁人志士、青史彪名的英雄豪杰、后世敬仰的贤达睿哲，一个个的鲜明活生，与其结伴，净化心灵，陶冶情操，激发正义，懂得人生，又怎能不去勤读它。

欣读佳篇

静心读书，多入佳境，想不起烦恼，闻不到喧嚣，记不得时间。读至精彩处，会不由自主地拍案叫绝，念到浓趣事，有情不自禁地捧腹大笑。一次，由趣味引发的爽朗高笑声，竟把送水上楼的老伴儿不知所以地吓了一大跳，端着茶杯愣在楼梯上，疑我是中了什么邪魔。

专心致志书世界，赏心悦目无我他，很多时候，是应着老伴儿的频频呼喊，一齐晚吃着中午的饭。

与行作伴，量力近远。向不好动的我，退休后却有了户外锻炼的高兴，是赖了老伴儿的及时提醒。记得那是2011年的3月中旬，我领到退休证的第二天，子媳女婿，孙男甥女，阖家欢聚，餐桌上耳闻了晚辈很多受听的话，我理解他们的心情。真让我受益的是老伴儿说的那番话："退休了，别犯糊涂，少去操心，养好自个的身子骨才是最大的事。少报医药费，就是对公家的贡献，少业扯孩子的工作，就是对社会的回报，健健康康地活着，比啥都重要。"朴实的话语，含着情，说着理，令我感动。仔细琢磨还真是，都讲老有所为，身体不行，什么也不可能为。全说余热生辉，没有健康，连生活也不能自理，怎么去帮别人、益社会？也就是从这天起，我有了强身健体的决心和快意。

婉拒广场舞团队的邀请，笑辞太极剑术组的盛情，为自行车队冠名（南皮有一自行车队请我入伍并为其选名，吾言："骑自行车三速远距运动，是强身健体的好方式，做到持久不断非易，成为幸福享受更难，就定'恒远'吧。"），也是为感谢他们的热心。

步行锻炼

适应自我，与老伴儿一起选中了定时、定点、定里程的步行。春夏秋冬，除了雨雪天气和特殊情况，我们一直坚持着晚饭后走100分钟，几华里路程。湖光映照的香涛公园、秩序井然的龙湖湾广场、平缓起伏的东环绿地林带长廊，都留下了我们俩宽路并肩、窄道前后的身影。长我四岁的老伴儿，大半生积劳，心脏功能减弱，安装了起搏器，是不能大动作剧烈活动的，故常有开始的同步变成中途的远距。这时候，遥遥领先的我，便会原路倒行，很快又到了同一起步线上，相互勉励，颇能促动。几年下来，筋骨活泛，腿脚利落，实见成效。如今，不论是去市场购物，还是城区内访友，皆是步行，十里八里，没有行前的怵头，无觉往返的身累，心态也随之有了些多的年轻。

热爱的生活，是恒成的固定。而生活的丰富多彩，还在日出日落的每一天中。

青春点赞

（2020年9月2日）

2020年初，南皮县爱心协会在县电视台演播厅举办协会成立5周年庆祝活动，现场请我致辞。要说的有好多，想到了他们风雨路上的言和行。

2015年1月1日，南皮县首家经政府主管部门注册、以少壮青年为主体的慈善组织"南皮县爱心协会"正式挂牌成立。他们擎起"汇聚爱心力量，构建和谐南皮"的鲜明旗帜，坚持"善念长存，付出、感恩、快乐、幸福"的工作理念，信守"善行长为，心谦、嘴甜、脸笑、腰弯"的行为规范，五年奋斗，创造了令人瞩目的不平凡。受到县委、县政府高度重视，赢得了南皮人民的称赞。

拾遗补缺，南皮县爱心协会的施爱惠众形式多种多样，构筑了自己五大工程十个项目的帮扶体系。以"微孝暖夕""敬老助残"为项目的暖夕行动工程，尽心竭力帮助孤寡、伤病、贫困老人能够安享晚年；以"爱心助学""爱心妈妈"为项目的蓓蕾计划工程，使得孤儿和特困家庭孩子不因没有父母的关爱而温情缺失，不因没有经济来源而忍痛辍学；以"爱心小屋""衣物下乡"为项目的爱心超市工程，动员社会、家庭捐献剩余衣物，援助缺失群众，和乐与共；以"大美古城""爱心园林"为项目的绿色南皮工程，倡导绿色环保，宣传低碳生活，积极植树造林，多一片郁郁葱葱；以"爱心白菜""爱心山羊"为项目的"授渔"产业工程，鼓励和资助贫困家庭通过掌握一定的致富门路和本领，自身造血，主动改善生存、

爱心协会志工准备发放物资

生活条件。

爱心路上，风雨无阻。2018年统计，南皮县爱心协会自2015年成立至2017年12月底，组织参加公益活动444次，足迹遍布南皮乡村。2015年活动21次，投入志工500人次，物资资金10万元，受益1500户；2016年活动123次，投入志工1500人次，物资资金40万元，受益4000户；2017年活动300次，投入志工3000人次，物资资金80万元，受益6000户。爱心协会会员也由初创时8人增至2017年底的1600多名，且呈不断扩大之势。

南皮县爱心协会公益活动实实在在，事例不胜枚举，备受关注。新华社、河北电视台、沧州电视台、沧州日报、沧州晚报、长城网、中国网、人民网等30多家媒体给予上百次宣传报道。2018年12月，南皮县爱心协会被评为河北省最美公益人物集体。

2018年南皮爱心学会举办年会，上百名爱心志工登台齐声诵读《爱心志工，与爱同行》。

无论山水相隔，无论风雨阻挡，从不退缩半步，从不忘记梦想；

无论艰难困苦，无论路途坎坷，从不半途而废，从不放弃希望。

让我们以奉献的名义再次集结，牺牲自我，服务社会；

让我们以志工的名义再次集结，执着追求，团结友爱；

让我们以进步的名义再次集结，奋发进取，冲向未来。

我们也将以新的光荣与责任，出现在古城每一个岗位上；

我们也将用自己的热血青春，书写出古城最壮丽的篇章。

请相信我们，爱心志工，与爱同行！

未来属于年轻人，"白头翁入少年场"。受聘南皮县爱心协会顾问，热心支持和努力参加他们组织的一些公益活动，身心俱益，是甘愿始终的，为之歌。

慷慨燕赵风，

古城人气旺。

扬旗大义举，

高歌爱心唱。

情深暖寡鳏，

意厚慰病伤。

扶贫资怀兔，
济困添孕羊。
放菜递糙手，
送油进陋巷。
荒野栽新绿，
闹市捐洁装。
寒门无辍学，
孤童有依傍。
白头喜入列，
激励少壮郎。

心语点滴篇

无忘	共悼	逢时	进学
深造	处变	考察	实干
知言	会友	室趣	园颂
识竹	离岗	便捷	游淀
敬民	同志	至理	史照
心愿	诱导	养年	感思
墨宝	仰止	吟雪	迎新

《心语点滴篇》集有《无忘》等随笔30首，其中有13首写于任职工作时，17首写于2011年3月退休后，时跨近50年，零碎记叙学习、工作和生活中的一些片断及真实情感，故谓之"心语点滴"。

无 忘

（1972年1月2日）

一个北风怒号、天气极冷的日子。我骑着从工友那里借来的"铁驴"（非正规厂家生产、用铁管焊制成的比较笨重的自行车）顶风返南皮一中校办厂上班。百里半程，肚里乏食，身冒虚汗，无力前行，歪倒在途中生刘闸屋旁，幸遇看闸老翁得见，亲煮玉米地瓜粥，助我恢复体力，真情感人，实意暖心。

没有千恩万谢的巧语，只有滴水涌泉的铭记。年轻气盛，我想到了有志于未来。

衣湿饥肠朔风冷，

济粥一碗热气腾。

来日若奉行道令，

十倍慷慨利他生。

共　悼

（1976年9月18日）

　　1976年9月9日，伟大领袖毛泽东主席与世长辞，大地含悲，江河呜咽，亿万痛哭。

　　9月18日，在天安门广场和全国各地同时举行追悼大会。是日南皮乌云密布，猛雨不停，县城广场万人冒雨列队，垂首站立不动。

　　眼见场内庄严肃穆，耳闻雨中抽泣悲声，心有所悟，是毛泽东一生为国为民的至诚，把全国各族人民的心气拢在了一起。

　　　　大雨倾盆苍天泪，
　　　　眼蒙身透位不移。
　　　　举国同悲伟人逝，
　　　　最是华夏一心齐。

逢 时

（1979年4月23日）

1979年4月中旬，在沧州城北大运河畔的中共沧州地委党校学习。理论联系实际，思想同步形势，是大有益的。

晨起日出，与几学友散步运河堤，眼见"堤上千株柳绿，四野万亩苗青，枝头多闻嬉雀，田间早有勤翁"之概，顿觉有一幅欣欣向荣的自然画卷在心中慢慢展开。

万物复苏景入画，
生机盎然沐春风。
喜看今日九州地，
心向四化大政通。

进 学

（1979年6月19日）

1979年6月，中共河北省委为贯彻十一届三中全会精神，决定全省各市、县委宣传理论干部集中到石家庄省委党校学习培训。受组织委派前往。

清平乐·进学

四面八方，
齐集奔学场。
一堂欢聚畅心语，
重新理论武装。

定策壮我中华，
立章农业大上。
准绳紧握在手，
千军万马康庄。

注："定策"，指党中央把工作着重点转移到经济建设上来；"立章"，指党中央制定发展农业的一号文件。

深　造

（1985年6月6日）

　　为培养跨世纪人才，中共河北省委决定从1983年开始在省委党校举办2年制党政领导干部培训班。余为1985期（第二届）学员，大家珍惜学习机会，刻苦钻研学问，努力掌握马克思主义基本理论，同时结识了许多好朋友。

脱职又把校门进，
欣识千百燕赵人。
高楼安稳基石固，
手不释卷觅书珍。

作者（右二）与沧州校友

处 变

（1992年3月26日）

20世纪80年代末90年代初，以美国为首的西方敌对势力演变图谋频频得手，东欧剧变，苏联解体，一时黑云翻滚，国际共运处于低潮。

面对复杂严峻的国际政治形势和国内出现的一些问题，中国共产党不怕妖魔不信邪，高举马列主义伟大旗帜，坚定理想信念，坚守原则立场，努力开创具有中国特色社会主义道路，敢与西方比赛跑。

西风得意一时闹，
寒流骤来几折腰。
冷对喧嚣走己路，
东方傲骨举碧霄。

考　察

（1994年12月31日）

　　1994年12月中旬，赴江浙参观学习。首站江阴市华西村是经过认真考虑的。《江阴日报》记者苏坚同志陪同参观，华西村党委书记吴仁宝同志详细介绍情况和经验。华西村的发展变化对全国农村建设有很好的示范作用，收获很大。

南行取经选学慎，
入住江阴华西村。
举目四望登高处，
风清气正日月新。

作者（左二）于华西考察

实 干

（1997年1月6日）

1996年底，任职市直某单位一把手的朋友告诉我，市委领导在某场合夸赞南皮县委宣传工作，提到县委宣传部长任职八年，无申无诉，扎实肯干，有声有色。

对上级领导的无私信任充满感激。世界上还有什么比理解更珍贵的呢？实实在在干好分内事是一个共产党员的天职，也是真正回报组织的知遇。

八年抗战幽默言，
知是组织心惦念。
再使几载守故土，
一如既往没有怨。

知　言

（1997年5月6日）

　　1997年，县委、县政府组织全县干部群众讨论企业发展问题。大家畅所欲言，各抒己见，集思广益，很快形成"加大力度，内引外联"共识，余认真思考，用联句写出了自己的观点并认真践行之。

走出去，海阔天空，要具游远翔高的胆识。
引进来，春华秋实，须有水润肥养的智慧。

作者于威海招商致辞

会 友

（1998年4月26日）

　　应邀到远离县城的一位老同学家中做客，多年未见，格外亲热，目睹一院春色洁净，似见学友当年心胸敞亮。

　　相知不疑，无拘无束，推杯交盏，酒热胃肠。回忆少年同学互相帮助的一件件往事，益加动情，归来记此行。

洒扫迎客到，
弃帚趋前忙。
芍药红新院，
海棠绿明窗。
开口知诚意，
举杯领豪爽。
共话同桌情，
携手不相忘。

室　趣

（1998年6月8日）

　　心尚素朴，卧室简单，一诗一画一桌一椅一床板。

　　诗是曹操的，曰"养怡之福，可得永年。"有哲理，了不得，比秦始皇上当受骗妄求长生不老药强多了。

　　画是王宝国先生的，题"涌出冰雪的春意"。画不一般，静中有动，直感冰融分秒，雪化逐渐，满屋春风送暖。

　　告诸他人，同乐共享，为友之道也。

　　　　诗通生活路，
　　　　画暖春秋室。
　　　　吾素存心热，
　　　　愿告朋友知。

园 颂

（1999年4月12日）

　　曾经与我共事汤庄乡的几位同志，邀我去大赵庄村看梨花。该村是远近闻名的梨果村，故地重游，朋友会聚，欣喜变化，多有感吟。也步其后，凑成四句，是谓春华秋实之美，拍照和之，以为纪念。

东风与便唱梨园，
天生自然不装扮。
清香朵朵慕人来，
压枝累累更耐看。

作者于梨园

识　竹

（2003年5月29日）

2003年，春融院内的日夜，细瞅竹的新芽破土、润露拔节、伴生竞长的过程，感知竹生命力之顽强。春日新生竹芽顶上，晨早总能看到一颗明亮的水珠；竹节包叶就像披在身上的玉衣那样青翠。

适应自然，服从规律，除旧布新，事物生存发展之道。

院内丛竹密，
隙看笋芽醒。
新顶银珠亮，
嫩披玉衣升。
合时除旧干，
应势布新葱。
剪修适其性，
舒展历年青。

离 岗

（2011年3月20日）

1970年参加工作至2011年退休满41年。在位谋政担事，虽无大功大建树，自觉还是慎独为民的。

退休前，县委书记、县长到我办公室热情谈话，问寒问暖问需求，很感人。

自古有年老致仕，现在是到龄退休，一成惯例，实属正常。衷心感谢县委、县政府领导同志的关心。

辛勤奔波四十载，
无悔无愧一坦然。
离退正常是规矩，
诚谢组织还慰谈。

便　捷

（2012年1月29日）

从北京乘机飞海南，入住三亚朋友家，海阔天空说往返。感受祖国交通、航天事业的飞速发展，我猜想，久居广寒宫寂寞思乡的嫦娥，若是听到故园眨眼千里的消息，一定会为归家便利而高兴地起舞长空喜泪流的。

刚还北雪燕山寒，
转眼南雨琼水暖。
天涯海角咫尺近，
信传月宫湿舞衫。

作者（左一）于三亚

游 淀

（2013年7月3日）

　　2013年夏，应任丘市人大常委会朋友邀到白洋淀一日游。舟穿苇丛水路，坐游红绿之间，主人热心推介，客从千回百转。看雨后蓝天白云，享淀风轻拂体面，更兼登台入室清新聚，只觉得甜上心头，美在人间。

爽风渔家开轩透，
映日荷花丽水出。
又值新雨初晴后，
一尘不染心自舒。

作者于白洋淀

敬　民

（2016年10月12日）

　　一位从省城某单位领导岗位来到南皮担任县委书记的同志，远离家乡亲人，扎根南皮大地，深入城乡基层，功利人民群众，口碑树域中。读其诗，悟其志，心仪其德行。

同侪民间多仰望，
风雨基层还练身。
常思安乐无长久，
素怀忧患存古今。
枝叶关情双脚苦，
巷陌连心孤灯勤。
已将苍生灵台驻，
遥寄乡关是处亲。

同　志

（2017年6月27日）

　　阎希忠，孟村回族自治县人，2011年退休前任职县人大常委会主任，与我同庚属天马，多年互有唱和，相交甚厚。日前他把几十载心血汗水写成的诗词编辑成七册出版，第一时间送我，至为感动。

　　诗作逾万首，阎兄算得上持志有恒。大到高天阔地，小至蛙叫蝉鸣，凡是见闻，必有性情，褒贬扬抑，入木三分，描龙绘凤，鲜活生动，真个是如意笔下字字精。有四句赠：

> 诗成寄我情谊重，
> 拜读坚毅比放翁。
> 流畅妙笔点墨处，
> 万般事物活生生。

至　理

（2017 年 11 月 2 日）

　　原中共沧州地委一位德高望重的老领导，履职责，勤政为民，功绩显著；退下来，笔耕不辍，著作盈尺。有幸拜读其《村夫集》，愈发觉得村夫才是最应赞颂的。

曾统百万众，
沧州擂大鼓。
宰相起州部，
猛将发卒伍。
退休写新诗，
卸甲唱大赋。
上下五千年，
谁能离村夫？

史 照

（2018年1月22日）

完整地看电视连续剧《康熙王朝》《雍正王朝》，特别有感于张廷玉的作为。

剧中的张廷玉塑造得有血有肉，其忠心事主，高学服众，自勉三朝，堂堂正正。传雍正帝曾有遗诏谓乾隆：大学士张廷玉，器量纯全，抒诚供职……其功巨甚。朕可保其始终不渝，将来着配太庙，以昭恩礼。

勇担职责双肩重，
敢抛乌纱一身轻。
抒诚供职守纯正，
披肝沥胆尽大忠。

心 愿

（2019年1月12日）

是日下午，在一朋友家饮茶对弈，晚留小酌。19时临近家门，见一裹棉老翁推辆小三轮叫卖还有一些的红枣糯米糕，心有所动，没有犹豫商量，买下全部携带家中。既有己食，又有分送，不免高兴。

一些农民朋友小本生意，勤苦经营，盼求的是买卖顺利，销路畅通，他们不怵早出晚归，期有些许赚赢。想自己，退休少有大功能，小事萦怀犹为情，托腮书案，似见倚门翘望得意回、夫妇盘炕细数钞的场景，写出四句念给老伴儿听。

日暮寒风小巷中，
引发当年碗粥情。
年高已无普惠力，
愿买早归欢笑声。

注："碗粥"，指《无忘》诗中事。

诱 导

（2020年6月6日）

2020年6月1日儿童节，特意邀请几位亲属家在中、小学读书的孩子共进午餐，席间借讲故事，因势利导，巧妙灌输"学习永远在路上"的道理。望着一个个稚脸停箸倾听，心中充满希望。

愈学愈觉见识浅，
化作心语启少年。
人生成才休停步，
立志高远当自勉。

养 年

（2021 年 1 月 26 日）

日前读朋友送来的老年人健康生活知识手册，悟得一些道理，联系现实生活书怀。

烛亮书山唱随乐，
茗香弈海推置欣。
幸有四老自由动，
不误子孙更相亲。

读书看报，夫答妻问多相伴；品茶下棋，肝胆相照朋友来。美好的生活是自己的感受，十分珍惜。

身处社会主义好年代，心情愉悦，年过七十今不稀。值得庆幸，有老伴儿相随，有老友常见，有老窝安身，有老本供养。身体健康活得有质量，是子女的最大期盼，也是老人对孩子建功立业最切实际的支持。

感　思

（2021年7月9日）

　　是日，县委、县政府召开县国土空间总体规划（2021～2035）座谈会。

　　这是一次议大事（提升站位、振兴乡村，谋划县域15年全面发展）、规格高（县四套班子全体领导成员）、范围广（乡镇党委书记，县政府部门一把手，县处级退休干部代表，县人大、政协部分代表、委员）、要求严（与会同志从本职出发人人表态发言）的会议。

　　参加座谈会，深受教育，倍受鼓舞，感受光明。思之有三：成事源自思想认识，要有认真态度；成事赖以群众参与，要有宣传深度；成事基于层层苦干，要有落实力度。

　　县委书记最后讲话，高屋建瓴，言简意赅，指明进一步修改完善的原则和方向。会议别开生面，圆满成功。

　　　世成万事讲认真，
　　　匠心规划意提振。
　　　严肃活泼集众智，
　　　响擂战鼓奋三军。

墨 宝

（2021 年 11 月 12 日）

2021 年 11 月，应邀沧州，原中共沧州地委副书记、沧州市人大常委会原主任白清安先生亦在场。84 岁高龄的老先生身体健康，精神矍铄，谈笑风生，受人尊重。席间论岁坐其身旁，求赐墨宝，老先生儒雅平和，挥毫泼墨，特书吾诗《乐在生活》相赠，不胜荣幸之至。

辛丑喜聚心与共，
把酒齐眉耄耋翁。
笔走龙蛇书吾句，
也赞生活乐其中。

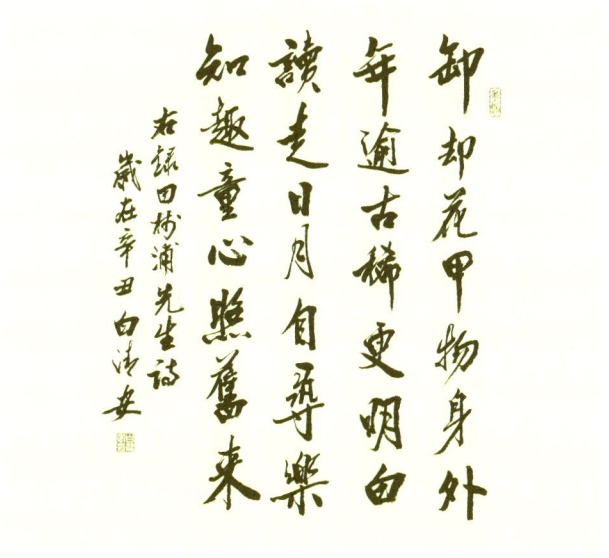

仰 止

（2021年12月10日）

　　看中央电视台播放的《香山叶正红》，有感谷伟饰演的陈毅形神兼备，激动我心，重翻《陈毅传》，再读陈毅诗，写作二首。

一

疆场歼敌有战功，
地方管理显治能。
纵横外交多谈笑，
诗笔句句展雄风。

二

才兼文武实堪赞，
元帅诗人不虚名。
胸怀坦荡含笑去，
西山千秋红叶红。

　　陈毅是公认的元帅诗人。"持枪跃马经殊死，秉笔勤书记战程"是夫人张茜对陈毅的评价。

　　陈毅光明磊落，忠直豪爽，不平则鸣。逝后又得毛泽东亲临致悼，有"陈毅同志是一个好同志"的评价。若有灵，是欣慰地下的。

　　1966年，陈毅在《题西山红叶》诗中说："真红不枯槁"。是的，他永远活在人们心中。

吟 雪

（2021 年 12 月 28 日）

　　辛丑入冬，一场多年未见的大雪夜间普降南皮。早起屋外，浓云渐薄，仍见小的雪花轻歌曼舞，似有不歇之意。

　　老伴儿催扫庭除，闻而未动。看院内雪竹谦恭，听踏雪陷足声声，徘徊兴会，竟也唱出一首小诗来，取名《吟雪》。

冬云积银落，
春绿预收钱。
城树多裹絮，
郊原尽覆棉。
形在赏高洁，
影去赞丰满。
停帚懒不扫，
清新天地间。

迎 新

（2022年1月1日）

元旦，晨兴对镜，两鬓又添霜花，岁月难违，精神不老，心有感念。

天地悠悠来去留，
不畏日短扬白头。
心田栽种感恩树，
思捐绿荫解热愁。

扫除之后，室宇焕然一新。堂屋兼作客厅，冬日阳辉透照，正面墙上，挂木板凹刻郑燮竹画四条幅，书体画风，堪称双绝，观之，似觉清气徐升；东西两壁，有实木浮雕牡丹、荷花、菊花、梅花四景图，技艺精湛，形貌逼真，赏之，如闻芳香频来，写意。

冬阳登堂亮翠影，
四季名花展姿容。
室溢清香好为伴，
人有精神笔有情。

附 录

朴实无华一丹心

行吟方圆觅古风

笔耕不辍励人生

时代歌者

小草在歌唱

清风明月寄深情

文如其人

游人记友·乐笔

朴实无华一丹心

——写在田树浦先生《游知记趣》付梓前

祁凌霄

右《游知记趣》一册，田树浦著。老先生嘱跋，颇感惶恐。若从书中所录1972年的作品开始算起，老先生的读写体悟生涯，实在比我年龄还要大，而我尚在学生时代，他已经是南皮县委的领导了。

虽感惶恐，不敢怠慢。雨夜静读，思接千载。

书分《素心简论》《红旅圣地》《唱吟人物》《登临山河》《四地专游》《情浓家乡》《心语点滴》，诗文并举，跨度近50年，是老先生读万卷书、行万里路的墨痕履迹，是人生感悟，从政心得，家国深情，自然天趣。朴实无华，情真意切，晓畅明了，直入心田。

老先生这一代人，几乎与共和国同龄，与共和国一起从风雨中走来，饱经磨难，屡遭挫折，艰难困苦，玉汝于成。这一代人，尤其是基层干部，时代所限，虽普遍学历不高，然生活和校外学习给予他们的，却大大填补了学校教育的不足。在担当、使命、坚毅、朴素、无私、奋斗等诸多方面，实在是一代楷模，称之为筚路蓝缕以启山林的开拓者和建设者，并不为过。而这些，则可同归于人文素养和精神，其厚重与坚实，一张薄薄的学历怎能承载得起！

基于这种认知和考量，用一种大文化而非文学视角来读这一代人的心路更觉妥帖。

《游知记趣》有老先生登名山、涉大川诗文若干。所谓"记趣"者，不过是老先生自谦，诗文中所让我感受到的，绝不仅仅是对登临之趣的记述。我常想，古人为什么讲"仁者乐山，智者乐水"？大概爱人之仁，如山一样崇高峻厚，坚定不移；通变之智，如水一般至柔至刚，因势利导。如此注解，不知对也不对。还望贤者教我。

我就是顺着自己这样的理解，来体会老先生在山水中所寄托的思想意蕴。他在指点江山形胜之外，未忘发思古的幽情。祖国的名山胜迹，让华夏儿女眷恋不已；成败兴废，让后之览者居安思危。作为与国家同呼吸的华夏子民，河山如画，来之不易，守成与开拓当念念不忘，须臾不离。

老先生正是抱着这样的情怀，游历山川，书写行思。比如结合历史，对如何用人的思考；结合工作经验，对解民瘼、入民心的总结；结合文化活动，对传统精华的梳理继承；结合给孙子写信，对后代教育的躬行。世运兴衰，其政在表，而其内在人。如果说守成与开拓是"心"，那么知人育人用人则是"胆"。

《游知记趣》谈到刘邦用人的智慧，谈到《海棠依旧》中周恩来总理的风范，谈到韶山冲里毛泽东主席的伟略，也谈到看《湄公河大案》所生出的"犯我中华，千里必诛"的民族情感。前者，知人善用，人们多熟知，电视剧《湄公河大案》则是近年所拍。虽然侦破此案的实际远比电视剧错综复杂，但剧中专案组长顶着各种疑忌压力，对缉毒支队长的任用，终于冲破阻力，缉真凶于千里之外，则呈现出知人育人用人之难。想必田树浦先生一集不落地看时，联想到领导派自己在基层工作的磨砺经历，定是深有感触。如没有专案组长大胆用人之举，破案恐大费周章，"千里必诛"也未必能顺利实现。由此可见，一切事业成与败，皆由人缘，离不开人才。知人而善用，乃守成与开拓之关键。

老先生年轻时曾被领导派到基层。《游知记趣》不止一处记述了这段经历，如到果树园去实地考察群众诉求的合理性；因农家屋子脏乱，作为乡党委书记，到底是坐还是不坐的心路历程；去村里和群众在黄土地上打井；对老领导邢家训骑自行车走乡串户，于全县村名、各村负责人、田亩数乃至各村地界如数家珍的由衷钦佩，都给后来者提供了怎样才算真正亲民爱民、深入民心的切身体会。这样的叙述，让人追今抚昔，感慨万端。

《游知记趣》里，孝亲情、兄弟情、舐犊情、朋友情、家园情，叙述之温馨，观察之仔细，告诫之谆谆，如汩汩甘泉，暖人肺腑。怜子如何不丈夫？家国本是一体情。家和友悌，万事可兴。寻常巷陌里，一位沧桑老人亲切平和的人间烟火气，淡远悠长，温厚真挚。

亲民、爱才、朴素、实干、认真、有恒，是田树浦先生这一代人身上所普遍具有的人文情怀。热爱读书，勤于笔耕，深入总结，联系实际思考，是老先生的人生习惯。这样的情怀和习惯，若后来者们都能继承和光大之，则家邦有幸焉！

祁凌霄，沧州市文艺评论家协会副主席，沧州日报社编辑、记者

行吟方圆觅古风

——田树浦先生《游知记趣》赏析

张春景

清人袁枚在《随园诗话》中说了句大实话：诗家两题，不过写景、言情四字而已。田树浦先生的古体诗集《游知记趣》正是应了此说，通篇都在"写景、言情"，只是其"写景"并非"一过目而已忘"；而其"言情"则"往来于心而不释"……诗者，天地之心。诗歌对生长于《诗经》编著、被誉为"中华诗祖"尹吉甫故里的南皮人来说，是沉淀在血脉里的文化基因，是穿越千年心灵沟通的载体，她承载着岁月的积淀，蕴藏着深厚的历史内涵，山河美景与精神意蕴穿越时空隧道，深深影响着一代又一代人。

田树浦先生曾履职县委、县人大领导数年，相见虽多，对其作诗却知之甚微，但当这部洋洋洒洒二十余万言的《游知记趣》摆在面前时，他在我眼里便生动了起来，当是这样的一幅情景：一处方正庭院、一丛蓬勃青竹、一张发黄的旧藤椅、一把精致的紫砂茶壶，且有邻人树上的鸟语与落叶一同飘入，一位风神清朗的长者或手捧古籍吟哦思索，或在花丛中俯身拾取三、二句小诗，如此意境让人不由自主地想到了"种豆南山下""独坐幽篁里"，何等的悠然？当然，较之陶王，除了淡泊宁静，却分明蕴含着另外一种风骨。"十里长街"历来是商贸繁华之地，他能于熙熙攘攘的闹市中独善其身，与诗书为伴，乃至悠然自得，似比遁迹山林、消极避世要来得从容坦荡。闹中求静，能雅能俗，是一份自信，是一种风范，更是对世界、对事物、对人生执着的爱。

把诗作为晚年生活的一部分是为雅，且有敬、有怜、有惜、有憎；有褒、有贬、有告诫，恰如作者与我所说："寄情山水多感悟"。而这种思绪感悟分明少了"落花人独立"的缠绵悱恻，多了对善恶正邪的扬抑，少了花前月下的温软，添了浩气冲天的硬朗，这便是诗的灵魂，也可称为文人的风骨。在书声墨香中，我分明看到了作者眼神清明疏朗，却又正直坚毅，透出一股凛然正气。

神依附于形，方形神兼备，是咏物言志诗必须具备的境界。在我的印象中，田树浦先生言谈举止温文，穿着简朴素雅，他的文字亦一样的朴实凝练。几十年从政生涯，铸就了他为人为文平易实在、率真坦诚的秉性。他的诗不事修饰，毫不掩饰自己的情感和思想。但平实的文字，平坦的风格，充盈的情感，似乎对我更有吸引力，更能使我从深层次来解读作者和他的诗。

作古体诗难，作四句的短诗更难。难在它必须用最洗练准确的语言来涵盖宽博的内涵，完整地表达作者的所闻所思。这就是古体诗在中国古代一直长盛不衰的魅力所在。即便在流行自由体诗的今天，这个中华民族传统文化的瑰宝仍然光彩照人。当然，不能不承认，现在读古体诗的人不多了，能写的更如凤毛麟角。田树浦先生多年来能执着地耕耘这一片已经有些贫瘠的土地，写出这样一部《游知记趣》，跨越近五十年，不论是"斗酒诗百篇"唱吟，还是"两句三年得"推敲，实属难能可贵。

首先，其家国情怀溢满篇章。他面对中共一大党员张隐韬烈士雕像，深为家乡英雄而骄傲，诗由心出："艰困玉成少年志，为民更切革命功。武装举义北方路，壮心未酬是英雄。"他心仰淮安，游毕而写："古城淮安负盛名，漕粮盐运一要冲。千年水流济黎庶，百代人文扶梁栋。鞠躬尽瘁惭蜀相，公而忘私胜禹雄。古往今来论天下，空前绝后说周公。"在纵贯南北的苏杭大运河和滔滔东流的淮河交汇的联结点，他没有被自古繁华的运河景象所陶醉，而是想到了为人民鞠躬尽瘁的周总理。汶川大地震举世震惊，两年后他来到这里，面对重建速度写下了"楼倾厦倒堆瓦砾，电闪雷鸣风雨逼。巴山石崩断行路，蜀水流湍溃坝堤。国人担责奉献快，将士效命驰援急。齐天同唱大爱歌，一座新城拔地起"的诗篇，赞颂在党的领导下，万众一心，合撑一片天的壮举。

其次，关注底层和百姓彰显活力。他生在农村，一生不忘母地，无论在什么位置都将农民乃至底层人物放在首位。他敬佩原中共沧州地委书记履职责勤政为民、退下来笔耕不辍的生平实践，读其所著《村夫集》写道："曾统百万众，沧州擂大鼓。宰相起州部，猛将发卒伍。退休写新诗，卸甲唱大赋。上下五千年，谁能离村夫？"由衷地抒发人民永远是根本，谁也离不开老百姓的感悟。一首《履职汤庄》诗："才离省城学期满，又衔使命治桑田。昼察细微每多问，夜思反复几无闲。长晴共盼夏时雨，连阴同愁秋日棉。禄食父母心头重，勤事无悔衣带宽。"字里行间透露着作者心忧农桑，不辞劳苦，与人民群众心脉相连的浓浓情意。

再次，《游知记趣》中的不少作品反映出作者的情怀之真、意趣之妙。比如他应邀到远距县城的一位老同学家中做客所写《会友》，先序："多年未见，格外亲热，目睹一院春色洁净，似见学友当年心胸敞亮。相知不疑，无拘无束，推杯交盏，酒热胃肠。回忆少年同学互相帮助的一件件往事，益加动情，归来记此行。"后诗："洒扫迎客到，弃帚趋前忙。芍药红新院，海棠绿明窗。开口知诚意，举杯领豪爽。共话同桌情，携手不相忘。"又如应邀参加县国学研修会第二届年会，心里高兴，所写感言："也效兰亭少长集，各展胸怀动纸笔。高啼杜鹃血喉破，只为众生爱心齐。"作者的有些诗词，在字句上不算大雅，可是却实在地反映出作者的真挚情怀，充满对时代的感恩，对亲情的感恩，亦是对美好生活的向往。简单的诗句背后，是一颗真纯之心的自然流露。阅读田树浦先生的作品，完全可以突破一定程度上的情感体验，充分引领读者对血脉亲情进行升华，这种真实和珍贵的心理感受，也是情感的共通表达，会默默地抵达读者的心灵深处。

快节奏的现代生活中，以诗为友，激情于斯，让人心灵慢下来享受诗的韵味，让心灵感受诗的碰撞，就会更有力量憧憬远方。读罢《游知记趣》的近百篇作品，忍不住击节叫绝，深深为其文字之美、仁德之厚、情感之真、思虑之深、修为之高、生活之趣而动容。掩卷之后，所获匪浅。遂写下这些文字，作为第一读者的感受记述，如能引起共鸣，则算未辜负此心。

前有洪治兄和凌霄弟高见妙论，余，人微言轻，冒昧絮叨几句，以答老领导之嘱。

张春景，中国散文学会会员、河北省作家协会会员、南皮县作家协会名誉主席

笔耕不辍励人生

——读田树浦先生《游知记趣》一书所想

崔喜军

南皮自古人杰地灵，文风炽盛。西周宣王时代的辅弼大臣、大诗人尹吉甫，是《诗经》的主要采集者，被尊称为中华诗祖；汉献帝建安十六年（211年），曹丕兄弟和建安七子的"南皮之游"，留下了大量诗文，昭示着建安文学创作高潮的到来；西晋哲学家欧阳建第一个提出了"言尽意"的思想，阐述了古代唯物辩证观点；清代重臣张之万、张之洞身居高官，其诗词文章、书法绘画也名冠朝野；著名作家、人民艺术家王蒙，当代文学领军人物，对当代中国文化事业有着重要影响力……

数千年间，南皮文脉恒昌，薪火相传，绵延不断，更得益于一代代、一批批文化大众，积聚了古城南皮厚重的文化垫层，也使得今天南皮的文化园地呈现出群星闪烁、空前繁荣的局面。

文化艺术必须具备并始终保持的基因是真情与良知。难能可贵的是，在文化圈外，有一些身居官场且卓有成就的人，他们整天处于政治活动中心，却能够保持真情和良知，对文化情有独钟、百般呵护，充满善意的理解，发自内心的尊重。我对他们充满了敬意。田树浦先生便是其中的一位。

"笔耕不辍励人生，著书立说为传承。独守静心斋室坐，不管春夏与秋冬。"是有人为田树浦先生总结的诗。他作为一位领导干部，退休后选择写作，通过大量研读文史哲各种书籍，凭借吃苦耐劳的精神、持之以恒的毅力著书立说，传承文化基因，弘扬优秀传统。他把写书当做一种享受，用笔拓展出内心没有喧嚣和烦恼的一方净土。先是历时两年撰写出版了40万字的《搜知集趣》，捐赠教育；再用三年编著了35万字的《大美老区》献礼国庆；又用两年多时间，创作完成了这部20多万字的《游知记趣》。是什么样的动力，让这位古稀老人在退休之后著书立说呢？

田树浦先生自幼喜欢文字、爱好文化、嗜书如命。有空游走各地，行万里路，购万卷书，这是他的幸事和趣事。通过购书，可以看出他对书的挚爱，对文化的追求，也为读万卷书奠定了基础。他有两间书房，从书房的案桌到高高的书橱放满了各种书籍，就连卧室的大床一侧也整齐有序地摆着随时可以翻阅的读物。他说，自己最好的朋友是书，书和他朝夕相伴，日夜互慰，使他不感到寂寞，书是他最大的财富，他退休后快乐的生活，倚仗书的鼓舞。

随着年龄的增长，田树浦先生不再仅仅满足于读书，特别是对历史文化书籍的大量阅读后，激发了好奇之心，创作之欲。他正是在不断阅读的过程中，加深着对祖国对家乡的感情，爱国，爱家，爱父老乡亲。由于对浩瀚历史文化产生思古之幽情，由于移足海内外触发游历之感慨，由于对家乡有着无限而又深沉的爱，这成了田树浦先生著书立说的动能。

"稿纸三尺笔千枝，乐在其中无烦恼"，这是田树浦先生退休生活的真实写照。他是一个性情中人，读和写，常常表现出他的个性。他有为富含哲理的名言警句拍案叫绝，也有被饱含知趣的历史故事引发畅笑，更有读到革命先烈取仁就义时的泪流满面泪渍稿纸。春夏秋冬日月过，殚精竭虑求史实。他静心于书房、图书馆、档案馆，查阅文献；乐走于革命圣地，座谈、听讲、实地寻访。他在井冈山茨坪镇红色书店购书，打包好要买的书，为看资料，两个面包一瓶矿泉水，待了足足六个小时，是被店员催促着离开书店的。

丰富的材料占有，伏案写作的田树浦先生像是变了个人，饭不思、茶不想、夜不寐是常态。他所做的就是将自己所读所思所感，化作正能量释放出来，与读者共同分享。

田树浦先生不会用电脑，《游知记趣》一书是他一笔一画伏案爬格书写出来的。作品主题鲜明突出，内容丰富生动，形式灵活多样。用小切口折射大主题、以小故事反映大时代，讲中国历史故事，讲中国共产党故事，讲家乡人民故事，讲发生在身边的故事，闪着时代的光。

田树浦先生曾经讲过，只要有利于下一代，举红旗走正路强国家兴民族，自己不计个人得失，要秉笔直书写下去。从他身上，我感受到了一种执着的力量和本色的情怀，他依然保持着共产党员的初心，不忘职责使命，展现出对党的无限忠诚和对人民的无比热爱。

崔喜军，当代作家、中国作家协会会员、中国小说学会会员、南皮县文联主席

时代歌者

——田树浦先生《游知记趣》读后感

李义川

《游知记趣》是田树浦先生即将付梓出版的新著。20世纪90年代，他任职中共南皮县委副书记，我在县委办公室工作。2022年初的一天，在他任职的南皮县老区建设促进会，当我见到老领导的书稿时，一股暖流不觉油然而生。记得前些年，有人评价称其是南皮的理论权威。确实，学识渊博，博闻强记，才思敏捷，出口成章，文采斐然，使他在那一批基层领导干部中非常突出。我想，在县委宣传部部长岗位上一干八年，换个角度看，也许是组织和领导的"知人善任"吧。

回到家里，就像一位小学生从学校领回了老师的作业。我平复一下心绪，随即便开始了这次愉快的读写"旅程"。在心里，我一边担心由于年龄、经历、学养的差距而带来阅读和理解的困扰，一边又努力地寻找自己进入老领导这个丰富精神世界的切入点。

没想到，当我第一眼见到写于1972年1月2日的一首诗，情绪瞬间就达到了沸点，"衣湿饥肠朔风冷，济粥一碗热气腾。来日若奉行道令，十倍慷慨利他生"。我不知这个故事后来的结局，作者说："没有千恩万谢的巧语，只有滴水涌泉的铭记。年轻气盛，我想到了有志于未来。"此刻，我是真心被这位50年前的年轻人感动了。诗言志，一个刚刚参加工作步入社会的人，其志不为己，而利他；不图近，而存远。事实证明，在以后的岁月里，这种"志"逐渐化作他人生追求的目标、力量、韧性、精神和信仰而一直伴随他的成长，直到皓首白发的今天。

《游知记趣》一书，收录了田树浦先生半个世纪以来创作的100多首诗词。作者用艺术化的语言，记录了他的所见所闻、所思所想，是个人情感的抒发，是对社会生活和历史发展规律的深刻思考和敏锐把握。

一以贯之的坚定信仰。站在德国小城特里尔马克思故居前，田树浦先生发出"高扬旗帜，不改航向"的誓言。2017年6月，退休之后的第六年，他日记：我在井冈山茨坪镇红色书屋里，两个面包一瓶水，整天地翻看书籍，两眼胀痛，头脑清醒，永远记住了习近平总书记所说"伟大的理想信念要有扎实的理论基础，井冈山道路是马克思主义中国化的经典之作，从这里革命才走向成功。行程万里，不忘初心。井冈山理想教育要坚持下去"。对党的绝对忠诚和坚定信念已经化作血肉成为他生命的一部分。

深沉浓厚的家国情怀。走进曲阜，田树浦先生从孔子的有教无类，联想到新中国党和政府促进教育公平的一系列教育政策措施。谈到文天祥，他歌唱"爱国，是神州仁人志士共同的操守"，高呼国人要爱岗敬业。来到延安，他悟写"赤子精诚忧华夏，宗旨鲜明怀黎民"的诗句。履职汤庄乡，他坚持"昼察细微每多问，夜思反复几无闲"，与农民朋友心通情连，"长晴共盼夏时雨，连阴同愁秋日棉"。

积极进取的人生态度。诗歌是田树浦先生审视社会、感受生活、体悟生命的重要载体。游历山川，指点风物；感时怀古，品味人生；自然风光，借景抒情；亲友聚会，享受生活。看电视剧，敬佩古人"勇担职责双肩重，敢抛乌纱一身轻"。观乒乓球比赛，赞叹健儿"曾经带得大球动""为国争光真英雄"。其作品表现出的强烈乐观主义情绪和积极的人生态度，给人以精神的力量，让人读后发奋、振作，受到鼓舞。

社会生活的真实记录。每个人都是社会实践的参与者和时代发展的见证者。田树浦先生以其现实主义精神和历史主义眼光，用诗词的形式记录下了当今时代发展过程中的感动和思考。1976年9月18日，参加毛泽东主席的追悼会，含悲泣吟"大雨倾盆苍天泪，眼蒙身透位不移"。1996年夏，他带队赴深圳特区考察，心生"惊闻春雷南海天，气壮山河刮目看。擎旗不湿立潮头，制度优胜树典范"的感慨。鲜明的时代特征，是田树浦先生诗歌创作的显著特点。他的诗作没有浅吟低唱，没有孤芳自赏，没有迷茫抱怨。我们看到的是对生活的热爱，对祖国的赞美，对英雄的崇拜，对改革开放丰功伟绩的歌颂，这是他创作过程始终的价值取向和精神追求。"纵情无妄语，守义有箴言。"他在以自己特有的方式坚守着心中那块神圣的领地。

抒个人情怀，奏社会强音。田树浦先生是一名时代的歌者！

李义川，河北省作家协会会员、南皮县总工会原常务副主席

小草在歌唱

——读田树浦先生新著《游知记趣》

张国中

"我是一棵小草。"同样的一句话，我亲耳听到过两次。第一位是中宣部文艺局原局长、著名作家孟伟哉先生，时间是三十多年前，在平山县参会与之交谈时他说的话。听到第二位先生说这句话，是不久前在他家的客厅里。我们品着茶，随意聊着，他身边坐着老伴儿，一位和蔼可亲的老太太。我们聊文字、聊生活，聊他面前茶几上放着的即将出版的新著《游知记趣》。这本书已经校对了七遍了。出版社追得紧，但他仍然戴着老花镜，警惕地在字里行间巡视，唯恐漏掉一处错误，包括标点和"的""地""得"的正确运用。

"我是一棵小草。"谈到自己的过往，他的话云淡风轻，一种曾经沧海难为水，除却巫山不是云的豁达，在不经意间，却让我心中一震。这是怎样的宽广胸怀呀，一位在人们眼里德高望重的老领导，居然把自己放低到尘埃里。我想到了当年著作等身的孟伟哉先生，他的话，跨越时空，似乎和面前这位老人有着心灵的感应，他们都说自己是一株小草。他们都有着把自己平凡的生命，给人间添一抹绿的美好愿望。这位老领导就是原县人大主任田树浦先生。

田先生有着很深的理论造诣。这或许与他的工作履历有关：县委宣传部副部长，乡党委书记，县委常委、宣传部部长、县委副书记，县人大主任。退下来后，又挑起南皮县老区建设促进会会长的担子。我常常惊叹于他的理论水平和口才。参会可能是最让人头疼、无奈而昏昏欲睡的差事。但田先生的讲话，却能引起人们的兴趣。不仅仅是他行云流水般的口才，还在于他把枯燥的会议内容，运用颇具文采的语言表达出来。这就很吸引人的听讲，也往往达到很好的效果。听他开会讲话，能提神。这事一般人还真做不到。

与田先生交往，是在他退休后。他没了工作的忙碌和压力，变得更加轻松自在了，毕竟大把的时间都由自己随意支配，这是曾几何时做梦都想的事啊。他参与各种文化活动，把自己当做一个普通的与会者。这样，我们就有了许多的接触，但那时我对他的认知还仅仅局限于他在任上的政绩和理论水平方面。偶然在一些报刊上读到他研究国学的文章，还有散文、诗歌等。这让我对他又有了新的认识。

后来知道他读了很多书：政治、哲学、经济、历史、文学等各个门类的书籍，林林总总，他自己都说不清到底读了多少书。直到我去他家拜访，在他的书房里看见一面墙的各种书籍，甚至在书架上整齐地摆满了《作家》《十月》等各种文学杂志，这着实让我惊讶和敬佩。在文学已经边缘化的今天，一位年过古稀的老人，依然喜欢着文学，把文学看得仍然神圣，甚至把读书写作当做晚年的追求和快乐，这让我这个在文场里混了几十年且毫无建树的"绝代懒人"感到汗颜。

从田先生的《乐在生活》一文中，我得以窥探他读书生活之一斑。他一般上午九点到书房读两个小时，先报纸后书籍，雷打不动。我能感觉到一位古稀老人对知识的渴望。他自己对这样的读书生活，有一段文字描述："静心读书，多入佳境，想不起烦恼，闻不到喧嚣，记不得时间。读至精彩处，会不由自主地拍案叫绝；念到浓趣事，有情不自禁地捧腹大笑。一次，由趣味引发的爽朗高笑声，竟把送水上楼的老伴儿不知所以地吓了一大跳，端着茶杯愣在楼梯上，疑我是中了什么邪魔……"能把读书读到此境界，称得上"书痴"抑或"书癫"了，想想颇有画面感。读到这段文字，我也不由地被他的记述逗笑了，因为他此刻完全不像一位退休的老干部、老领导，更不像一位古稀之年的老者，倒与旧时代老派书生有一拼。他做人通透，心中无尘，灵魂有趣，才会喜怒于形，乃真性情也。何以至此？唯读书耳！说真的，这个浮躁的社会里，有趣的人少，有趣的灵魂更是稀缺品。

田先生读书之余，也总会给人一些"意外之喜"。这不，他在很短的时间里，就捧出了这部《游知记趣》。这本书或诗或文，并不完全是近作，而是跨越半个世纪的流年碎影，是他对生活的忠实记录和心灵感悟，甚至有些篇章可以当做社会大背景下的断片，是有历史价值的。这是他的第二部著作，也是先前出版的《搜知集趣》姊妹篇。听先生说，这本书后，还有一本《学知成趣》，那就是三部曲了。一个"知"字，尽在作者的心中，尽在作者的笔下。用三本书来展示作者对"知"的追求，可谓匠心独运，蔚为大观。

浏览他的这本即将付梓的《游知记趣》，受益匪浅，感慨良多。从书名可以看出，这是一部以"游"为主题的作品集。读过许多游记，也写过许多游记，读这本书却让我眼前一亮。田先生的"游"是表面，而在这个后面支撑本书的是"知"。每一篇游记中，没有一般作者移步换景的记游，更没有入解说词般的俗套，而是把自己掌握的历史知识、历史事件、历史背景、历史故事注入作品中，在叙写这些历史信息中，总有着自己深刻的感悟。这无疑增加了文本的内涵和质感。无疑，田先生对于每一处景点，都是做足了功课的。那就是带着问题去踏访，带着问题去思考，因此才能写出这些滋养头脑的厚重文字。

尤其他在《红旅圣地篇》这一辑中，每一篇文章，我都读出了一位共产党员的责任、领导干部的担当，更读出了作者的初心不改。他的文字，无论是游记，还是记事，朴实无华，极少有描写景物的华词丽句，却在字里行间中，总是闪耀着思想的火花。这些篇什，都是作者的亲身经历，这往往更能打动人，更能给人以知识的涵养、生活的思考、人生的叩问，这是一种大趣味。值得一提的是，田先生的文章开头或结尾，都用自作的诗词作为起笔、总结、概括和抒发情感。这是他另一种笔墨功夫。

与田先生交往并不多，但往往能在和他的谈话交流中，受益良多。他说自己的人生过往，谈自己过去的工作得失，讲自己的读写生活。声音不高，如老僧说禅，娓娓道来，闻之如小溪潺潺让人轻松，时而振聋发聩，让我沉思。对自己的人生选择，无论得与失，他都不后悔。他称自己就是一棵小草，生存在生活的夹缝中。我敬佩他的谦虚和低调。我想，我们每一个人何尝不是一株小草？小草是再平凡不过的，它不和大树争荣，更不和大树争阳光，争天空。它的职责就是给大地增添一点绿色，它的使命在广袤的土地上。

我常常感叹小草的卑微，但又常常感动于它的伟大和旺盛的生命力。"野火烧不尽，春风吹又生"，是对小草最好的赞美。想想，做一棵小草挺好。大树有大树的风光，小草有小草的景致。夏天就要到了，我似乎听到了小草的歌唱。它应该歌唱，它歌唱阳光，它歌唱雨露，它歌唱大地。因为小草也是大地母亲的孩子啊！田树浦先生自谦是一棵小草，他是一棵勇于用自己的生命歌唱的小草。

张国中，河北省作家协会会员、散文学会会员，沧州市民间文艺家协会副秘书长，南皮县作家协会原副主席

清风明月寄深情

——《游知记趣》书稿校对过程中的思考

赵红欣

　　2021年初秋的一天，当田树浦先生把这本《游知记趣》的初稿放到我手里的时候，心头蓦地有了压力与忐忑。不知是谁把我"眼里不揉沙子"演变成了"眼里不揉错别字"，偏偏这件事儿被田老知道了，于是他嘱托我为即将出版的《游知记趣》书稿进行校对，并叮咛再三，"字词句，标点符号，尽管去改"。

　　认识田树浦先生是在2004至2007年间，我在南皮电视台新闻部做记者，负责县里的大会与大事要事的报道，那时，他是南皮县人大常委会主任。能在本县从基层做到正处级干部，很难，人大常委会主任，几乎是百姓眼中这方水土最大的"官"了。他却无半点架子，平易近人，谦恭有礼，进退有度。印象最深的是，但凡人人都要发言的会议，田老的讲话总是参会人员中最令人惊艳的存在，其严密的逻辑，清晰的思路，恰当的措辞，舒缓有度的语气，无不凸显着他深厚的理论知识水准和游刃有余的才华。后来的十几年，偶尔会一起参加县人民医院举办的社会监督员活动，除此之外，接触不多。但对田老的敬重与仰视，一直都在。

　　读书，就好比去一位优秀的人家里串门，更是如同与智者的深度对话。这本《游知记趣》，我前后读了三遍，心中时刻不忘田老的叮咛，每一个字每一个标点地琢磨、研究。以这样的态度去读一本书，上一次是《论语》。《游知记趣》，犹如一幅历史长卷，在我面前徐徐展开，向我展示了一位七旬老人奋斗、拼搏、自律、成功的人生历程。义川老师在《时代歌者》的读后感里，总结得非常精当，田老书中"一以贯之的坚定信仰，深沉浓厚的家国情怀，积极进取的人生态度，社会生活的真实记录，抒个人情怀，奏社会强音"。深以为然！其他几位老师仁者见仁，智者见智，各抒己见。掩卷静思，亦写读后感。

　　百善孝先。《情浓家乡篇》中的《心碑高矗》，是悼念亡父之作，文章从头到尾都是愧疚，是遗憾。未能在父亲病榻前端水喂药，未能在父亲去世前做最后话别，竟成为田老几十年的隐痛！他说，父亲"光明磊落，公道正派，清高不傲，待人善诚，言传身教，端行家风"，这不就是田老自己的品质吗?！他为官多年，勤政爱民，履职一地造福一方，正是家风的传承和弘扬啊！孔子说，"三年无改于父之道，可谓孝矣"。田老几十年遵循父亲的教诲勤行恪守，为家乡这片热土做了贡献，出了成绩，《孝经》有言"立身行道，扬名于后世，以显父母，孝之终也"。他是个孝子！

仁心相伴。田老他们那个年代的婚姻，多为"父母之命，媒妁之言"，两个人的结合完全是先结婚后恋爱模式。自古，中国传统文化对读书人良心的考量标准，一是糟糠妻，二是贫贱友。贫贱之交不能忘，糟糠之妻不下堂，古之颂扬。翻开《游知记趣》，作者游览祖国大好河山，多偕夫人同行。特别是2011年退休后，放下公家的事，田老回归家庭。十年时间，夫妻俩的身影频频出现在长城内外、大江南北的辽阔大地上。《游知记趣》中有很多照片，家人中唯一出镜的是他的老妻！2010年春，老伴儿心脏病突发，于北京安贞医院救治月余，田老自己昼夜陪护，支持子女守岗尽责干工作。因之有"不误子孙更相亲"的感受。前去探望的有领导有下属，还有不少在北京工作的亲戚和朋友，多被感动。

家教慈严。田老始终把对子孙的教育放在家庭工作的首位。《家教荣光》中，他对家庭教育给出了具体的操作性极强的经验和建议。他以周公、孟子、司马迁、诸葛亮、包拯、岳飞、曾国藩等史上忠臣良相为例，旗帜鲜明地阐明家训、家规以及父母垂范作用的重要性。文章援古论今，引经据典，既有对古人家教的推崇，又有对当今教育的思考。文章最后，作者语重心长地告诫天下父母，"能够把孩子培养成财富，才真正是家庭教育的光荣啊"！一语中的，醍醐灌顶。这篇文章曾收入南皮县关心教育下一代工作委员会作品集《一切为了下一代》中，成为县级家庭教育的优秀教材之一。

田树浦先生深谙"忠厚传家远，诗书继世长"的古训，自身手不释卷、笔耕不辍做示范，上敬下慈做榜样。《武汉归来记》是一篇长文，写的是2016年9月初送孙子去武汉理工大学读书的事儿。读到其中一节《夜灯写寄语》时，瞬间破防，竟然泪目！文中爷爷给孙子提了三点建议：培育心志，养成定力，学会包容。引用诸葛亮《诫子书》中的"非淡泊无以明志，非宁静无以致远"，勉励孙子"志向不是坐而论道、不着边际的好高骛远，而是胸怀理想、脚踏实地的一路前行"；教导孙子学习屈原"路漫漫其修远兮，吾将上下而求索"的刻苦勇毅，懂得学习永远在路上的道理；嘱咐孙子在四年大学生活中要与同学"和谐相处""求同存异""不要孤僻，不要偏激，不要嫌弃，敬重礼让，和乐帮助，一路牵手快活度过大学年……"。这篇文字写于武汉归来后的一个深夜，分明就是一篇可贻传后世的《田氏家训》，其中满是田树浦先生对孙子的谆谆教诲与殷切期望。田老的孙子，何其幸运，在人生最关键的时刻，得到爷爷明灯般的指引，有淳朴家风的熏陶和爷爷灯下的寄语，"雏凤清于老凤声"，未来可期！纵观古今，一个人成就再高、官职再大，若子孙不肖，也是人生最大的败笔。田树浦先生子女三人，皆爱岗敬业，安分守己，淡泊名利，孝老爱亲，人们信服。这是与良好的家庭教育分不开的。

感谢田树浦先生对我的信任，将《游知记趣》校对的艰巨任务交给我，给了我一次与高人交谈的机会。小女子见识浅陋、学业不精，即使用了十二分的认真与仔细，也只是改正了为数不多的几个语病、错别字、标点，若留疏漏，各位海涵！

田树浦先生居处都是竹，院中翠竹掩映，室内凤尾竹盆栽郁郁葱葱，墙上竹板画古色古香。竹，岁寒三友之一，君子也！田树浦先生文笔卓然、博闻多思，几十年书生本色不改，"修身齐家治国平天下"的追求不改，其性如竹，其心如月，坚韧刚正，品质高洁，令人感佩！游，是行万里路；知，是读万卷书；旅行、读书俱是最有趣的游戏。旅行可开阔视野，读书能提升自我。《游知记趣》中每一次带着灵魂的旅行，每一步的驻足都成为一道镌刻在田树浦先生生命中的风景。俗话说，读好书、交高人，乃人生两大幸事。读《游知记趣》，都有了。愿田树浦先生身康笔健，继续行走祖国的大好山河，写出更多更好的文字，吹散世间污浊气，洗涤读者心中尘，激励更多后辈爱国爱党立业建功。谨用一副苏州沧浪亭的对联做此文的结尾：清风明月本无价，近水远山皆有情。

赵红欣，沧州国学院讲师，沧州市第十三、十四届人大代表，南皮县第十六、十七届人大常委会委员，南皮迎宾大药房国学公益讲堂创始人、主讲人

文如其人

——我读《游知记趣》

安铭杰

2021年的一个冬日，送我在《沧州日报》发表的一篇作品请田树浦先生过目，适遇其在家整理归纳《游知记趣》书稿，有幸拜读了。诗文百篇，说知论趣，多有新意，发挥正能量，催人奋进。

田树浦先生是我的良师益友。2000年，我从沧州市委组织部机关调任南皮县委常委、组织部长，田树浦先生是县委副书记，工作相识，有共同语言，结下友谊。2003年他转岗县人大常委会主任，我接替县委副书记，工作还在一院，取长补短，感情日深。他是本地干部，一步步走上领导岗位，是有群众基础的。我从他身上学到了很多东西：维护组织，尊重领导，从不越位；善待同志，包容他人，素怀平心；守职尽责，埋头实干，向无炫耀；谦虚好学，笔耕不辍，保持至今。尤是对我在南皮期间工作上的指导和帮助，记忆犹新，常怀感恩。古人云："益者三友"。田树浦先生当之无愧。

读其诗文，思其为人。一首四句七言，表我衷心。

> 身康笔健积诗文，
> 微章短句溢芳芬。
> 细细咀嚼耐寻味，
> 风骨才情大写人。

安铭杰，沧州市总工会原副主席、正处级调研员

游人记友·乐笔

——读田树浦先生《游知记趣》

兰风雨

2022年5月17日，树浦兄专程来沧，送其书稿《游知记趣》，并再三嘱我"认真读之，以少差错"。我自然不敢怠慢，秉月拜读。

他与我，个人感情亦庄亦谐，常有些玩笑。多是领导少是友，依了两点：一者我俩为前后任，1998年他受命南皮县委副书记，而我则接任县委常委、宣传部长。二者县委大院20余载，他宣传部，我县委办，一个锅里抢马勺（都在县委伙房用餐），工作之余常在一起凑凑，情趣相投，坐而论道。退休后，他在南皮，我在沧州，偶有相聚，酒催热肠，依然领导风范。老友会心，一笑数年。

读其书稿，序跋已成，均系领导与名家所作。况已校改多遍，只等付梓。领导就是领导，将我摆上"最终定稿人"之位，除了受益匪浅，心里又多了一份沉甸甸。所以续貂之句既是遵嘱而行，又是心动而出。文字既不能多又不能应景凑合。遂将我理解的游知记趣，化成一首小诗呈上。

游目骋怀借天时，
田公妙笔一记之。
学养无囿生信手，
瀚海贝珠俯可拾。
志存高远趋正道，
思接千古赋新诗。
家国情怀大趣也，
乐将白发淬真知。

兰风雨，中共沧州市委宣传部原副部长、原沧州市广播电视局局长

后　记

少壮未曾集文字，
老来忽起成篇心。
知是夕阳黄昏近，
燃得烛光亮纯真。

有个习惯，坐室诵读和外出见闻，或详或略都有笔记，不成材，只是备用的。今得一些老友同仁鼓励支持，选择出自己比较认可的一部分，整理编辑成《游知记趣》。

取名《游知记趣》有缘由，退休后先出版了本《搜知集趣》，以后准备再写个《学知成趣》，期用"搜集""游记""学成"的方式唱一首"知趣"三部曲，利益世人，是想努力完成的。

《游知记趣》收录诗词（姑且称之）100多首。旧体诗词讲格律，守平仄，赋比兴，规矩很严不好写，我是门外汉。《游知记趣》中之诗词，宛如一锅白开水，没滋味，往对处说是有一点诗词的形式，向高处讲是平白直说的顺口溜或触景生情的随便吟。缺乏诗韵词风，故称其为真正意义上的诗词是很不自信的。

也有点底气。自我感觉议论的是正题，赞颂的是道义，袒露的是真情，描绘的是美丽。所写各首，如实反映思想倾向和内心认知，抒吾怀，写己见，没有虚伪和做作，想不会对他人带来副作用。

年远代隔，写成的为原有字词句式；时过境迁，记录的属当时思想观点。

每首或前或后加释浅析是有意为之。一是在说明这些顺口溜和随便吟是有依据的（尽管有的依据可信度有待进一步考证），不是信口瞎讲和挥笔乱写。二是在提醒读者，所写诗词的本义大概就是这么个意思，值不得费心劳神地再去猜测想象和引申发挥（让人有探深寻幽的空间，是好诗词的显著特点）。

《游知记趣》按《素心简论》《红旅圣地》《唱吟人物》《登临山河》《四地专游》《情浓家乡》《心语点滴》分类，篇目是以时间先后为序。其中《四地专游》先后被地方报刊转载。《讲堂谈仁》《仁义报国》《家教荣光》《通达造福》《碧水涌浪》《为人风范》《励勉寄意》《乡土英雄》《善行长远》《救扶至上》《翠屏感赋》《燎原星火》《古城骄傲》《青春点赞》诸篇是应邀或讲或题而作。

伏案爬格笨功夫。书稿初写成，复印数份送同道友人审读指点，历时大半年，批评指教，斧正不少。沧州市人大常委会原主任、沧州市关心教育下一代工作委员会主任匡洪治先生为书作序。祁凌霄先生、张春景先生、崔喜军先生、李义川先生、张国中先生、赵红欣女士、安铭杰先生、兰风雨先生，先后以《朴实无华一丹心》《行吟方圆觅古风》《笔耕不辍励人生》《时代歌者》《小草在歌唱》《清风明月寄深情》《文如其人》《游人记友·乐笔》为题赐评。人贵有自知之明。序、跋出自朋友手，多有过誉，不乏真诚，我是把它们作为对自己的鼓励而置书前后的。

本书得以出版，要感谢的人很多。文化部原副部长、国家图书馆原馆长周和平先生，国家图书馆出版社社长魏崇先生邀我至京商谈，认真安排和精心指导书稿的修改。编辑于浩先生认真严谨，与我多次探讨、精简完善书稿内容。90岁的沈志鸣先生（原沧州地区行署常务副专员），是我曾跟随工作且十分敬重的老领导。他一直关心我的健康成长，对我出版书作特别支持，不顾年高体弱，对《游知记趣》书稿字斟句酌，审阅全篇。中国书法家协会会员、南皮县书法家协会原主席（现党支部书记）高国胜先生为本书题写书名。中国书法家协会会员，沧州师范学院书法系主任、教授田雨潇先生；中国书法家协会会员、中国书法家协会女书法家委员会委员刘晓霞女士分别录我诗《诱导》《园颂》题赠。

在整理编辑《游知记趣》过程中，得到王清玺、李洪斗、齐和勇、王书通、曹椿祥、叶书龙、刘淑芳、周宝华、刘玉锋、贾树营、单醇信、张宝玉、王大青、李宏等同志帮助。书内个别插图，是助益文字内容而借用的他人和单位成果，未一一标注，特此说明并致谢意。

杂陈小品，难登大雅，传递朋友，不怕笑话。若能博得茶余饭后的论及，是慰我心。盼求阅及此书的朋友多提宝贵意见。